DER WEG
69
Die falsche Wahrheit
ODER WARUM GENAU DU
DIESES BUCH LESEN WIRST
Volker Heibertshausen
We are one...Soul

Von Volker ♡

Der Weg 69

Die falsche Wahrheit!

oder warum genau Du dieses Buch lesen wirst!

Du bist unzufrieden und ich weiß warum!

von

Volker Heibertshausen

Satz und Layout:

Volker Heibertshausen

Umschlaggestaltung:

Volker Heibertshausen

Solltest du Rechtschreibfehler finden, darfst du sie gerne behalten ☺

Weitere Informationen zu den Inhalten:

www.freitv.wordpress.com

youtube: Frei TV

Inhaltsverzeichnis

Ich danke...

meinen Kindern Linda, Jamie und + Danny. Danke dass ich euer Vater sein darf, und ihr mich dafür ausgewählt habt!

der Frau an meiner Seite - Sabine, meiner Mama, meinem Vater, meinen Großeltern und meinen Brüdern.

allen Menschen welche ich in meinem Leben kennenlernen durfte, egal ob sie mir nahe standen oder ob ich nicht so schöne Erlebnisse hatte, jeder hat mir geholfen dahin zu kommen, wo ich jetzt bin!

Außerdem allen Menschen die den Mut haben, Wahrheiten offen auszusprechen, ohne Rücksicht auf das eigne Wohl!

Und allen Menschen weltweit, und dem Schöpfer/der Urquelle!

Ein besonderer Dank geht an diejenigen, die nicht an mich geglaubt haben, und mich verspotteten da es mich noch mehr bestärkt hat, an dem Buch zu arbeiten und zu schreiben, und die Wahrheit kund zu tun!

Ansprüche

Der Autor erhebt keine Ansprüche auf Absolutheit für den Inhalt, der lediglich seine Sicht und Betrachtungsweise wiedergibt.

Jeder möchte für sich selbst entscheiden, was er für falsch und richtig hält.

Informationen, die sich im Buch befinden, beruhen meist auf eigener Recherche. Trotz intensiver Bemühungen können Fehler auftreten. Diese sind nicht beabsichtigt.

Es bestehen keine Ansprüche auf Richtigkeit.

Alle Links im Buch waren bei der Fertigstellung des Buches online. Der Autor übernimmt keine Gewähr dafür, dass die Inhalte jetzt noch zur Verfügung stehen. Die Überprüfung erfolgte am 26.04.2016 & 10.05.2016

Der Autor schließt Haftungsansprüche jeglicher Art aus.

Durch den Druck kann es passieren, dass einige Bilder unscharf sind, weil vieles davon Handyfotos waren. Gerne kannst du mich anschreiben, und ich sende dir die Originale als Beweis zu.

„Du wirst in einer großen Lüge geboren, die Welt so wie sie ist, zu sehen. Das ist eine Illusion! Du wirst von Kindesbeinen an darauf getrimmt, zu gehorchen, alles aus dem Außen anzunehmen, und nicht zu hinterfragen. Sämtliche Medien unterstützen dich dabei, fernab von der Wahrheit zu bleiben. Du folgst dem System wie selbstverständlich. Du vergiftest dich freiwillig tagtäglich, und weißt es nicht einmal warum du das tust. Du unterstützt die Meinung der Anderen, und bildest dir dabei keine Eigene. Du lügst, als wäre es das normalste der Welt. Du bezahlst alles, weil du glaubst es zu müssen. Du bist ein moderner Sklave, und glaubst dabei du bist frei. Das ist ein Trugschluss! Du kannst dein Leben gestalten, wie du es willst. Und genau das ist es, was die Oberen NICHT wollen. Die Wahrheit und das Wissen schlummert tief in dir drin. Einmal „aktiviert", wirst du merken, was hier alles falsch läuft. Dort war es schon immer, und du wusstest es nicht. Gut versteckt, oder? Denn dort würdest du niemals suchen, sondern glaubst es irgendwo da draußen zu finden. Doch die Zeit der Fehlleitungen ist nun vorbei. Jetzt entdeckst du, was für ein großartiges Wesen du in Wirklichkeit bist. Von jetzt an geschehen Wunder, akzeptiere sie, und sehe sie als göttliches Geschenk"

Volker Heibertshausen

Vorwort

> ***„Warum du genau dieses Buch liest? Weil bei dir immer die anderen schuld sind."***

Dieses Buch habe ich für dich geschrieben! Ich wusste das du es liest, deswegen habe ich es auch aufs Cover geschrieben. Es ist den Menschen gewidmet, die raus aus ihrer Unzufriedenheit möchten und das „Spiel", das uns vorgegaukelt wird, bereit sind, nicht mehr mitzumachen. Mein Ziel ist es, Menschen, die dieses Buch lesen, zum Umdenken zu bewegen. Glaub mir bitte, dass mir nichts mehr am Herzen liegt, als dich glücklich zu machen! Egal, in welcher Lethargie du lebst (und es nicht einmal weißt), ich möchte dich da heraus begleiten. Auch Menschen, die ich hier angreife, sollen nicht „beleidigt" sein, wenn ich sie persönlich treffe, sondern sollen in den Spiegel sehen, den ich ihnen vorhalte. Solltest du in meinen Augen oder in denen der anderen noch so ein großes Arschloch sein, ich mag dich trotzdem und es fühlt sich gut an! Perplex oder? Ich weiß, wie es sich anfühlt, da ich selbst eins war. Ich weiß aber auch, wie man fühlen kann, wenn man zulässt, sich zu ändern. Ich will, dass du zu dir selbst findest und herausbekommst, was DU wirklich bist und kannst. Dazu musst du aber erst einmal „ein dickes Fell" haben und einiges über dich ergehen lassen. Das erfordert Kraft. Es war mir wirklich ein Herzenswusch ein Buch für alle Menschen zu schreiben.

„Wenn du dich änderst, dann ändert sich alles."

Der Weg 69

Die falsche Wahrheit oder

warum genau du dieses Buch lesen wirst

von

Volker Heibertshausen

Ich nenne mich selbst vom Arschloch zum Autor der Liebe.

Es liegt mir absolut fern, hier irgendjemanden persönlich zu beleidigen, niemand kann etwas dafür, dass er so ist wie er ist. Schaue deswegen einfach auf dein Leben, und überlege, ob alles so richtig ist, wie du es machst.

Ich sage alles was du nicht hören willst, und helfe dir damit, wetten?

Ich sage dir warum du alles „vermeintlich" falsch gemacht hast, aber eigentlich doch nicht ☺

Dieses Buch ist auch voller Lügen, Wiedersprüche, Ungereimtheiten, Verwirrungen, und das ist pure Absicht ☺

Einleitung

Ich spreche genau dich an, weil ich ein kleines Stück der Welt verändern will und kann. Und du kannst es auch, wetten? Ich hoffe, du verträgst so viel Wahrheit. Ich öffne deine geschlossenen Augen für die Dinge, die WIRKLICH wichtig sind.

> ***„Wer die Wahrheit nicht kennt, ist nur ein Dummkopf. Wer sie aber kennt, und sie eine Lüge nennt, ist ein Verbrecher."***

(Galileo Galilei, 1564–1642)

Du denkst, dass du schlau bist, alles weißt, und doch weißt du gar nichts. Ich gehe sogar noch weiter. Ich sage, dass du blöd bist, ungewollt blöd gemacht, von einem Mechanismus, dem du folgst, obwohl du denkst, es wäre das Normalste der Welt. Du wirst hier Dinge lesen, welche du bestimmt so noch nie gehört hast. Du machst täglich fast immer dasselbe. Konsumierst das, was alle konsumieren. Wenn es alle machen, muss es richtig sein. Erkläre mir plausibel, warum es stimmt, wenn alle deine Freunde und Bekannten sagen, es stand so in der Zeitung, und im Fernsehen sagen sie auch genau das! Ein Beispiel: Du bist im Stadion beim Fußballspiel. Alle schreien: „Abseits!!!" Du sagst als Einziger, dass es KEINS war, und sie lachen dich aus, ja fangen sogar Streit mit dir an. Die Wiederholung zeigt dir und ihnen, wie es wirklich war, nämlich KEIN Abseits. Schon verstummen die 29.999 Kehlen. Verhältnis 1:29.999! So verhält es sich auch, wenn du DEINE Meinung sagst, weil du denkst, dass sie stimmt. Aber meist redest du anderen nach dem Mund, nur um nicht aus der Reihe zu tanzen, da das Konsequenzen hat. Es artet in Diskussionen aus und letztendlich geht man im Streit auseinander, weil dich keiner für voll nimmt. Bilde dir in Zukunft deine eigene Meinung, sei dieser Eine. Aber Halt! Du kannst es nicht! Und du willst auch nicht! Dann nämlich musst du die Masse verlassen, in der du dich ja so wohlfühlst. Dann wirst du ein Außenseiter, ein „Spinner". Aber bist du es wirklich, weil alle anderen es sagen? Nein, du merkst, da ist diese Unzufriedenheit, diese (unbegründete) Zukunftsangst. Da ist die Angst, den Job zu verlieren, das Haus, das Auto oder die Wohnung, die bezahlt werden muss, und was alles damit zusammenhängt. 90 Prozent der Ängste, die du verspürst, sind unbegründet, treffen nie ein! Kennst du diesen Spruch:

„Was kann ich als Einzelner schon verändern?"

Diesen und viele andere „alte" Sprüche oder berühmte Zitate wirst du in diesem Buch oft wiederfinden. Und warum? Weil derjenige, der sie sich damals sagte, bestimmt einen Sinn darin gesehen hat. Heutzutage spricht man sie tagtäglich aus, ohne genau hinzuhören, obwohl in jedem einzelnen so viel Wahrheit steckt. Wann änderst du etwas? Ich sage dir wann: Wenn dir im TV oder der Zeitung gesagt wird, jetzt müssen „wir" etwas ändern! Vorher machst du nichts dergleichen, weil du nicht selbstständig denkst, sondern dir eine Meinung vorgeben lässt, die du mit vertrittst. Du hinterfragst sie nicht, machst nur blind mit, egal, ob sie stimmt oder nicht. Der Fernseher ist der „Lehrer" der Neuzeit, er übernimmt spätestens nach dem Kindergarten, meist früher, deine Denkweise, weil er dich unbewusst „leitet".

Ich habe mich innerhalb von sechs Monaten (Stand Juni 2015) zu einem völlig neuen Menschen entwickelt, bin nur noch positiv, verspüre kaum noch Aggressionen. Ich würde am liebsten allen Menschen, die nicht wissen, warum sie täglich schlecht gelaunt sind, helfen. Der Weg dahin ist so einfach und genau das ist der Grund, warum ich dieses Buch schreiben muss. Wenn du nur einen Teil davon mitnimmst, kommst du von ganz allein darauf und wirst ein glücklicher Mensch. Ich bin kein Hochschulabsolvent, habe keinerlei Titel oder entsprechende Ausbildungen gemacht, die mich dahin gebracht haben, wo ich jetzt bin und bleibe! Nein, ich bin Hauptschüler ohne Abschluss, habe zwei Ehen hinter mir, zwei gesunde Kinder und einen Sohn im Himmel. Melodischer Hardrock gehört zu mir wie Wasser und Brot, das ist meine Lebenseinstellung. Beruflich bin ich seit über 20 Jahren bei der Straßenreinigung gewesen. In meinem früheren Leben war ich ein richtiges Arschloch, habe gesoffen, gezockt, betrogen und gelogen! Um das Wissen zu erlangen, das ich mir in den letzten fünf Jahren angeeignet habe, braucht man nur eine Sache: einen gesunden Menschenverstand. Und genau der ist (unbewusst) bei ganz vielen Menschen abhandengekommen. Auch bei dir! Ich decke deine Fehler, die du tagtäglich begehst, gnadenlos auf. Ich halte dir immer wieder den Spiegel vor und das, obwohl ich dich vielleicht gar nicht kenne. Du wirst bei ganz vielen Dingen sagen, dass dich das nicht betrifft. Und wetten, dass du trotzdem nicht ungeschoren davonkommst? Wir alle machen so viele Fehler. Tag für Tag. So viele, dass wir sie gar nicht mehr als solche ansehen, sondern sie für uns als selbstverständlich wahrnehmen. Glaubst du wirklich, wir sind zum Arbeiten auf die Welt gekommen und um uns nach dem Wochenende zu sehnen? Ist es einzig und alleine die Erfüllung, Geld zu verdienen? Das, was ich dir sagen werde, ist mit keinem Geld der Welt zu bezahlen. Alles in diesem Buch sind kleine Puzzleteile. Setze sie einfach richtig zusammen. Das beste dabei: DU bist genau das fehlende Teil darin. Es ist mir egal, welche Nationalität du hast, ob du Schüler, Arbeitsloser, Hausfrau, Pförtner, Anwalt oder meinetwegen Politiker bist. Du machst so viel falsch in deinem Leben und ich werde dich wachrütteln. Warum ich das mache? Weil es mir ein Herzenswunsch ist, dich zu ändern, damit du ein anderer, selbstbewussterer Mensch wirst und alle um dich herum werden es bemerken. Ich schreibe hier in meinen Worten, kein „Fachchinesisch". Es soll jeder verstehen, es geht nur um die Botschaft, dafür braucht man keine Fremdwörter. Und falls du schon arbeitest: Beruf kommt von Berufung. Hast du den Beruf erlernt, von dem du als Kind schon immer geträumt hast? Oder bist du dem Wunsch deiner Eltern gefolgt oder dem Ruf des Geldes nachgeeifert? Wenn du deine Berufung noch nicht gefunden hast, wird es höchste Zeit! Ich habe meine jetzt, mit 45 Jahren, gefunden und du kannst das auch! Ob man damit viel oder wenig verdient, ist vollkommen egal, weil etwas ganz anderes zählt: Zufriedenheit, Liebe, Glück und Nächstenliebe!

> ***„Zu vielen Menschen ist es gleichgültig, was geschieht, solange es nicht ihnen selbst passiert."***

Zitat William Howard Taft

Ich nehme dich jetzt mit auf eine Reise, die sich wie ein Märchen liest, und doch wahr ist.

„Die besten Geschichten schreibt ja bekanntlich das Leben."

Dies hier ist meine...

Der Beginn oder wie ich darauf kam, dieses Buch zu schreiben

Da ich in meinem Job absolut unterfordert war, jedoch ganz gut bezahlt wurde (für mich sind 2.000 Euro netto viel...), war ich lange auf der Suche nach etwas, das ich alternativ machen könnte. Mir fiel partout nichts ein, bei dem ich auch noch Spaß haben würde. Also hatte ich mich meinem Schicksal ergeben und machte meine Arbeit weiter, weil es ja so ein fester, krisensicherer Job war (man hört ja auch auf die anderen...). Trotz allem war immer diese Unzufriedenheit allgegenwärtig, wie bei dir bestimmt auch. Arbeiten, Wochenende, ein paar Tage Urlaub, dann dasselbe Spiel von vorn. Im Jahr 2011/12 änderten sich meine Interessen (ich habe es gar nicht gemerkt, es war ein langsamer schleichender Prozess). Ich habe Hunderte von Gesprächen mit Menschen geführt, die ähnlich dachten, Dokus auf einem Videoportal angeschaut und Bücher verschlungen, die ja mal so gar nicht ins öffentliche Weltbild passten (vor allem alles über den 11. September 2001). Zunächst schockierte es mich, dann machte es mich fassungslos, aber es sollte seinen Sinn haben, warum es mich so faszinierte. Darauf gehe ich später genauer ein.

Um einen Weg aus der Unzufriedenheit zu finden, fing ich zum Jahresende 2014 an, zu meditieren, weil es ja für innere Ruhe und Ausgeglichenheit sorgen soll. Genau so wollte ich ja werden. Es hat bei mir aber nie funktioniert, außer dass ich mir einmal im Garten dabei den Pelz verbrannt habe. Also habe ich es nach ein paar Monaten wieder aufgegeben, wobei ich gelesen hatte, dass es bei einigen Jahre gedauert hat, bis es gelang. So fing ich an, Bücher zu lesen. Und zwar solche, in denen hinter die Kulissen der Gesellschaft geschaut wird. Plötzlich hat es Klick gemacht. Das ist mein Thema, davon will ich mehr wissen. Durch meine Neugierde stieß ich auf ein Buch von Jan van Helsing mit dem Titel: „Hände weg von diesem Buch!“ Es war das beste Buch, das ich bis dato gelesen hatte. In der Nacht, nachdem ich es tags zuvor zu Ende gelesen hatte, wurde ich wach und irgendwer oder irgendetwas sagte mir drei Buchstaben: „GTA“. Ich wusste damit überhaupt nichts anzufangen. War es doch nur ein Traum? Ich grübelte und grübelte und dann fiel es mir wie Schuppen von den Augen. Mein Sohn (8) hat wie jedes Kind eine Spielkonsole, uninteressant welche, tut auch nichts zur Sache. Genau darum ging es, da war etwas, was mir schon lange ein gewaltiger Dorn im Auge gewesen war. Es ging um ein Spiel! Ich hatte folgendes Problem: Viele Freunde meines Sohnes (und viele Minderjährige mehr...) besitzen dieses eine Spiel, das erst ab 18 freigegeben ist. Erst vor Kurzen hatte ich meinen Sohn zu einer Nachbarin gebracht, da er mit ihrem Jungen spielen wollte. Was lief gerade für ein Spiel? Genau dieses. Also bat ich die „Mutter“, dass ich nicht möchte, dass es gespielt wird, solange mein Sohn zugegen ist.

Ein kurzer Hinweis zu dem Spiel: In diesem Spiel geht es um teure Autos, leichtbekleidete Frauen und es wird geschlagen, verprügelt und gemordet, was das Zeug hält. Das Ganze sieht dabei auch noch so real aus, dass es ein achtjähriges Kind bestimmt nicht von der normalen Welt unterscheiden kann. Die Antwort der „Mutter" haute mich fast um. „Ist doch wie im realen Leben", sagte sie. Da fiel mir echt nichts mehr ein, außer die Antwort: „Genau deswegen will ich es nicht!" Bitte nicht falsch verstehen, ich habe nichts gegen die Spiele, das Fernsehen heutzutage ist ja keinen Deut besser, aber dazu später mehr. Aber warum kaufen Eltern ihren Kindern solche Spiele? Die Antwort könnt ihr gleich lesen. Zurück zur besagten Nacht, in der ich wach blieb und mir überlegte, was ich denn mit der Situation jetzt anfangen sollte. Ich stand auf, fuhr das Notebook hoch und wollte mir Stichpunkte aufschreiben, um später eine Art Aufklärungsvideo für einen Videokanal zu drehen, in dem ich gern davor gewarnt hätte, wie verroht doch die Gesellschaft ist, wenn so etwas schon zum Alltag vieler Haushalte gehört. Als ich zu schreiben begann, merkte ich, dass ich eigentlich dabei war, eine Geschichte zu Papier zu bringen, welches aber leider Gottes wahr ist. Ich entschied mich, kein Video zu entwerfen, da ich spürte, dass daraus mehr wird. Außerdem befürchtete ich, dass mir jemand die Geschichte „klauen" könnte. Diese Geschichte möchte ich euch hier vorstellen, und zwar fast unverändert, wie sie in der Nacht entstand. Ich schrieb von zwei bis halb acht Uhr durch, musste dann zum Ende kommen, da ich meinen Sohn zur Schule bringen musste. Diese Geschichte war der „Auslöser" für mich, dieses Buch zu schreiben.

Ich habe nie zuvor etwas Ähnliches auch nur ansatzweise gemacht, umso überraschter war ich, wie leicht es mir fiel.

Ein wahres trauriges Märchen für Eltern und Kinder

Ich stelle mal eine ganz simple Frage in der 1. Klasse. Na, was willst du später mal werden? Bereitwillig höre ich die größten Wünsche:

Fußballer oder mit Tieren arbeiten? Feuerwehrmann oder der Klassiker Polizist? Vielleicht Forscher oder sogar Anwalt? Oh du willst einfach nur Musik machen? Kein Problem, soll ich euch etwas sagen? Das könnt ihr alle schaffen! Ich kann nicht versprechen, ob ihr später als Fußballer Profi werdet, aber ihr werdet definitiv Fußball spielen. Du wirst später vielleicht in der Auffangstation für Tiere arbeiten oder in Afrika mit ihnen leben, Ehrenwort! Du wirst später Leben retten und viele Feuer bekämpfen, da bin ich mir sicher. Dich sehe ich auch schon im Streifenwagen sitzen und mit Blaulicht durch die Stadt rasen, super! Ja, du wirst in Ägypten bestimmt mal den einen oder anderen spektakulären Fund machen, wow! Dich hören wir später im Radio mit deinen eigenen Songs! Auch dir kann ich nicht versprechen, dass du als Anwalt immer nur die guten Fälle bekommst, aber du wirst Anwalt werden, versprochen! Wieso ich mir so sicher bin? Weil man alles schaffen kann, was man will! Das behaupte ich nicht, sondern daran glaube ich fest. Fünf Jahre später treffe ich ein paar von ihnen wieder, mittlerweile nebenan in der Gesamtschule.„Ali, was macht die Kickerei?“ „Och. Ich habe doch gar keinen Ball.“ – Hmm. „Nevio, wie war es im Safaripark?“ „Was ist denn ein Safaripark?“ – Ähm, wie bitte? „Lukas, letzte Woche war Tag der offenen Tür der Feuerwehr? Und? Ach, du warst nicht da? Versteh ich nicht...“ „Und Philip, welches Instrument hast du mittlerweile gelernt? Keins?“ – Oha, dann frage ich die anderen erst gar nicht. „Doch, mich kannst du fragen.“ „Ok, Sven, dann erzähl mal.“ „Oh, du gehst andauernd in Museen in Deutschland, sogar im Ausland? Mit deinen Eltern, klasse, finde ich echt toll.“„Erzählt doch mal, wie sieht euer Alltag aus? Ihr kommt heim, erzählt, was in der Schule war, esst gemeinsam zu Mittag, dann Hausaufgaben und danach wird mit Freunden gespielt oder gemeinsam was unternommen bzw. du kannst deinem Hobby nachgehen, richtig?" „Wie nein?" „Ach, es ist keiner zu Hause bei dir, arbeiten alle?" „Oh. Bei dir sitzt die Mama vorm Fernseher und schaut Polizei-Dokus? Das ist ok, sie will lernen für dich, willst ja Polizist werden..."„Und bei dir? Du kommst heim, die Bude ist voll, alle rauchen und du musst in dein Zimmer? Klar sie will dich vor dem Rauch schützen!" „Ach, du gehst gar nicht erst heim und hängst noch mit deinen Freunden ab? Machen sich deine Eltern keine Sorgen? Wie nö?" „Na dann erzählt doch mal, wie es bei euch ist." „Also du gehst heim, machst dir irgendwas zu Essen oder hast dir Pommes geholt, schmeißt den Ranzen in die Ecke und zockst Spiele ab 18, am liebsten das mit den drei Buchstaben, das ist das Beste! Ist ja keiner da, der es mitbekommt, deine Eltern sind ja arbeiten." „Und deine Mama möchte ihre Sendungen noch zu Ende schauen und hat danach vielleicht Zeit, aha, gehst dann ins Internet und surfst und spielst auch das Spiel." „Ja, du musst ja sowieso in dein Zimmer wegen des Rauches, ach du zockst ‚es' auch und hörst Musik, Gangsta-Rap, interessant..." „Klar, du bist ja sowieso noch unterwegs mit den Jungs, pöbelst ein paar Schwächere an und klaust denen den Ball? Warum? Ach so, ihr wollt ja Fußballer werden... Und den Ball habt ihr anschließend einfach ins Gebüsch gekickt und seid auch zocken gegangen? Ich frage erst gar nicht, welches Spiel..." „Ach fast alle in der Schule spielen das? Nebenan sogar die Grundschüler?" „Fast alle", sagt Philip, „außer so Loser wie der Sven, der Streber, der liest nur in Naturkundebüchern, wie langweilig..." „Na wenn das alle spielen, muss ich unbedingt mal zuschauen, ach du hast es sogar auf deinem Handy, wie praktisch. Oh, ja das ist interessant, krass und echt brutal…“ „Wissen eure Eltern, dass ihr so etwas spielt? Die haben es euch gekauft? Aber ihr seid doch erst elf oder zwölf? Ach ihr habt fast nur Spiele ab 18? Jetzt bin ich aber baff. Wollen die, dass ihr schneller erwachsen werdet, oder warum kaufen die das alles? Sie wollen euch etwas Gutes tun, sagen sie? Damit ihr nicht mehr nervt und nörgelt? Sie wollen nur ihre Ruhe haben, weil ihr sie stresst? Warum ärgert ihr eure Eltern? Ach sie ärgern euch? Wie jetzt?“ „Ach ja hier, mach deine Aufgaben, räum dein Zimmer auf, bring den Müll runter, nur machen, machen… Ja das sagen sie, damit ihr alle zusammen den Haushalt macht und jeder seine Basics, um dann gemeinsam etwas zu unternehmen, ist doch überall so.“ „Nein so ist es nicht, sagst du, Philip? Was ist denn anders?“ „Eigentlich nix, alles noch wie früher, als du uns fragtest, jeder macht sein Ding und gut ist!“ „Außer Sven, den siehst du andauernd mit seinen Geschwistern und seinen Eltern… der darf gar nix!“ Das muss ich jetzt erst einmal sacken lassen. Was war aus den netten Jungs von damals geworden? „Wir treffen uns wieder, wenn ihr 20 seid, genau hier an demselben Ort, ich finde euch schon“, sage ich.

Acht Jahre später, ich hätte es schon fast vergessen, aber ich halte meine Versprechen, gehe ich zum vereinbarten Treffen. Leider ist nur Philip gekommen. „Hi, wo sind denn die andern? Wie, ihr seid keine Freunde mehr? Ali hat dir die Freundin ausgespannt und arbeitet im Bodybuilding Studio? Ach, er trainiert da nur täglich und hat viele Schulden…“ „Hat sogar einen Mercedes? Wie denn, ist doch arbeitsuchend? Ach die Bank hat den bezahlt… ok verstehe…“ „Und Nevio? Der ist jedes Wochenende Türsteher in den letzten heruntergekommenen Schuppen?“ „Lukas habe ich lange nicht mehr gesehen, der hat ja dann nur noch krumme Dinger gemacht…" „Und du Philip?" „Ich hatte Glück und einen Ausbildungsplatz bei … bekommen, aber danach geh ich auf jeden Fall zu…, die zahlen mehr!" „Warum bist du denn so dick geworden?" „Immer nur Stress, da muss es eben schnell gehen. Döner Pizza, Burger…" – Ah ok… „Weißt du was von Sven?" „Ja der war letztens im Fernsehen, weil er irgendwas Spannendes in der Grube Messel ausgegraben hat. Meine Schwester hat es mir erzählt, die ist ja Hausfrau und hat zwei Kinder. Sie hat es zufällig beim Zappen gesehen, als Werbung lief, normal guckt sie mittags ja immer diese wahren nachgedrehten Geschichten." „Ok Philip, dann wünsche ich dir, dass du deine Ausbildung erfolgreich zu Ende bringst und viel Glück für die Zukunft!"

Was soll uns das jetzt sagen?

Wenigstens einer von den vier Genannten hat sein Ziel verwirklicht oder war er es gar nicht allein? Bingo! Es waren Svens Eltern! Sie haben ihn immer unterstützt, damit sein Traum wahr wird.

Warum klappt das bei den andern nicht?

Wir Eltern sind das Problem, und weißt du warum? Weil unsere Eltern es mit uns ähnlich gemacht haben und wir meinen, es war bei uns gut, dann ist es das für mein Kind auch. Geht ja gar nicht anders. Klar, die Zeiten sind moderner geworden. Wir sind früher bei Super Mario auf Pilze gesprungen, heute werden halt Menschen gekillt, ist ja auch viel realistischer! Wir haben Bob Marley, Kiss oder Depeche Mode gehört und mal nen Joint geraucht oder zu viel Bier getrunken und gekotzt. Alles ein normaler Prozess, der aber bei vielen heute noch anhält, wenn auch in anderer Form.

Die Kinder laufen nebenbei, haben zu funktionieren. Unsere Kinder hören Gangsta-Rap, wollen Frauen mit dicken Titten und teuren Autos, genau wie im Video, ist doch normal... und sprechen haben sie auch verlernt, nicht wahr Alder? Glaubst du, es wollte dahin kommen, wo er jetzt ist? Du hast ihm nicht geholfen, dahin zu kommen, wo er hin wollte! Hast lieber den ganzen Tag Fernsehen geguckt oder geschuftet bis spät abends. Als dein Sohn schon im Bett war, kamst du erst heim? Was hat er davon gehabt, dass du so lange gearbeitet hast? Nichts, er hat dich ja nicht einmal gesehen." Du kannst nicht von deinem Kind verlangen, es soll sein Zimmer aufräumen, wenn dein Auto vermüllt ist und du dein Leben selbst nicht im Griff hast. Du kannst einem Kind nicht verbieten, von den blonden Chicas und fetten Autos zu träumen, wo du selbst eins fährst und es nicht einmal das Radio berühren darf. Aber ich frage dich, was hast du für das Kind gemacht?

Dein Sohn wollte Feuerwehrmann werden, und deiner irgendetwas mit Tieren machen. Du warst nicht mit ihm beim Tag der offenen Tür, obwohl du Zeit hattest, aber deine Lieblingssendung lief genau zu der Zeit in der Glotze (wann läuft eigentlich mal nichts?). Und du warst nicht mit ihm im Safaripark, obwohl du Samstag und Sonntag frei hast, und du Zeit für ihn gehabt hättest, aber dich von der harten Arbeitswoche ausruhen musstest. Wir alle sind ein Spiegelbild der Gesellschaft, aber wer macht denn den Spiegel? Du und ich, also jeder Einzelne von uns, es sind nicht die anderen. Wer sagt, dass du den ganzen Tag TV schauen musst? Wer sagt, dass du von morgens bis spät abends arbeiten musst? Die Gesellschaft? Das sind doch wir selbst! Also ich sage es nicht mehr zu mir! Ich habe im Moment einen Job (Anmerkung: mittlerweile nicht mehr), der mich zwar auch nicht erfüllt, aber ich habe viel Zeit für meine Kinder. In meiner ersten Ehe war ich genauso, wie ihr jetzt seid. Ich sage selbst, ich war ein Arschloch, weil mir alles wichtiger war als mein Kind – das lief nebenher. Ich habe eine Lehre als Bäcker gemacht, wo ich so was von ausgenutzt wurde, danach in einer Großbäckerei dasselbe. Ich habe mein ganzes Geld in Spielhallen verzockt oder versoffen. Ich war auch so dumm und habe vor meinem Kind geraucht. Ich bin fremdgegangen, habe immer noch gesoffen und gezockt und meine Frau schlecht behandelt. Warum war ich wohl so? In der zweiten Ehe lief es besser, bis das Kind kam, da kam dann teilweise der Schlendrian wieder durch. Aber soll ich euch etwas sagen? Ich gehe mindestens ein- bis zweimal mit meinem Sohn (9) raus. In die Natur, Skateboard, Roller oder Fahrrad fahren. Schwimmen und dreimal die Woche im Fußballverein zum Training. Er möchte Sport machen, also unterstützen wir es. Ansonsten geht es so zweimal im Jahr in einen Freizeitpark sowie Schiff fahren, Bustouren machen etc. Du denkst jetzt bestimmt, was für ein Großkotz und Angeber der ist! Das bin ich nicht! Ich habe drei Brüder, jeder macht „sein Ding“, wenig bis null Kontakt. Ich habe auch viel Streit mit meiner Frau gehabt, weil wir wenig Zeit als Paar hatten. Aber wir versuchten, das Beste daraus zu machen für die Kinder! (Anmerkung: Mittlerweile sind wir getrennt, haben beide neue Partner und unser Sohn wie auch wir sind wieder glücklich). Die Kinder kommen (fast) nie zu kurz, im Gegenteil. Wir verwöhnen zu viel (was unser Fehler ist), aber wir sind immer für sie da. Dafür haben sich die armen Seelen bei der Geburt uns als Eltern ausgesucht! Und die meisten wissen gar nicht, was sie daran haben!

„Was du nicht willst, was man dir tut, das füge auch keinem andern zu!“

Ein alter Spruch und trotzdem machen viele das Gegenteil! Jeder gibt dem anderen die Schuld. Nein! Fange bei dir an! Sag nicht, die Lehrer oder Erzieher im Kindergarten oder Hort machen ihren Job nicht richtig, nein du machst es falsch. Das wirst du hier noch oft schmerzlich anerkennen müssen. Ach ja, nach der Bäckerei bin ich zur Straßenreinigung, man hat ja nicht so viele Möglichkeiten, dachte ich. Ich habe die Straße gefegt, dann als Fahrer gearbeitet. Aber im Notfall kehrte ich da auch mal mit, bekomme ja das gleiche Geld. Ich bin nichts Besseres! Es macht mir auch überhaupt nichts mehr aus, dass die Leute einen immer noch blöd anschauen oder (gerade) die teuren Autos mich ständig mit Vollgas überholen. Ich kaufe meine Autos immer mit vielen Kilometern, weil sie dann nur noch einen Bruchteil von dem kosten, was mal der Neupreis war. Soll ich euch was sagen, mein Wagen fährt deswegen nicht schlechter! Nein es ist auch nicht immer aufgeräumt im Auto, aber das verlange ich auch von meinen Kindern nicht... Das ist doch nicht das Wichtigste im Leben! Der Kleine ist mit der Beste in der Klasse und meine Tochter arbeitet bei einem Lungenarzt und möchte mal Kinderkrankenschwester werden. Na wer macht jeden Tag Hausaufgaben mit meinem Sohn? Meine Exfrau oder ich. Ich bin wahrlich nicht der Schlauste. Wer hat mit meiner Tochter intensiv nach einer Lehre gesucht? Meine Exfrau und ich. Verstehst du, was ich meine? Ihr müsst nicht den besten Status haben, der bringt euch gar nichts, Geld verdirbt eher den Charakter, weil ihr dann andere Ansprüche habt, und – noch schlimmer – weniger Zeit für eure Kinder. Wenn ihr nur zu Hause herumgammelt, was soll da passieren? Glaubt ihr, da klingelt einer und sagt „Guten Tag, wir möchten dir deinen Traumjob anbieten und dann klappt es auch mit der Erziehung"? Vergesst es! Es ist NIE zu spät, damit anzufangen. Wir nehmen uns da sehr gern als Beispiel. Meine Exfrau arbeitet übrigens auch und wir haben Jobs, die gut vereinbar mit Kindern sind. Die haben wir uns selbst gesucht, keine Agentur für Arbeit musste uns etwas „aufdrücken". Denkt immer daran, ihr tut es für euch UND eure Kinder. Sie werden es euch später danken, wenn ihr sie braucht. Ansonsten werden sie auch nicht für euch da sein und jeder macht „sein Ding". Ihr seht, mir ging es genauso wie euch, vielleicht sogar noch schlechter.

Wenn wir das können, dann könnt ihr das auch!

Wenn ihr schlechte Vorbilder bleiben wollt, sagt nicht, es hätte euch keiner geholfen... weil eigentlich, und da sind wir wieder beim Thema, könnt ihr das nur selbst ändern. Es gibt auch jetzt bestimmt ganz viele Leser, die sagen: „Ich liebe mein Kind, so wie es ist." Klar, aber liebt es sich selbst auch so? Mit Übergewicht? Klar hast du ja auch... Du arbeitest nicht, was ich dir zweifelsfrei nicht vorwerfe, aber: Warum sagst du deinem Kind immer, ihr habt zu wenig Geld? Warum bekommt es nur Fastfood? Es würde aber gern mal Obst essen. Ist zu teuer? Moment, so ein Döner kostet vier Euro, Obst die Hälfte... Er wird gehänselt in der Schule, weil es zu dick ist oder immer alte Schuhe trägt. Zu teuer? Du rauchst doch jeden Tag für fünf Euro... Zwei Wochen nicht rauchen = ein paar neue Schuhe! Es macht seine Hausaufgaben nicht ordentlich oder gar nicht, hilfst du ihm dabei? Nein, dann wundere dich nicht! Ihr seht, eure Kinder brauchen euch. Also denk mal nach, ob du nicht auf die eine oder andere Fernsehsendung verzichtest oder, solltest du arbeiten, ein paar Überstunden weniger machst. Du hast es zwar nicht ganz allein in der Hand, aber du kannst viel dafür tun, ob aus deinem Kind ein Forscher, Türsteher oder ob aus ihm gar nichts wird. Dass in der Geschichte keine Mädchen vorkommen, ist unbewusst so passiert. Man kann die Geschichte genauso auf sie projizieren. Sie würden dann z. B. Putzfrau werden, ändern würde es aber an der Message nichts...

Mein Leben – oder vom Arschloch zum Autor

Diesen Teil kannst du gern auslassen. Er wird dir aber mit Sicherheit helfen, den Rest des Buches zu verstehen und warum ich so geworden bin. Nämlich ein ausgeglichener Mensch, der nicht mehr lügt, Spaß am Leben hat – und zwar jeden Tag! Ich verschöne nichts, ich lasse die Hosen gnadenlos herunter und berichte dir, wie ich war!

Die Kindheit

Geboren im Juni 1969 in Frankfurt/Bornheim. Hier fing alles an. Nachdem mein Bruder schon fast zwei Jahre auf der Welt verweilte, kam ich dazu. Meine Mutter war zu diesem Zeitpunkt noch zarte 20 Jahre alt. Mein Vater, damals 22, war sowieso nie da, hing lieber in der Kneipe bei seinen Kumpels herum. Kindergarten kannten wir nicht, meine Mama machte das zu Hause mit uns schon ganz gut allein. Als mein Vater noch bei uns wohnte, bekam ich natürlich des Öfteren mit, wenn er nachts spät heimkam. Dann ging es richtig rund, sage ich euch. Das hat natürlich geprägt. Meinen Bruder, den ich dann immer wecken wollte, hat das überhaupt nicht interessiert. Also musste ich mit dem Zirkus immer allein fertig werden. Meine Mama sagte natürlich immer, es sei alles in Ordnung und brachte mich wieder ins Bett. Dann ging es weiter rund, solange mein Vater nicht eingeschlafen war. Ihn sah ich tags darauf sowieso nie, da er früh zur Arbeit ging (als Gas- und Wasserinstallateur) und abends danach auch nicht heimkam. Das Spiel ging so weiter, bis ich etwa fünf Jahre alt war, dann trennten sich meine Eltern. Bis wir in die Schule kamen, lief alles ganz normal weiter. Geregelte Treffen mit meinem Vater gab es nicht, also von wegen alle zwei Wochenenden oder so. Er holte uns, wann es ihm in den Kram passte, am liebsten, wenn Dippemess war (Frankfurter Volksfest) oder wir gemeinsam zum FSV Frankfurt gingen. Da musste man nicht viel reden und wir hatten Spaß zusammen. An Weihnachten kam er immer vorbei und brachte die größten Geschenke, die man sich vorstellen kann. Meine Mama hat ihn immer reingelassen, obwohl ich mir vorstellen kann, wie sie gefühlt hat. So lief das jahrelang. Mittlerweile hatte er eine andere Frau, mit der wir aber nicht so klar kamen. Sie war auch meist nicht da, wenn wir mal bei ihm schliefen. Ich war ja schon immer notorischer Frühaufsteher und musste immer warten, bis er und mein Bruder endlich aufstanden – das waren Stunden. Irgendwann hatte er wieder eine neue Freundin. Sie betrieben ein nettes Café zusammen und kurz darauf eine Kneipe (und viele folgten...). Als wir Sonntags mal zu Besuch waren, sahen wir in ihrer Tasche ein Bündel mit Hundertern. Mein Bruder sagte: „Komm, hol einen raus, das merkt die eh nicht, ich steh Schmiere!“ Schmiere stehen hieß bei ihm, er saß auf der Couch und ich musste mich an die Tasche heranpirschen und den Schein zupfen. Wenn sie mich erwischt hätte, wäre ich der alleinige Schuldige gewesen. Ich denke, sie hat es sowieso gemerkt, dass etwas fehlte, da sie danach anders zu uns war. Sie verließ meinen Vater auch bald und er betrieb die Kneipe mit einem Freund weiter. Wollten wir ihn sehen, dann nur, wenn wir ins Lokal kamen. Da durften wir dann Gläser spülen oder einfach nur verweilen. Überhaupt gab es immer nur Vorwürfe (indirekt gegen meine Mama). Die Haare sind zu lang, die Klamotten dreckig oder alt. Später habe ich erfahren, dass er selten Unterhalt bezahlt hat, meine Mama es aber auch nie eingeklagt hatte. Also wie du siehst, war hier von väterlicher Liebe keine Spur. Aber er hat immer vor den Kumpels geprahlt: „Das sind meine Jungs…“ Ich habe es immer so akzeptiert und später sogar mitgelebt, dazu an anderer Stelle mehr. Unser Verhältnis heute ist ok. Leider sind ernste Gespräche mit ihm nicht möglich, was ich aber so akzeptiere. Meine Mama hatte, nachdem wir umgezogen waren und allein zur Schule gingen, wieder angefangen, zu arbeiten. In einer großen Arzneimittelfirma versorgte sie die Angestellten in der Kantine. Dort lernte sie auch ihren zweiten Mann kennen, den sie uns bald darauf vorstellte (Anm.: Mittlerweile verstorben, deswegen fällt es mir etwas schwer, darüber zu schreiben. Aber ich will hier die schonungslose Wahrheit preisgeben). Er war auch am Anfang nett, obwohl, Moment, wir Geschwister waren ja angeblich so frech und ungezogen, dass wir erst einmal die gesamten Sommerferien ins Ferienheim kamen. Das war echt Horror mit vielen Kindern in einem Raum zu schlafen, weit weg von zu Hause. Es war in Murnau/Bayern. Da herrschte Zucht und Ordnung, wie man so sagt. Ob es uns etwas gebracht hat? Ich sage klar: Nein! Wieder zuhause lernte ich auch seine andere Seite kennen. Viel Suff und kein Interesse an uns Kindern. Wenn ich mal aufmüpfig wurde, kam der Rohrstock, oder der Kochlöffel zum Einsatz. Sollte einer davon an meinem Arsch gebrochen sein, wurde die Neuanschaffung mir vom Taschengeld abgezogen! Trotz allem bekam meine Mama mit ihm noch zwei Jungs, mit denen ich leider heute auch keinen Kontakt mehr habe, was aber eines meiner nächsten Ziele ist. Er hatte einen Kleingarten, in dem wir eigentlich alle Wochenenden im Sommer verbrachten. Er wurschtelte im Beet herum, meine Mama strickte oder unterhielt sich mit ihrer Mutter (eine furchtbare Oma war das…). Wir mussten sehen, wie wir den Tag herumbekamen. Meist gingen wir in anderen Gärten, deren Besitzer gerade nicht da waren, wildern und schauten, was man so gebrauchen könnte. Oder wir waren auf einem benachbarten Gelände Fußball spielen. Waren wir mal nicht im Garten, ging es Sonntag mit ihm zum Frühschoppen in die Kneipe. Oder seine Mutter, also unsere Oma, wurde im Spessart besucht. Das waren so langweilige Sonntage, nur dumm herumsitzen oder auf den Spielplatz gehen, der aus einer Rutsche und einem Holzhaus bestand. Die Oma war ein ganz lieber Mensch, hatte aber körperliche Gebrechen, sodass sie mit uns eigentlich nichts anfangen konnte. Um überhaupt ein wenig Spaß zu haben, sagte ich meinem Stiefvater, dass ich, wie er es auch war, gern in seinen Schützenverein möchte. Wie der Zufall es wollte, suchten die einen Kinderschützenkönig und somit hatte ich meinen ersten Titel, ohne etwas dafür gemacht zu haben. Dass wir nach diesen Veranstaltungen, also hier dem Schützenfest, abends noch heimfuhren, war klar. Dass er ordentlich gebechert hatte auch. Verantwortungslos bis zum Geht-nicht-mehr! Zum Glück ist nie etwas passiert. (Jahre später wurde er, als er aus dem Garten kam, erwischt und war seinen Lappen los. Dann ging es nur noch per pedes.) Er war eigentlich nicht verkehrt, hatte auch ein gutes Herz, aber irgendwie war er wohl hilflos, denke ich. Ach ja, wir sind auch oft zu meiner Tante, also zur Schwester meiner Mama, gegangen, die nicht weit entfernt wohnte. Mit meinem Cousin konnte ich wenigstens immer spielen, das war cool. Was aber gar nicht cool war: Immer wenn ich über Nacht blieb und sie ein paar Billigweine intus hatte, fummelte sie gerne mal an mir herum und wollte mich küssen. Ich werde niemals ihren Atem vergessen…

Ich entdecke die Musik

Na ja, wir wurden älter und lasen brav die Bravo, Popcorn und Rocky, alles Jugendzeitschriften. Dort stieß ich auf Kiss! Ich dachte nur: Wow, was sind das denn für Typen! Als wir irgendwann durch ein großes Kaufhaus schlenderten und uns durch die Schallplattenabteilung suchten, stand sie da:

Ein Tag, der mein ganzes Leben verändern sollte. Als wir die Platte zum ersten Mal hörten, fiel uns die Kinnlade herunter. Das war genau das, was wir hören wollten, und die Typen sahen auch noch Hammer aus. So etwas hatte es zuvor noch nie gegeben. Bald darauf waren unsere Wände voll mit Postern und jedem erdenklichen Schnipsel, den wir von unseren Göttern erhaschen konnten. Diese Liebe hielt übrigens bis heute an (mittlerweile habe Ich Sie so gut wie abgelegt) . Im Jahr 1980 konnten wir sie dann endlich live sehen. (Ich war gerade zwölf geworden und mein Stiefvater ging zum Konzert mit). Donnerstags lief im regionalen Sender immer die Hitparade international mit Neuvorstellungen und den Top 20. Man saß am Kassettenrekorder und nahm alle Lieder sozusagen „live“ auf. Das machte damals so gut wie jeder, da es noch keinen Download gab und wir uns wirklich von unseren paar Kröten Taschengeld wenig leisten konnten. Was wir hatten, wurde in Kiss investiert. Das war unsere Flucht aus dem Leben, unsere Traumwelt. Durch die Zeitschriften und das Radio wurde man auch ganz schnell darauf aufmerksam, wie viele Bands eigentlich ähnliche Musik machten, aber ohne das ganze Brimborium. Es kamen Bands wie Van Halen, Rainbow oder Def Leppard, die ja nur alle die Vorreiter waren auf das, was Mitte der Achtziger auf uns zukommen sollte: geile Bands ohne Ende, Musik genau nach meinem Geschmack. Und das alles auch noch zu erschwinglichen Preisen. Da gab es die Konzertkarte für lockere 20 bis 25 Mark (12 Euro sozusagen!). Zum Vergleich: Deutsche „Stars“, die ihr Equipment eigentlich sogar vor Ort hier haben, die also nicht einmal eingeflogen werden müssen, nehmen mal locker an die 100 Euro heute. Abzocke – und trotzdem sind die Konzerte ausverkauft. Darauf gehe ich im hinteren Teil des Buches noch einmal etwas genauer ein.

Das langsame Erwachsenwerden

Ein weiteres Erlebnis ist hängengeblieben, als ich auch so zwölf gewesen sein muss. Wir gingen häufig in eine Pizzeria, um zu flippern oder Donkey Kong zu spielen. Dort kam immer ein Mann dazu und „sponserte“ uns sozusagen. Ich hatte einen Freund dort, einen Türken, dessen Namen ich vergessen habe. Er kannte den Mann, zumindest unterhielten sie sich oft. An einem Freitag waren beide wieder da und er sprach mich an, ob ich am folgenden Tag mitkommen möchte. Sie wollten auf die Kirmes. Ich sagte klar, geil! Meine Mama war davon gar nicht begeistert, verbot es mir auch. Aber ich fuhr trotzdem mit. Auf der Hinfahrt bestand der Typ darauf, dass ich vorn sitzen soll. Während der Fahrt griff er mir immer in den Schritt. Zum Glück war es nicht so weit, obwohl ich mich nicht daran erinnern kann, wo es war. Dort angekommen, zahlte er uns alles. In der Geisterbahn fummelte er wieder an mir herum. Ich kam damit nicht klar, wusste es nicht, einzuordnen. Auf der Rückfahrt steckte ich die Tüte Popcorn fest zwischen die Beine und er versuchte es andauernd wieder. Er redete mir ein, dass es mir gefallen würde, ließ aber irgendwann ab. Mein „Freund" wusste genau, dass der Typ eine Drecksau war. Ich werde nie seinen Blick vergessen, als wir zum Glück irgendwann ausstiegen. Er hat es mir aber vorher nicht gesagt, vielleicht hatte er mit ihm was. Beide habe ich zum Glück nie mehr gesehen. Ich war auch oft bei meinem Opa väterlicherseits, der um die Ecke wohnte. Die Oma war relativ früh 1977 gestorben, war aber auch eine ganz Liebe. Er konnte nicht mehr so gut laufen, also ging ich immer für ihn Lotto einzahlen. Das Restgeld konnte ich ja immer behalten. Bei ihm verbrachte ich Stunden, weil er sich wirklich super für mich interessierte. Leider hab ich ihn auch immer beklaut. Er hatte immer viel Kleingeld in der Jackentasche, also fragte ich immer, ob er was zu naschen hätte. Dazu musste er ins Wohnzimmer und da er nicht mehr der Schnellste war, konnte ich in den Flur und mich am Kleingeld in der Jacke bedienen. Ich weiß nicht, ob er es je gemerkt hat, zumindest hat er nie etwas gesagt. Geld klaute ich auch regelmäßig von meiner Mama, oder wenn Scheine im Sparbuch lagen. Bis sie mich einmal dabei erwischte.

Dass ich so viel geklaut hatte, sollte sich später bitterböse rächen...Für die Schulzeit bin ich nur auf eine Tatsache stolz. Ich habe keinen einzigen Tag geschwänzt oder blau gemacht, obwohl es für mich nur einen Grund gab, die Hauptschule zu besuchen: um heimlich zu rauchen. Ein Klassenkamerad hatte immer Kippen dabei. Er wohnte genau auf der Mitte des Schulweges. Also habe ich ihn immer brav abgeholt, um zu schnorren. In der Klasse gab es natürlich die Coolen, die Streber und die Loser. Hübsche Mädchen? Fehlanzeige. Heute nennen die sich ja It-Girls oder Chicas. Ratet mal, zu welchen ich gehörte? Natürlich zu den Rebellen, nur am Stören im Unterricht und dem Streber immer einen reindrücken, nie körperlich, aber verbal. Ihm wurde grundsätzlich das Pausenbrot versteckt oder seine Schulsachen. Der Dicke wurde natürlich auch immer schön fertig gemacht (Gerade mit ihm habe ich mich mittags oft getroffen. Das durften natürlich die anderen nicht wissen.) Was mich damals schon ein wenig genervt hat, war natürlich auch der Unterschied zwischen den Deutschen und den Türken. Ich hatte einen guten türkischen Freund damals, aber trotz allem bestand immer eine große Distanz zwischen uns und „denen". Es eskalierte auch einmal, als ein gewisser Ferrit Yilmaz sagte, er haue mir in der großen Pause aufs Maul. Ich wusste a) gar nicht warum und b) habe ich mir vor Angst in die Hosen geschissen. Die Pause rückte immer näher und nach gefühlten fünf Stunden habe ich mich auf den Hof getraut. Dort stand er schon, ein großer Kreis um ihn herum. Ich lief wie ferngelenkt direkt auf ihn zu, gab ihm eine ganz leichte Backpfeife, er sank zu Boden und heulte wie ein Schoßhündchen. Problem erledigt. Das war übrigens die einzige Keilerei (kann man ja nicht mal so nennen) bis zum heutigen Tage, außer die Kloppereien mit meinem großen Bruder. Die Themen in der Schule haben mich überhaupt nicht interessiert (heute weiß ich auch wieso ☺), trotzdem schwänzte ich nie. Die Schule wurde erfolglos verlassen. Ich habe nur ein Abgangszeugnis, da die Lehrerin das letzte Jahr nicht mehr anwesend war – ich denke aus gesundheitlichen Gründen. Ersatz gab es so gut wie keinen, auch keinen Abschlussball oder Ähnliches. Am letzten Tag kam irgendjemand aus der Direktion in die Klasse und gab uns den Wisch, der nichts wert ist. Direkt danach ging es mit meinem Vater und Bruder in den ersten richtigen Urlaub nach Italien. Ich war zwar schon öfters mit meiner Mama und dem Stiefvater in Bayern oder Österreich gewesen (dort haben wir die Kirchenfenster mit Steinen eingeschmissen, was uns natürlich viel Ärger einbrachte), aber in ein Land mit anderer Sprache, das war doch was! Wir fuhren mit einer ganzen Wagenkolonne im Mercedes eines Bekannten mit, der auf der Hinfahrt mitten auf der Autobahn erst einmal seinen Geist aufgab. Alle anderen merkten es und drehten, um wieder zu uns zu gelangen. Das dauerte natürlich seine Zeit. Dort in einem Hotel mit Halbpension und Strand vor der Tür war es einfach nur geil. Nette Töchter waren auch dabei. Sie sonnten sich immer auf einem Wellenbrecher der aus großen Steinen bestand, oben ohne also wisst ihr ja, wo ich immer hingeschwommen bin ☺. Ich sah bei dieser Gelegenheit das erste Mal nackte Brüste. Natürlich warf ich ein Auge auf eine der beiden, leider waren sie in festen Händen. Aber egal, das Anschauen reichte mir vollkommen. Am Strand war immer eine kleine Französin, mit der ich auf ihren Wunsch hin baden ging. Sie entblößte sich im Wasser und wollte, dass ich sie anfasste. Das war mir alles so neu! Tage später überredete sie mich, mit ins Zimmer zu gehen, was ich auch tat. Dort angekommen, fackelte sie nicht lange, zog sich aus und sagte andauernd irgendwas von „Pilli Pilli“. Da sie nur

Französisch sprach, verstanden wir uns nur mit Händen und Füßen. Aber hier wusste ich genau, was sie wollte. Da aber alles Neuland für mich war, verließ ich das Zimmer fluchtartig, ja ich hatte richtige Angst. Danach grüßte sie mich zwar immer, ließ mich aber in Ruhe. Ich hatte die Begebenheit natürlich meinen Kumpels, die dabei waren, erzählt. Fortan gab es nur noch diese Geschichte unter allen mitgereisten „Hey Volker, Pilli Pilli?“

Aber zwei andere Vorkommnisse sollten auch entscheidende Einflüsse auf mein zukünftiges Leben haben. Mein Bruder lieh sich mit mir ein Ruderboot und wir ruderten hinter die Wellenbrecher (natürlich mit dem Hintergedanken, die Girls oben ohne zu sehen, sie lagen immer dort oben). Als wir langsam aufs offene Meer trieben und keine Kontrolle mehr über das Boot hatten, wurde mein Bruder panisch und schrie, ich solle gefälligst rudern! Das konnte ich aber allein genauso wenig. Er verprügelte mich vom Feinsten, sprang ins Wasser und schwamm zurück. Ich weiß nicht, wie lange es dauerte, aber gefühlte Stunden später kam der Strandmeister mit einem Floß und zog mich an Land. Ich blutete auch im Gesicht, glaube ich. Natürlich stritt mein Bruder alles ab. Der hätte mich da verrecken lassen, er hatte nämlich nicht den Bademeister geholt, sondern pennte genüsslich auf seiner Liege. Das zweite Erlebnis war an einem Abend, als ich für ihn aufs Zimmer musste und sein Haschisch holen sollte (er kiffte!). Oben angekommen, ging ich erst einmal auf den Balkon, da man weit übers Meer schauen konnte. Am Horizont sah man immer hunderte von Blitzen. Das war ein gewaltiges Naturschauspiel. Am besagten Abend war aber etwas anders. In etwa 500 bis 1000 m Entfernung sah ich ein rundes Objekt, das lautlos schwebte, sich drehte und in wunderschönen Farben strahlte (rot, blau, grün, gelb). Mit einem Augenschlag war es wieder weg und just in diesem Moment flog die schwarze Turnhose meines Bruders von der Wäscheleine in einen winzigen unbeleuchteten Garten, der unter dem Balkon lag und der nur aus einem kleinen Stück Rasen bestand.

Das Gesehene noch nicht realisiert, rannte ich sofort hinunter, um die Hose zu holen, sonst hätte es Dresche gegeben. Unten angekommen war sie spurlos verschwunden. Kein Mensch weit und breit, trotzdem weg. Ich erzählte die Geschichte so, wie sie sich ereignet hatte, und bekam natürlich richtig eine verpasst. Ich hätte die Hose extra versteckt, um ihn zu ärgern. Er schlug mich übrigens so oft, er konnte, und die Schuld daran bekam meistens ich, weil ich ihn ja reizen würde. Klar, ich will ja auch immer freiwillig auf die Fresse bekommen!

Dieses Objekt habe ich übrigens dieses Jahr in einem Video des bekannten Videoportals wieder gesehen, finde aber leider den Link nicht mehr, sonst hätte ich hier gern einen Screenshot gezeigt. Es war definitiv kein Flugzeug oder Ähnliches. Ich vermute, es war ein Ufo.

Das Abeitsleben beginnt...

So die Arbeitswelt wartete, und das mit 15! Also was machen? Da ich durch einen Freund, dessen Schwester mit einem Bäcker zusammen war, zuvor ein Praktikum in der Backstube absolvieren konnte, blieb mir eigentlich nur die Möglichkeit, meine Lehre dort anzufangen. Ich dachte: Cool, endlich eigenes Geld verdienen. Ich stehe ja sowieso gern früh auf. Normalerweise hätten mir die drei Wochen Praktikum schon eine Lehre sein müssen und mir zeigen müssen, was mich dort erwartete. Die Lehre war Knechten vor dem Herrn. Jeden Tag zehn bis zwölf Stunden Arbeit. Von halb drei bis mittags um 14 oder 15 Uhr. Freitagabend sogar von 12 Uhr. Pause? Klar, wenn du mal aufs Klo bist, das war sie. Wenn wir mal früher fertig waren, also früher heißt nach zehn Stunden, suchte mein lieber Chef noch irgendwas, zur Not Decken putzen oder Sachen zum Einfrieren vorbereiten. Dann ging es in die Küche, erst einmal ein Bierchen und ganz lange warten, bis du dein Geld bekamst. So saß man dann da, soff und schlief ein, bis der nette Chef einen ins Büro beorderte. Es ging immer der Reihe nach. Zuerst der „Dienstälteste". Wir waren meist vier bis fünf Mitarbeiter, davon drei Auszubildende und zwei Gesellen. Bis ich an der Reihe war, war die Messe längst gesungen. Wenn ich Glück hatte, konnte er noch einen Zwanziger oder mit viel Glück einen Fünfziger aus der Kasse ziehen, die aber meist schon geschröpft war. Wenn meine Mum in der folgenden Woche Druck machte, gab es dann etwas mehr Kohle, aber nur dann! Doch wir fanden eine andere Geldquelle. Keine große, aber für die täglichen Kippen reichte es. In der Früh kamen immer die Nachtschwärmer aus den Discos oder Kneipen, die ja damals oft inoffiziell länger offen hatten (unsere Stammkneipe war übrigens genau gegenüber). Es sprach sich herum, dass es bei uns um vier oder fünf Uhr schon frische Brötchen gab, Fast-Food-Ketten hatten ja noch nicht rund um die Uhr geöffnet wie heute. Von dem Geld, das wir von den Disco-Heimkehrern bekamen, wanderte fast nichts in die Kasse, das haben wir alles kassiert. Es gab auch schlechte Tage, aber die Samstage waren immer gut. Der Alte hat davon nichts mitbekommen, kam ja immer erst um sechs oder später. Unsere Freunde wurden natürlich auch mit Frischgebackenem versorgt, unentgeltlich selbstverständlich. Ja manchmal wurden sogar richtige Partys gefeiert, wenn die kamen. Ich kann mich auch noch erinnern, als ich eines Nachts zur Arbeit lief (ich hatte etwa 8 Minuten zu Fuß dorthin), stand ein schmieriger Typ vor einem Staubsaugergeschäft, und schaute ins Schaufenster. Nachts um drei? Als ich an ihm vorbei lief, sah ich plötzlich das Messer blitzen. Ich nahm die Füße unter den Arm, und rannte zur Bäckerei. Zum Glück war unser Geselle schon da. Ich erzählte ihm von dem Vorfall. Er schnappte sich auch ein Messer, und ging mit mir raus auf die

Straße. Der Typ war weg, worüber ich jetzt aber auch nicht böse war. Glück gehabt. Ungeziefer gab es übrigens ohne Ende bei uns: Kakerlaken, Käfer, Spinnen, Ratten und Mäuse. Sauberkeit war ein Fremdwort. Der Ölofen rußte so dermaßen, dass einem immer, wenn er ansprang, die Luft wegblieb. Das war halt so. Ich hatte diesen Job, in dem man sowieso nur ausgenutzt wurde, so satt. Ich hatte nur Drecksarbeit im ersten Lehrjahr gemacht.

It's Partytime

„Lehrjahre sind keine Herrenjahre", hieß es immer von meiner Mama. „Da musst du durch!" Also hab ich es durchgezogen! Ans Bier wurden wir ja spätestens hier gewöhnt, wobei man auch immer den ekelhaften Apfelkorn saufen musste, den Lieblingsschnaps meines Chefs. Man wollte ja nicht als Weichei abgestempelt werden. Unsere Clique hatte damals auch eine Art Partyraum, in dem wir viele Monate verbrachten. Da wir in Bornheim (Stadtteil von Frankfurt) immer auf der Straße herumlungerten, bot uns der Besitzer an, dass wir ihn als Anlaufstelle nutzen könnten, wenn wir den Raum leerräumten. Der Raum, etwa 80 m^2 groß, war voll mit alten Kartons. Wir nannten ihn schlicht „Die Bude". Es ging über eine mehr als brüchige Treppe nach oben. Da man damals für Altpapier noch Geld bekam, fuhren wir mit Bernds Bus alles zum Händler. Bernd war der Einzige, der ein Auto hatte, einen alten Hanomag-Henschel Bus – wie passend. Natürlich haben wir auch beim Wiegen beschissen und uns immer mit auf die Waage gestellt. Die Kartons eigneten sich auch gut zum „Verschönern" der alten Backsteinwände. Möbel holten wir uns aus der Umgebung vom Sperrmüll und bauten uns eine Theke und eine Art DJ-Pult. Das sprach sich natürlich herum und so war jedes

Wochenende Party angesagt. Wir hatten sogar einen Spezi, der selbst eine Laseranlage gebaut hatte, echt cool. Die Polizei war natürlich Stammgast, da es bei uns ziemlich laut zuging und auch ungebetene Gäste angezogen wurden. Sonntags war immer Restesaufen angesagt und das Quatschen über die vergangenen Partys. Wir trafen uns auch unter der Woche dort zum Abhängen. An einem Tag sprang plötzlich die Tür auf, mein bester (damals noch nicht) Freund Thomas kam herein, zeigte auf mich, ging schnurstracks auf mich zu, schnappte mich und hielt mich kopfüber in der Luft. Ich weiß nicht mehr, wie lange ich so hing, aber er ließ mich schließlich fallen und ging wieder, ohne etwas zu sagen. Alle schauten nur bedeppert und niemand wusste, was eigentlich los war. Die Auflösung kam am nächsten Tag. Thomas war bei einem Bekannten, der hatte ihm einen Trip ins Getränk getan, und das Resultat hast du ja gelesen. Der hat ihn dafür mal so richtig schön vermöbelt. Einer von uns hatte sogar mal versucht, sich aus Liebeskummer in der Treppe aufzuhängen, glaube ich. Die Treffen und Partys gingen noch ein paar Monate so, bis der Besitzer es satt hatte, obwohl er uns für kleinere Arbeiten mal schön ausgenutzt hatte. Ich weiß noch, dass wir ihm einen kleinen Keller mit Teerfarbe streichen sollten. Das Zeug, was immer es auch war, machte uns so high, dass ich ihn am liebsten angezeigt hätte.

Einess von zwei Bildern, die es überhaupt von der legendären „Bude“ gab.

Ich arbeitete noch bis kurz nach der Lehre in dem Scheißladen, bevor ich in eine Großbäckerei wechselte. Da war zwar eine Sechstagewoche angesagt, aber dafür täglich nur sechs Stunden. Dort stieg ich auch relativ schnell zum Vizemeister auf. War der Meister nicht da, war ich Herr der Maschinen. Ich wunderte mich nur immer, dass es nur vier Bäcker gab, aber zehn Fahrer. Der Chef war natürlich kein gelernter Bäcker und hatte definitiv eine schwule Ader, obwohl er verheiratet war. Er machte bei mir auch immer so komische Andeutungen. Das war mir aber egal, Hauptsache ich bekam öfter mal einen Vorschuss. Die Wochenenden waren teuer in den Kneipen, meine Hobbys waren Musik und Konzerte. Außerdem war für uns Fasching immer ein Highlight, weil es nie einfacher war, Frauen kennenzulernen. Wir nähten schon Wochen vorher unsere Poser-Klamotten (Poser – so nannte man in den 1980ern Jungs, die auf Bands standen, bei denen teilweise die Föhnfrisur wichtiger war als die Musik) selbst, in heller Vorfreude auf die tollen Tage. Wir waren auf sämtlichen Faschingszügen, die es gab, vor allem Mainz war immer ein Highlight. Einmal, nach dem Rosenmontagsball, gingen wir noch zu später Stunde in unsere Stammkneipe. Da saß eine attraktive Frau mit einer Freundin. Diese Freundin war eine Bekannte der Mutter meines Freundes, mit dem ich da war. Also kamen wir schnell ins Gespräch und ruckzuck waren wir vier schon bei ihr daheim. Alle gemeinsam im Schlafzimmer zugange, wobei sich mein Freund dann mit der einen ins Wohnzimmer verzog. Jetzt lag ich da mit einer Frau, die bedeutend älter war als ich, und tat, was ich tun musste. Leider schlief sie dabei ein. Und just in diesem Moment rannte mein Freund aus der Wohnung. Ich schnell das Nötigste angezogen und hinterher. Wir gingen zu mir, unterhielten uns noch lange über die Nacht, amüsierten uns köstlich und machten den Rest der kurzen Nacht durch.

So ging es damals zum Fasching.

Ich fuhr schon ein paar Jahre mit meinen Eltern nach Bayern/Tettenhausen, Urlaub auf dem Bauernhof. Ich hatte sogar dort so etwas wie eine Freundin. Da gab es sehr viele junge Frauen, die allein waren. Es war ja auch nur ein kleiner Ort. Also erzählte ich meinen Freunden großkotzig, dass da unten jeder eine bekommt. Sie waren natürlich neugierig auf das, was ich da herausposaunte, und kurz darauf fuhren wir mit dem Zug nach Bayern. Diese Fahrt werde ich auch nie vergessen. Eine Palette Dosenbier und Wodka an Bord. Das Bier war nach einer Stunde leer! Zu sechst! Der eine pennte dann die ganze Zugfahrt auf dem Klo, der Rest hörte Musik oder unsere selbst aufgenommenen Spaßanrufe (dazu gleich mehr). Wir verpassten natürlich den Zielbahnhof, schlugen fast die Klotür ein, damit der eine wach wurde, und der Zug fuhr schon wieder los. Wir schmissen alle Koffer aus dem Fenster und sprangen heraus. Trotz vieler Promille ist keinem etwas passiert (oder gerade deswegen?). Wir verbrachten fünf geile Tage da und obwohl ich mich mit meiner Aussage sehr weit aus dem Fenster gelehnt hatte, bekam tatsächlich jeder eine – nennen wir es mal – „Kurzzeitliebe".

Mein bester Freund verlässt Deutschland

Einen weiteren Schock hatte ich kurz danach zu verdauen. Mein bester Freund zu dieser Zeit, Miguel, ein Spanier, sagte mir, dass er für immer nach Spanien zurückgehen werde. Ich konnte es gar nicht glauben. Wir hatten so geile Jahre miteinander. Er hatte des Öfteren in meiner Lehrbäckerei ausgeholfen und diese Tage hatten am meisten Spaß gemacht, weil er meinen Chef und die Angestellten pausenlos verarschte.

Ein weiteres Hobby war es, Leute am Telefon zu veräppeln. Wir hatten ein ausgeklügeltes System erfunden, mit dem wir die Gespräche aufzeichneten. Kopfhörer auseinandergebaut, eine Seite immer an den Hörer gehalten, die andere als Mikrofon benutzt. Sobald jemand den Anruf annahm, wurde die Aufnahmetaste am Kassettenrekorder gedrückt. Wir hatten mehrere Dutzend Gespräche aufgezeichnet, die einen hohen Beliebtheitsfaktor im großen Freundeskreis fanden. Alle haben sich weggeschmissen darüber. Unser Vorteil war, dass wir immer ernst bleiben konnten und nicht zu lachen anfingen, wobei das vereinzelt natürlich auch vorkam. Der Höhepunkt war mit Sicherheit das Telefonat, als Miguel meinen Vater in der Kneipe verarschte und er voll darauf reinfiel. Die meisten Gespräche habe ich heute noch, auf Festplatte überspielt. Das war übrigens weit, bevor es Bodo Bach oder Konsorten gab. Miguel und ich haben heute immer noch besten Kontakt, er kommt auch zweimal im Jahr her. Ich habe es leider erst einmal zu ihm geschafft, und das ist schon 20 Jahre her.

Wie ich zum Spieler wurde

Die Kneipe gegenüber der alten Bäckerei war Treffpunkt unserer „Clique". Freitags und samstags waren wir grundsätzlich dort und dort lernte ich etwas kennen, was mich noch viel Geld kosten würde. Geldspielautomaten! Bernd aus unserer Clique konnte immer ganz gut gewinnen. Als wir in unserer Stammdisco waren und er kein Geld mehr hatte, fragte er, ob er für mich spielen sollte. Der Gewinn würde geteilt. Klaro, Geld für wenig Einsatz, gebongt! Ja, das lief dann eine Zeit lang so, bis ich es allein probierte. Es lief auch anfangs richtig gut. Immer gewonnen. Ich merkte dabei nicht, dass ich süchtig wurde. Ich ging direkt nach der Arbeit in die Spielhalle, bediente mehrere Automaten. Tag für Tag, bis das Geld knapp wurde. Keiner wusste davon, außer mein Vater, weil ich ja in seiner Kneipe ebenfalls immer zockte. Er sagte aber nichts außer: „Spiel nicht so viel." Danke für die enorme Hilfe. Irgendwo bekam ich immer Geld zum Spielen her. Zur Not wurde Inventar verkauft. (Ich kann dir nicht sagen, wie ich es trotzdem immer wieder geschafft habe, ohne groß Fremdschulden zu machen. Solche hatte ich zwar, aber immer nur kleine Beträge). Am schlimmsten war es immer, wenn es Weihnachtsgeld gab. Ich nahm es eigentlich immer, um umgehend Geschenke für die Verwandten zu kaufen. Aber der erste Weg ging nun schnurstracks in die Spielhölle. Dort spielte ich mich immer in einen Rausch, bis alles weg war. Das Gefühl, wenn du danach pleite heimgehst, kann ich dir gar nicht beschreiben. Wenn man kein Geld hat, denkt man nicht ans Spielen. Eigentlich geht es einem dabei besser. Aber sobald wieder frisches Geld da war... du weißt schon. Auf den ganzen Automaten stand immer direkt neben dem Geldeinwurf „Übermäßiges Spiel hilft nicht bei persönlichen Problemen!" Hatte ich wirklich welche?

Urlaub in Venice Beach/Kalifornien

Eines Tages kam ich nach Hause und hatte Post. Die Bundeswehr hatte mich leider erfolgreich zuvor gemustert. Zuvor erfüllte ich mir erst mal einen Traum. Ich lernte bei der Musterung einen Typen kennen, der zufällig in meinem Haus bei einem Discounter arbeitete. Bei der langen Wartezeit kamen wir ins Gespräch, weil wir uns ja vom Sehen kannten. Er erzählte mir, dass sein Bruder in Venice Beach/nähe Hollywood ein Häuschen habe und dort illegal lebe, weil er keinen Bock auf die Bundeswehr hatte. Na ratet mal, wer fortan mein bester Freund war? Richtig, er! Es war schon immer mein Traum gewesen, einmal nach Amerika zu reisen. Uns so ging alles ganz schnell. Wir flogen für vier Wochen in die USA. Wir machten alles, was ging: Sunset Boulevard, Disneyland, Universal Studios. Wir lebten da mitten in den Slums. Gleich am ersten Abend Schießerei, Hubschrauber, Polizei. Ich habe mir in die Hosen gemacht vor Schiss. Und das noch vier weitere Wochen? Na ja, außer ein paar Schüssen und gelegentlich Polizei sollte es ruhig bleiben. Leider wurde uns das Bier in den Kneipen verwehrt, da ja Alkohol erst ab 21 Jahren erlaubt ist. Egal, soffen wir halt vorm Haus. Nach dem Urlaub gingen wir dann natürlich getrennte Wege, da er ein absoluter Spießer war, gar nicht mein Ding. Hauptsache mal in LA gewesen!

Mein Koffer vor der Abreise ☺

Die Bundeswehrzeit

Nun hieß es ab nach Kassel für 15 Monate (während der Wehrzeit wurde dann die Dauer glücklicherweise auf zwölf Monate verkürzt). Erst einmal war es ein Schock für mich. Dann dachte ich, geil, vielleicht komme ich da vom Zocken los. Ich kann gleich sagen, nein bin ich nicht, im Gegenteil. Sobald der Sold (Lohn/Geld) da war, wurde gespielt. In zwei Tagen alles weg. Wie sollte ich die restlichen Wochen denn ohne Kohle auskommen? Es ging mehr schlecht als recht. Ich weiß aber heute nicht mehr genau, wie ich es gemeistert habe. Am Wochenende bin ich heimgefahren und meine Mutter hat mich ein wenig unterstützt. Bei meinem Vater konnte ich ja umsonst in der Kneipe saufen. Dass du spätestens, solltest du es vorher nicht gelernt haben, beim Bund säufst, war jedem klar. Und zwar fast jeden Abend, außer du warst auf Manöver oder im Wald, obwohl es da auch manchmal Suff gab. Ich weiß noch, als die WM 1990 war, hielten wir uns in Bergen zum Wochenmanöver auf. Abends beim ersten Deutschlandspiel durften wir alle gemeinsam schauen. Das endete in einer wüsten Sauferei, bei der wir zu später Stunde einen Unteroffizier mit Farbe besprühten und vermöbelten. Siehe Bilderstrecke.

Alles noch im Rahmen...

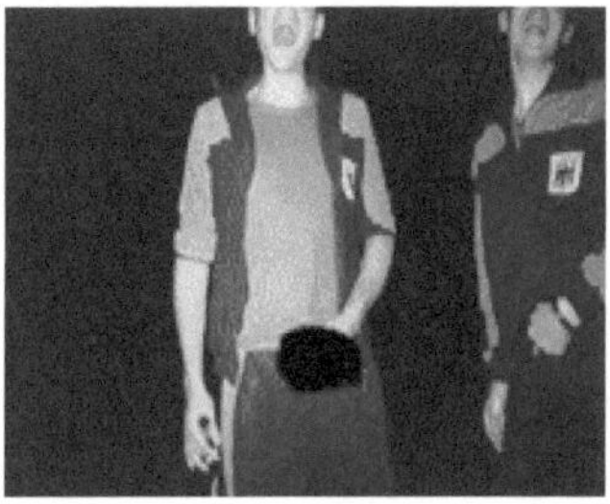

Es wurde asozial...

Ja, und dann...

Aber auch sonst war es nicht viel anders. Saufen und Blödsinn machen stand an der Tagesordnung. Eigentlich war ich als Panzerfahrer vorgesehen, voller Vorfreude, weil ich dachte, den Führerschein auf Staatskosten machen zu können. Ich freute mich auf das Highlight. Leider merkten sie, dass ich keinen Lappen hatte, und dort machen durfte ich ihn auch nicht. Somit wurde ich „nur" Richtschütze, durfte also die Bordkanone bedienen. Hauptsache, nicht das schwere Maschinengewehr tragen oder draußen herumrödeln. Übrigens waren die Panzer so schlecht, damit triffst du nicht einmal ein Haus! Entweder waren sie veraltet oder die Dinger, die sich Panzer schimpfen, waren extra so gebaut, damit die dummen Deutschen bloß nie mehr etwas im Krieg zu melden haben werden (was ja gut ist). Ja, es war schon eine extreme Zeit. Übrigens hatte ich zu Hause auch eine Freundin. Die betrog mich mit einem Kumpel, machte aber ihr Ding weiter mit mir. Sex sah bei ihr so aus: Auf mich gesetzt und gesagt: „Mach mal". Das habe ich ganz schnell beendet.

Ein weiterer Höhepunkt war, dass es, als wir in den Bergen zum Manöver waren, nachts viele Wildschweine gab. Wir hatten draußen vor den Baracken ein blaues Fass mit Essensresten. Da waren die ganz wild drauf. Unser „Rotschopf" Christoph schlief eigentlich immer recht früh. Also nahmen wir zu späterer Stunde sein Hochbett vorsichtig herunter und stellten ihn genau neben die Tonne mit den Essensresten. Was glaubst du, wie es ihm ging, als er erwachte und die Schweine auf ihm herumturnten? Für uns war das ein Riesenspaß. Heute sehe ich das natürlich anders. Auch der letzte Tag war ein (negatives) Highlight, also der krönende Abschluss. Mein Vater spendierte ein Fässchen Bier, wenn alle mit nach Frankfurt kommen würden. Na ja, die meisten wohnten natürlich in ganz Deutschland verstreut. Aber ein großer Teil machte mit. Am Bahnhof in Kassel, als der Zug abfuhr, wurden alle begleitenden Offiziere bespuckt, mit Bier vollgesaut, mit allem, was herumlag, beworfen, und obendrein noch beschimpft. Eigentlich waren die meisten ok, aber da kam die ganze angestaute Wut für das teilweise miese Knechten heraus. Auf der dreistündigen Fahrt wurde natürlich ordentlich gebechert. In der Kneipe empfingen uns die Stammgäste und die Sauferei ging weiter. Zu später Stunde wollten die meisten natürlich unbedingt mal ins ach so bekannte Frankfurter Bahnhofsviertel. Ich Großmaul, gleich mal erzählt, ich kenne mich im Kontakthof gut aus (das war ein Puff über mehrere Stockwerke), und ganz oben gehen einen die Afrika-Mamis immer schön an die Klöten. Das besoffene Pack war kaum oben bei denen, als die Bodyguards uns auch postwendend mit ihren schönen Elektroschockern bekannt machten – und zwar bis ganz unten. Danach verliefen sich alle in sämtliche Richtungen und der Tag war Geschichte. Thema Bundeswehr abgehakt! Ich hoffe, dass ich nie mehr im Leben eine Waffe oder Ähnliches in die Hand nehmen muss. Es ist schon schlimm genug, dass überall in der Welt damit für den Frieden gekämpft wird. Was für ein Widerspruch in sich!

Die erste „feste" Frau

Direkt am folgenden Wochenende ging es mit einem Freund nach Sachsenhausen (Frankfurter Kneipenviertel), die neue Freiheit genießen. In Kassel ging ja mal gar nichts mit Frauen, die wollten keinen, der beim Bund ist, warum wohl? Egal, gibt hier ja genug. An diesem Abend dauerte es nicht lange und ich sah in einer Kneipe eine Verkäuferin aus dem Discounter, wo ich wohnte. Sie gefiel mir gar nicht, war nicht mein Typ, aber ihre Freundin war schon eher was. Also setzten wir uns dazu und nutzten den Supermarkt als gutes Einführungsgespräch. Als der Laden schloss, schnell noch an die Tanke und einen Sixpack geholt und zur Monika, so hieß ihre Freundin. Die anderen zwei gingen glücklicherweise alsbald und ich war mit ihr alleine. Also quatschten wir noch eine Weile und trafen uns am darauffolgenden Tag. Da war eigentlich schon alles klar für mich: „Die ist es!“ Sie wollte nicht, da sie wahrscheinlich Angst wegen des Altersunterschieds hatte. Sie war über sechs Jahre älter. Für mich kein Problem! Also waren wir uns dann einig und fünf Tage später zog ich mit in ihre Einzimmerwohnung. Wir waren anfangs wirklich glücklich miteinander. Wir hatten ähnliche Jobs, ich wieder in der Großbäckerei, sie Fachverkäuferin in einer. Sie war davon genervt, dass ich dauernd mit meinen Kumpels saufen ging oder zu meinem Vater in die Kneipe, natürlich aus demselben Grund. Eigentlich war sie genau das Gegenteil von mir: häuslich, mit wenig zufrieden und genügsam. Gegensätze ziehen sich ja angeblich an, ich sage dazu Bullshit. Als meine Freunde ebenfalls nach und nach Freundinnen hatten, schliefen die Freundschaften langsam ein, da sie auch wieder in ihrem alten Verein Fußball spielten und mit den anderen dort meist abhingen. So das war es also? Keine Partys mehr? Pustekuchen, dachte ich. Mein Vater war ja schon ewige Zeit im Karnevalsverein. Ich war an Fasching natürlich auch immer in dem Bunker, wo sein Verein tagte. An den tollen Tagen missfielen mir immer der schlechte DJ, der ja auch keiner war, und die beschissene Musik. Also machte ich ihm den Job ganz schnell abspenstig und war für die nächsten Jahre DJ Volker. Da waren zwar fast nur Ältere, mir egal, Hauptsache Partys – und Gardemädels gab es da auch… Ich hatte mir auch einen kleinen Namen gemacht und wurde unter anderem für

Hochzeiten oder andere Events gebucht. Playbackauftritte gehörten auch zu meinem Repertoire, ob als Elvis, Andy Borg, Wolfgang Petry oder Daniel Küblböck. Das habe ich alles gemacht, später sogar mal eine Büttenrede. Rampenlicht fand ich irgendwie geil. Es ging sogar so weit, dass ich in den Elferrat einstieg. Das war in dem Moment meine Welt. Feiern, saufen und Spaß haben. Und mein Vater mochte mich so, das fand ich damals auch ganz toll. Als ich dann 1997 Monika heiratete, sie war auch schwanger mit unserer ersten Tochter Linda, sagte mir eine innere Stimme kurz vor der Unterschrift im Standesamt: „Sag nein!“ Ich hörte natürlich nicht auf sie. Warum sagte die Stimme mir das? Weil ich tief im Inneren wusste, dass ich nicht ewig mit ihr zusammenbleiben würde? Sie sollte Recht behalten, die nächsten Monate sollte ich zum Arschloch mutieren.

Der totale Absturz

Unsere Tochter Linda kam gesund zur Welt. Im Karneval fest verwurzelt, und Fußball spielen im Verein, bestimmten meine Freizeit. Ja ich spielte auch wieder beim FSV, nachdem ich in der Kindheit dort Torwart gewesen war. Der Verein brauchte dringend eine neue zweite Mannschaft, da sie sonst nicht hätte in der Oberliga spielen dürfen. Die zweite Mannschaft war zuvor aus Kostengründen aufgelöst worden, da der Verein kurz vor dem Ruin stand. Ich fragte Hinz und Kunz, meist Freunde von mir, ob sie nicht Lust hätten, nochmal die Kickstiefel zu schnüren. Wir organisierten uns selber, trugen alte Trikots der ersten Mannschaft und wurden zur erfolglosesten Mannschaft im Rhein-Main-Gebiet, mit mir als Kapitän ☺. Unsere Bilanz: 0 Punkte und das Torverhältnis stand bei etwa 16:163. Unser „bestes“ Ergebnis war ein 0:1! Ansonsten gab es immer „Packungen". Trotz allem waren wir eine Truppe mit geilen Charakteren. Die Weihnachtsfeier auf einer Burg bleibt unvergessen ☺. Vorsorge für die Zukunft? Fehlanzeige. Ich zockte ja immer noch. Monika hatte mir zwar damals geholfen, davon wegzukommen, aber gespielt habe ich trotzdem weiter, manchmal nicht in dem Maße, aber immer noch regelmäßig. Also immer wenig Kohle in der Tasche. Doch es wurde wieder mehr, ohne dass sie es wusste. Und nicht nur das! Ich fuhr mit meinem Vater regelmäßig die letzte Woche im Mai nach Mallorca zum Ballermann. Ich weiß gar nicht mehr, wie viele Jahre das genau ging; aber es waren einige. Ich glaube, es war der Gedanke, dass mein Vater mich mehr mochte als früher, weil er immer nur mit mir (mein Bruder war auch ein- oder zweimal dabei) dahin wollte, weil wir denselben Humor hatten, gern soffen und auf Frauen standen. Wenn ich kein Geld hatte, kein Problem, mein Vater zahlte. Auf Malle dauerte es nicht lange, bis man anbandelte, und so kam es, dass ich mit einer zusammenkam, die ich auch noch regelmäßig in Deutschland besuchte, bis sie sich richtig in mich verliebte. Ich entschied mich aber, bei meiner Frau zu bleiben. Ein Jahr später hatte ich etwas mit der Freundin der damaligen Frau auf Mallorca, da sie ja kein Interesse mehr hatte. Im Karnevalsverein hatte ich auch etwas mit einer Trainerin aus der Garde und wurde dabei von meiner Frau erwischt. Ich beendete es aber nicht, sondern machte noch eine Zeit lang mit der Frau weiter, bis ich endgültig mit ihr Schluss machte. Mittlerweile arbeitete ich in einer Videothek, weil ich mit Bäckerei nichts mehr am Hut haben wollte. Ab und zu betrieb ich auch die Kneipe meines Vaters, wenn er wegging oder Urlaub machte. Da habe ich natürlich auch immer gespielt, er hatte ja zwei Automaten dort. Ich hasste mich, wie ich war: Wer war ich eigentlich? Betrog meine Frau, wo es nur ging, und sie hielt trotzdem immer an mir fest. Doch ich machte sie eigentlich todunglücklich dadurch. Ich verzockte alles und soff wie ein Loch. Ich war obendrein fast nie zu Hause. Mittlerweile hatte ich Schulden, weil alles auf Raten gekauft wurde. Insgeheim wollte ich ein neues Leben, aber wie? Meiner Frau konnte ich schon gar nicht mehr in die Augen schauen, da ich zum notorischen Lügner mutiert war. Allein ausziehen? Keine Chance. Geld bekam ich von niemandem.

Die zweite Frau, ein neuer Anfang

Am Frankfurter „Nationalfeiertag", dem sogenannten Wäldchestag, hatte unser Karnevalsverein einen Stand mit Essen und Trinken traditionsgemäß in einem kleinen Wald aufgebaut. Ich machte Musik. Da diese Tradition immer mehr abnahm und die Besucher vermehrt ausblieben, bauten wir unseren Stand so gegen 22 Uhr ab. Auf der anderen Seite des Platzes war im Zelt noch einiges los. Also rüber, den DJ kannte ich, ich trank ein Bier und plötzlich prostete „sie" mir zu. Ich drehte mich um und dachte, es wäre jemand hinter mir. Aber nein, sie machte es erneut und ich konnte mein Glück kaum fassen. Sie, blutjung, Topfigur wollte etwas von mir? So kamen wir ins Gespräch. Sandra hieß sie, kurz darauf tanzten wir zu „Ti Amo" von Howard Carpendale. Drei Tage später zog ich bei ihr ein. Sie wohnte im Hinterhaus ihrer Eltern, in einem alten Eisenbahnwagon. Dieses Mal hatte ich zuerst Bedenken, da sie sieben Jahre jünger war. Ich wollte alles richtig machen. Ich erzählte ihr genau, was ich hatte, also nichts. Und dass ich mein altes Leben hasste. Ich schaffte den Neubeginn, aber nicht allein. Kein Problem, sagte sie, wir schaffen das. Für meine

Frau brach eine Welt zusammen, erst Recht als sie meine Klamotten aus dem Schrank schmiss und dabei ein Bild von der Frau fand, die ich auf Mallorca hatte. Ich ließ sie ohne einen Cent sitzen, ihrem Schicksal allein überlassen. Und das Kind war ja auch noch da. Ich fühlte mich nicht mal mies dabei, heute sehe ich das natürlich alles anders. Ich entschuldigte mich später auch oft bei ihr für mein Verhalten. Fortan gab es feste Zeiten, an denen meine Tochter Linda bei mir war. Ich halte mich bis heute daran. Ich habe nicht einmal abgesagt. Ich habe immer gesagt, mein Kind leidet darunter nicht, was für eine Scheiße ich baue. Ich gab Sandra (meiner Neuen) die Kontrolle über meine Finanzen, weil mir das so über den Kopf gewachsen war. Darin war sie ein Genie. Sie kann aus einem Euro, zwei machen. Es dauerte wirklich nicht lange und ich war schuldenfrei. Unterhalt zahlte ich auch dauerhaft. Sandra hing aber auch noch irgendwie an ihrem Exfreund, der sie mies behandelt hatte. Deswegen gab es oft Streit, auch wegen ihrer furchtbaren Eifersucht. Nach einem oder zwei Jahren zog ich in einer Nacht-und-Nebel-Aktion aus. Auto vollgeknallt mit dem Nötigsten und für ein paar Wochen zu meinem Bruder gezogen. Da erst einmal wieder die Freiheit genossen, allerdings ohne andere Frauen. Ich blieb trotz allem noch in Kontakt mit Sandra. Die Wohnung danach bekam ich auch eher durch Zufall, da sie eigentlich mein Vater von einer AG angeboten bekam, sie ihm aber zu klein war. Also tricksten wir es so, dass sie sie mir gaben. Ich war erst einige Tage eingezogen und Sandra kam zu Besuch, und schwupp waren wir wieder zusammen. Also Wohnung gekündigt und zurück in den Wohnwagen. Danach lief es eindeutig besser, auch weil ich mich in vielen Situationen zurückhielt, sprich seltener wegging. Dem Karneval hatte ich auch endgültig Adieu gesagt. Außer als Fan zum FSV Frankfurt gehen, das habe ich mir nicht nehmen lassen. Die Hochzeit fand dann 2004 statt. Monika war auch anwesend, was uns beide sehr freute. Die Hochzeitsparty stand unter dem Motto „Die 80er". Es kamen etwa 120 Menschen in eine alte Lagerhalle, die wir in fünf Stunden zum Partyraum umfunktioniert hatten. Leider hatten wir in der ganzen Eile vergessen, einen DJ zu bestellen, also musste ich ran. Das ging aber auch.

Eine Katastrophe geschah, die man seinem ärgsten Feind nicht wünscht…

Wir wollten unbedingt ein gemeinsames Kind und übten und übten, bis es endlich klappte. Doch schon die ersten Arztbesuche verhießen nichts Gutes. Man wurde von Experte zu Experte geschickt, weil die Nackenfalte ungewöhnlich war. So fuhren wir zur regelmäßigen Kontrolle nach Bonn zu einem Spezialisten. Es hieß immer, wir müssten es beobachten. Schwangerschaftsdiabetes kam bei Sandra auch noch dazu. Dann am 12.06.2005 musste Sandra dringend ins Krankenhaus, das Kind musste geholt werden, wobei es normalerweise noch Wochen bis zur Geburt gedauert hätte. Ich wurde auf der Arbeit informiert, brach sofort ab und kam dazu. Sie holten unser Kind per Kaiserschnitt und es kam sofort in einen Inkubator. Danny Paul nannten wir unseren Sohn. Es dauerte eine Zeit, bis Sandra zu ihm durfte, da sie auf der Intensivstation lag. Ich war schon bald bei ihm. Er hatte Schläuche und Kabel überall, er sah zwar etwas ungewöhnlich aus, aber bewegte sich, wenn man ihn berührte. Er konnte nicht abführen, weder vorne, noch hinten, woraufhin sie ihn operierten und einen künstlichen Ausgang legten. Das war leider auch erfolglos. Auf den Bildern kann man sehen, dass es ihm immer schlechter ging – bis zum 29.06., als man uns riet, ihn noch taufen zu lassen, weil er wahrscheinlich nicht mehr lange leben würde. Also kam der Pfarrer und wir tauften ihn Danny Paul Jesus. Wir nahmen dass Jesus dazu, weil wir dachten, einen Jesus lässt man so klein nicht sterben. Wir verbrachten den restlichen Nachmittag und Abend in einem Nebenraum, bis uns die Schwester rief. Ich nahm ihn in den Arm und er schlief ganz ein. Ich hielt ihn noch eine Zeit lang; Sandra wollte ihn nicht nehmen, was sie später aber sehr bereute. Sie heulte auch nicht, sie wollte ganz stark sein für ihn. Wir küssten ihn, verabschiedeten uns und das war es.

Erst dann brachen bei uns alle Dämme. Das ging übrigens über Monate so. Egal, wo wir waren, wir konnten die Tränen nicht zurückhalten. Die Anteilnahme an der Beerdigung war überwältigend. Im Trauersaal lief „Danny Boy“ von Helmut Lotti und „Baby can i hold you tonight“ von Tracy Chapman. Letzteres war übrigens an dem Tag im Radio gelaufen, als Sandra ins Krankenhaus musste und ich von der Arbeit direkt zu ihr fuhr. Zufall? Auf dem Weg zum Grab regnete es in Strömen. Erst als die Beerdigung vorbei war, hörte es auf.

Mit seiner Schwester Linda

Er sieht groß aus, wog aber nicht mal ein Kilo.

Ich trage ihn immer mit mir.

Bei der anschließenden Trauerfeier fiel uns erstmals auf, welche seltsamen Dinge geschahen. Yvonne, die Taufpatin werden sollte, sagte während der Trauerfeier: „Schaut mal auf die Uhr!“ Sie stand genau auf 18:32 Uhr und der Zeiger hakte so, als wenn er weiter will, aber nicht kann. Das war Dannys Geburtszeit. Am Abend in der Wohnung sowie an den darauffolgenden Tagen fühlten Sandra und Ich uns immer beobachtet. Als ich sein kleines Schränkchen, das wir schon etwas eingerichtet hatten, leer räumen wollte, krachten alle Einlagen von allein in sich zusammen. Wir hatten uns, als er noch lebte, beide Silberkreuze für die Kette gekauft (welch fataler Fehler, was ich heute weiß...). Als wir die Videos, die wir im Krankenhaus gefilmt hatten, ansahen, fiel uns auf, dass sich am Tag, als er von uns gegangen war, ein Kreuz in seinem Gesicht gespiegelt hatte. Apropos Kreuz. Wir hatten beide einen Anhänger mit unterschiedlicher Vorder- und Rückseite. Ich fragte ein paar Tage nach Dannys Ableben, warum Sandra ihre Kette umgedreht hatte. Sie war erschrocken und sagte, dass sie die Kette nicht abgenommen hatte. Umgedreht war das Kreuz trotzdem. In der zweiten oder dritten Nacht ertönte plötzlich Musik aus dem Wohnzimmer. Wir sprangen auf und schauten. Ich hatte fast ein Meter große Kiss-Figuren, die Musik machen, wenn man auf den Sockel drückt. Eine von ihnen lief, obwohl sie nie aus der Verpackung genommen worden war. Sie ging nicht aus. Erst als ich sie auspackte und die Batterien entfernte, verstummte sie. Ebenfalls in einer der folgenden Nächte sahen wir uns in demselben Moment an und sagten beide: „Ich habe Lust auf Sex!“ Total unpassend in der Situation, oder? Danach hörte „es“ auf oder wir schenkten dem keine Beachtung mehr. Das weiß ich nicht mehr so genau. Um mit der Trauer besser umgehen zu können, gingen wir einmal die Woche in eine Gruppe mit Gleichgesinnten. Die Teamleiterin wollte sogar Sandra zur Leiterin ernennen und schlug ihr vor, ein Buch darüber zu schreiben. Sie lehnte aber beides ab. Nun, einen Teil davon mache ich ja gerade. Mit den Monaten wurde es besser, aber richtig damit umgehen konnte ich erst ab 2007, weil ich lange nach dem Sinn gesucht habe, warum es passiert war.

Ein neuer Anfang

Sandra wurde wieder schwanger und die Angst begann von vorn. Ich kann aber jetzt schon sagen, dass dieses Mal alles gut verlief. Unsere Nachbarin, eine sehr alte Dame, die allein ein Haus bewohnte, sagte, dass sie in ein Altersheim ziehen würde. Ihre Tochter wohnte in Amerika und kam zwecks Hausverkauf nach Deutschland. Da wurden wir sofort hellhörig und bekamen dann auch letztendlich den Zuschlag. Wir hatten ganz gut etwas angespart, sodass es auch kein Problem war, einen größeren Kredit zu bekommen. Wir kauften eine Ruine, die wir in vier Monaten kernsanierten – im Eiltempo sozusagen, es lief einfach super. Die Handwerker verstanden sich blind, den Rest machte ich mit vielen helfenden Händen. Immer direkt nach der Arbeit rein ins Vergnügen. Es war hart, hat aber Spaß gemacht.

Wir können es doch

Na also, am 6.02.2007 kam unser Sonnenschein Jamie Shawn Ace zur Welt. Kerngesund, obwohl Sandra auch wieder Schwangerschaftdiabetes hatte. Alles Bangen und Zittern war umsonst gewesen. Wir konnten, nachdem das mit dem Haus so gut geklappt hatte, endlich glücklich in die Zukunft gehen. Die ersten Jahre mit unserem Sohn Jamie waren auch ein schöne Erfahrung für uns beide.

Einen Schicksalsschlag gab es noch...

Unser Schwager Christian, genannt Jimmy, also der Exmann von Sandras Schwester, war ein sehr guter Freund von uns. Ich war sein Trauzeuge und er war vor meiner Zeit Sandras bester Freund gewesen. Mit ihm konnte man viel lachen. Leider hatte er auch ein kleines Geheimnis, auf das ich leider hier nicht eingehen will und kann, da es zu privat ist. Er hatte, nachdem er sich von Sandras Schwester getrennt hatte, eine Freundin in Kassel, wo er auch als Bäcker arbeitete. Sie kam irgendwann hinter das Geheimnis, wobei wir ihn immer mit Engelszungen gebeten hatten, es ihr zu sagen. Meine Frau wollte ihm dabei helfen, es in Ordnung zu bringen. Angenommen hat er das Angebot leider nicht, was zur Folge hatte, das sich seine Freundin von ihm trennte. Das war der Anfang vom Ende. Einmal hat er seine Exfreundin angerufen und gesagt, dass er sich jetzt vor einen Zug schmeißt. Daraufhin hatte sie die Polizei gerufen und sein Handy wurde geortet. Er kam in eine Art betreutes Wohnen. Sein Zimmernachbar beging an Heiligabend 2009 Selbstmord. Wir hatten leider keinen Kontakt mehr zu Jimmy. Er hat am 24.01.2010 versucht, bei uns anzurufen, ebenfalls bei seiner Exfrau. Wir waren leider nicht zu Hause, sahen später seine Nummer nur im Display des Telefons. Am 25.01.2010 bekamen wir dann die Nachricht, dass er in der frühen Nacht einen tödlichen Unfall gehabt hatte. Sein Wagen prallte auf eisglatter Straße gegen einen Baum und fing Feuer. Man konnte ihn nur anhand seines Eheringes, den er immer noch trug, identifizieren. Offiziell wird es als Unfall abgetan, es stand sogar im Videotext und in der örtlichen Presse. Geldbörse und Handy waren allerdings zu Hause.Der Arbeitsweg war es auch nicht, als der Unfall passierte. I still miss you Jimmy!

Hier spielten wir gegeneinander Fußball.

Jimmy liegt mit bei meinem Sohn Danny

Das „Burn-out", das keines war

2011 fühlte ich mich so unwohl, hatte nur noch schlechte Laune, auf der Arbeit hatte ich immer Stress mit ein paar Kollegen, die mit mir nicht klarkamen und umgekehrt. Sie lästerten gern in der Gruppe über mich. Eines Morgens eskalierte es, als ich einen von ihnen am Kragen schnappte, gegen den Spind drückte und mich fast vergaß. Diese Typen habe keine eigene Meinung, jeder denkt gleich. Eigentlich war ich mit zwei von ihnen einmal ganz gut befreundet gewesen, aber ich passte nicht in ihr, nennen wir es mal, „System". Dem einen hatte ich sogar bei drei Umzügen geholfen und war immer da gewesen, wenn er Hilfe brauchte, was man umgedreht nicht unbedingt sagen konnte. Nach dem Vorfall ging ich zu meinem Vorgesetzten und sagte, dass etwas passieren müsse. „Die oder ich", sagte ich, „müssen die Abteilung wechseln." Daraufhin war ich wegen Mobbing erst einmal krankgeschrieben. Ich dachte: Ich habe einen Dachschaden, es liegt an mir, vielleicht habe ich einen an der Klatsche! Es ging so weit, dass ich mir erst einmal eine wöchentliche psychologische Hilfe suchte. Es folgte eine Therapie in einer Tagesklinik über sechs Wochen. Meine Therapeutin war wirklich sehr einfühlsam und gab mir nie direkte Antworten. Bei ihr konnte ich weinen und alles herauslassen. Sie sagte mir, ich sei ein hochsensibler Mensch. Diese Gabe habe nur einer von zwanzig. Ich wusste, dass ich es bin, sagte aber, dass ich damit oft nicht umgehen kann. „Es ist eine Gabe, du musst damit umzugehen wissen!“, lautete ihre Antwort. Damit konnte ich erst einmal nichts anfangen.

In der Gruppe der Patienten, die insgesamt aus etwa 20 Menschen bestand, merkte ich schnell, dass viele mit mir zu tun haben wollten. Fast alle suchten immer das Gespräch mit mir, egal, um was es ging. Ich war jeden Morgen der erste und bereitete das Frühstück für alle mit vor, da die meisten, die zu diesem Dienst eingeteilt waren, sehr unzuverlässig waren. Dort musste auch jeder an einem beliebigen Tag etwas, was er besonders gut kann, vortragen oder den anderen erzählen. Ich entschied mich für einen Ägypten-Vortrag mit Fotoshow und Dinge, die ich vom Urlaub mitgebracht hatte, u. a. auch zwei echte Artefakte, die ich dort gefunden hatte. Ein Stück eines Pyramidensteins sowie ein Stück einer Vase. Der Vortrag fiel mir so leicht und kam auch super an. In der Therapie musste man auch malen, einfach den Pinsel oder die Spachtel gleiten lassen, das Bild entsteht dann von allein. Natürlich sträubte ich mich und behauptete, ich könne nicht malen. Sie sagten: „Mal einfach drauf los.“ Es entstanden etwa zwölf Bilder in der Zeit. Was soll ich sagen? Schaut euch mein vorletztes Bild an, das letzte fanden sie so gut, dass sie es in der Einrichtung aufhingen. Es funktionierte wirklich.

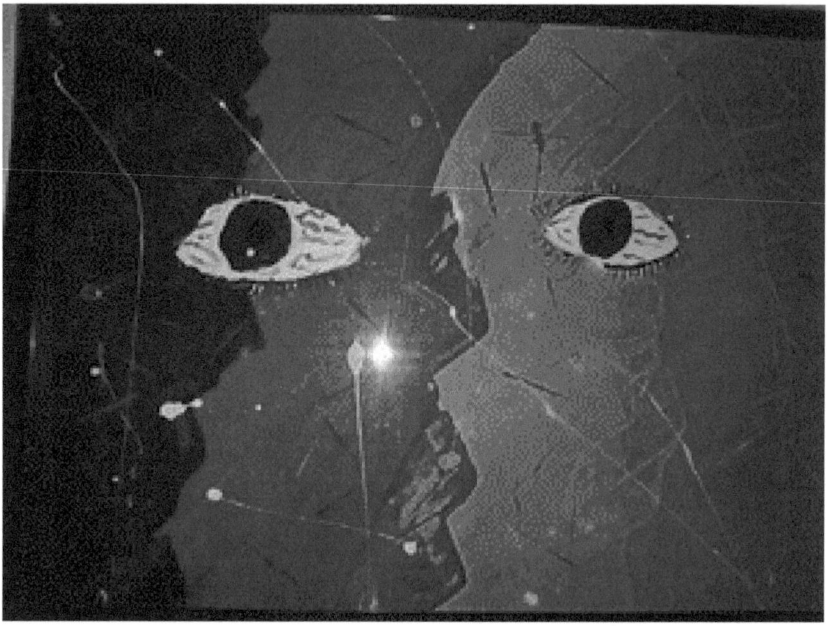

Ich und Kunst? Ja… man erkennt ganz klar zwei Gesichter, das war so nicht geplant, aber wie man sieht. Das Helle möchte in das dunkle Gesicht drängen. Am Ende der sechs Wochen fragte ich, welche Art von Depression ich denn hatte. Darauf sagte meine Therapeutin, es gebe eine schwere, eine mittlere und eine leichte. Meine sei ganz klar die letztere. Gut, ich hatte also doch nicht so einen Schaden, wie ich gedacht hatte.

Das Ende von Ehe Nr.2

Allmählich merkten meine Frau und ich, dass unsere Auffassung von Erziehung doch oft weit auseinanderlagen. Außerdem bekamen wir immer Streit, da wir absolut keinen hatten, der Jamie mal gern von allein zu sich nahm oder etwas mit ihm unternahm. Außer seine Schwester Linda. Das hat uns sehr belastet. Keine Schwiegereltern, keine Eltern meinerseits, die ihn mal wollten oder holten. Also blieb die Partnerschaft auf der Strecke. Jeder machte so sein Ding, und um Jamie kümmerten wir uns weiter gemeinsam. Es war ein schleichender Prozess, der sich aber fest einfuhr. Wir hatten zwar 2014 noch unseren zehnten Hochzeitstag mit vielen Freunden gefeiert, aber viel Gemeinsames war ehrlich gesagt da schon nicht mehr. Man muss auch dazu sagen, dass fast ihre gesamte Verwandschaft nebenan wohnte. Jeder hatte ein kleines Häuschen dort. Also allein war man nie. Zwischenzeitlich war ich auch Jugendtrainer in Seckbach (Stadtteil von Frankfurt) und meine Frau hatte sich um das Drumherum gekümmert, sodass ich in Ruhe mit den Kids trainieren konnte. Das machten wir auch fast drei Jahre, aber unser Sohn kam damit nicht klar und benahm sich immer wie eine Diva im Training. Also Rücktritt davon und nur noch von außen zuschauen. Mein Co-Trainer übernahm mit noch einem Vater. Dadurch hat Jamie auch einen Riesenschritt gemacht, fußballerisch gesehen. 2015 wollte er dann nach Enkheim (auch ein Staddteil von Frankfurt) wechseln, da dort seine Freunde aus der Schule spielen. Also sind wir dorthin gewechselt. Dass wir keine Zukunft mehr haben, hatte ich schon lange geahnt. Ich kannte aber den Zeitpunkt nicht, an dem die Trennung kommen würde. Da fiel mir auch wieder ein, dass ich auf dem Standesamt mit Sandra komischerweise genau dasselbe gedacht hatte, wie damals bei Monika, nämlich „Sag nein!“

War es das wirklich gewesen? Wir hatten doch alles. Beide einen guten Job, einen gesunden Sohn, Linda verstand sich super mit

Sandra, Haus mit Garten, Pool und Partyhalle. Wir hatten die Jahre davor wirklich die schönsten Urlaube, die man sich vortsellen kann, zusammen verbracht. Dominikanische Republik, Tunesien, Türkei, Ägypten, Jamaika und Holland. Aber irgendetwas fehlte mir in letzter Zeit – und ich weiß, ihr auch.Wir stritten nur noch, und zwar immer vor Jamie. Ich wollte das nicht, aber sie fing immer wieder an, da wir ja auch wenig Zeit allein hatten. Unserem Sohn ging es dabei sehr schlecht, er schrie immer: „Hört auf zu streiten!" Ich denke, der letzte Knackpunkt war für mich Sylvester 2014/15. Sie hatte bei ihrer Cousine zwei Häuser weiter zugesagt, ohne mich zu fragen, und ging auch hin. Ich feierte eine geile Hard-Rock-Party allein zu Hause und fand es geil. Um 12 Uhr kurz rüber, Jamie ein frohes neues Jahr gewünscht und wieder zurück. Um 1:15 Uhr ging ich ins Bett. Fortan traf ich mich lieber, sobald ich mir Zeit dazu nahm, hinter dem Haus mit meinem Freund Thomas. Dort hatten wir eine Halle, die zum Fußballstudio sowie Kiss-Museum umfunktioniert wurde (ich hatte eine riesige Sammlung mit Kiss-Merchandise).

Das neue Bewusstsein

Aber es war noch etwas in mir, was raus musste und zwar gewaltig. Diese Agressivität und diese Unzufriedenheit nahmen wieder Überhand und mir ging es wirklich immer schlechter in Sandras Umgebung. Sie schenkte mir zu Weihnachten zwei Bücher, die ich mir gewünscht hatte. Die Jahrhundertlüge I & II von Heiko Schrang. Diese Bücher hauten mich um. Daher fing ich, wie eingangs erwähnt, abends und morgens zu meditieren an, was ja nicht so klappte. Aber mein Bewusstsein veränderte sich enorm und das sollte erst der Anfang sein. Ich fand auf facebook neue Gruppen, in denen sich die User mit richtigen Problemen der Welt beschäftigten. Also nicht mit dem Müll, den du jeden Tag im Fernsehen siehst. Egal, auf welchem Sender, die sagen komischerweise alle dasselbe! Und warum? Weil alles aus derselben Quelle stammt. Also errinerte ich mich an den Spruch:

„Wer zur Quelle will, muss gegen den Strom schwimmen!“

Und genau das machte ich eigentlich seit 2011, was mir jetzt erst bewusst wurde. Ich schaute nur noch wenig Fernseh, sondern nur noch „richtige“ Nachrichten, und die gibt es zuhauf im Netz. Man muss nur wissen wo! Ich merkte, dass wir von vorn bis hinten nur beschissen werden, fast alles ist gelogen, was man liest oder hört. Oder es ist so gedreht, dass du es anders verstehen sollst. Ich tauschte mich mit vielen über verschiedene Dinge aus und das klang alles so viel plausibler als der Schrott, der im TV gezeigt wird oder in den Zeitungen steht. Für mich war klar, da liegt meine Zukunft. Meine Frau drehte jetzt total ab, kam damit überhaupt nicht klar. Sie sagte andauernd: „Zieh doch endlich aus!“ Und das machte ich dann auch im Juni 2015. Ich konnte nicht anders, auch weil ich einfach nicht mehr vor unserem Sohn streiten wollte. Es fiel mir auch überhaupt nicht schwer, vor allem als ich meinem Sohn „Tschuß“ sagen musste. Ich hielt ihn lieb, und sagte ihm: „Schatz, sei bitte nicht traurig, aber ich muss die Welt retten!“ Ich wusste nicht genau, warum ich das sagte. Er sagte darauf ganz süss: „Ja Papa, das weiß ich!“ Wir weinten auch beide nicht. Ich zog ich erst einmal zu meinem besten Freund Thomas, ja genau der, der mich früher mal nach seinem Trip kopfüber in der Luft gehalten hatte. Ich fand zwei Straßen von ihm entfernt auch schnell eine Wohnung. Im Oktober bekam ich plötzlich inmitten während der Arbeit eine „Eingebung“. „Hör sofort hier auf, schreibe das Buch endlich fertig, das du damalas nachts angefangen hast!“ Also ging ich schnurstracks zum Betriebsrat bzw. zu einer Frau in der Firma, die dann die Verhandlungen mit der Geschäftsleitung führen wird. Daraufhin sagte man mir, das dauert jetzt noch drei Monate. Tage später, wieder mitten bei der Arbeit, hatte ich wieder eine Art Eingebung: „Warte nicht! Höre sofort auf!“ Dann ging alles ratzfatz, zum 1.11.2015 wurde ich freigestellt für ein halbes Jahr, für die Zeit danach habe ich schon einen „Aufhebungsvertrag“ unterschrieben, und das nach 20 Jahren! Ich musste auch nicht handeln! Der Personalchef hat meine Bedingungen ohne zu murren so akzeptiert. Und das bei sagen wir mal eigener Kündigung! Du kannst jetzt lachen, aber was mich vor allem auch erleichtert hat, war Folgendes: Da ich mit „meiner“ Kehrmaschine täglich hunderte von Insekten egal, ob Ameisen, Käfer, Spinnen, Schnecken etc. einsaugte, also umbrachte, hatte ich immer ein schlechtes Gewissen. Das hat sich ab sofort erledigt. Also stirbt jetzt überhaupt kein Tier mehr durch meine Schuld. ☺

Der Spruch

„Ich kann keiner Fliege was zuleide tun.“

passt da sehr gut .

Ach ja, die „Verabschiedung“ aus der Firma war nach 20 Jahren treuer Dienste atemberaubend, grandios! Es gab keine! Ein Anruf meines „Chefs“ während meiner letzten „Dienstfahrt“, alles Gute und Tschüß. Am Abend lud ich alle Kollegen zu einer Abschiedsfeier ein (wir reden hier von um die 50 Menschen). Weißt du, wie viele gekommen sind? Ähm drei! Das wunderte mich natürlich nicht, da auch hier viele Intrigen hinter meinem Rücken stattfanden. Ja, ich war definitiv nicht wie die anderen. Ich mag es nicht in der Meute zu stehen, und dummes Zeug zu quatschen. Das fiel natürlich auf. Außerdem schwappte aus der alten Abteilung mein „Ruf“ (den die geschaffen haben) voraus. Seht ihr, ich habe früher andere geärgert, jetzt bekam ich alles doppelt zurück.

Aber das hier ist ein wunderbares Beispiel dafür, was du „wert“ bist. Auf der Arbeit – NICHTS! Jeder ist ersetzbar, auch du! Und dafür ist man jahrelang mitten in der Nacht aufgestanden, ach ja wir haben ja Geld dafür bekommen. Egal, Mund abputzen, weiter gehts. Ich musste unbedingt dieses Buch schreiben, um zu sagen, was ich weiß bzw. annehme. Ob du das auch ähnlich siehst oder deine eigenen Schlüsse daraus ziehst, musst du selbst wissen.

Meine Berufung – und jetzt greife ich dich an!

Ich hatte sie gefunden, meine Berufung. Ich wollte allen Menschen, die (unbwusst) so unwissend sind, helfen und ihnen gnadenlos ihre Fehler aufzeigen. Dabei fing ich Anfang des Jahres mit mir selbst an. Ich probierte alles an mir selbst aus. Alles, was ich hier dokumentiere, habe ich am eigenen Leib erfahren. Was mache ich alles falsch? Sind die andern an allem Schuld oder vielleicht doch ich? Als erstes musste ich an den Spruch denken:

„Alles was du tust, bekommst du doppelt zurück!“

Ich habe geklaut in der Kindheit, egal, ob im Supermarkt oder bei meinen Verwandten. Und was ist mir passiert? Ich habe alles, was ich hatte, im Geldspielautomaten verloren. Bingo, passt doch!

„Wie gewonnen, so zerronnen…"

Ich habe meine erste Frau belogen und betrogen, also habe ich meine zweite auch nicht verdient. Deswegen konnte es nicht auf Dauer gut gehen. Ich fing mit meinem kleinen Märchen an, das hier am Anfang des Buches steht. Ich verschickte es an ganz viele Menschen und bekam nur positives Feedback, außer von einer. Sie kam mit meinem Schreibstil nicht klar. Aber damit konnte ich gut leben. Dann ging ich damit zu Jamies Erziehern und sogar zu seiner Lehrerin. Und alle sagten dasselbe: „Mach was daraus, wecke die Leute auf. Was du sagst, hat Hand und Fuß!" Ich habe mit ihnen auch lange Gespräche geführt, über Themen, die jetzt gleich folgen. Über alles, was ich dir vorwerfe, was du falsch machst! Warum mache ich das? Weil es einfach ein geiles Gefühl ist, ein gutes Gespräch zu führen und dabei etwas zu vermitteln oder selbst mitzunehmen. Du lernst übrigens von jedem Menschen, den du kennenlernst, etwas. Du musst es nur zu deuten wissen. Ob positiv oder negativ. Meine erste Handlung war ab sofort: „Nie mehr lügen". Das mache ich. Frag mich, was du willst, ich werde dich niemals anlügen! Das sagt übrigens jeder, aber lügst du wirklich nicht? Notlügen sind auch Lügen. Wobei ich hier erwähnen muss, wenn man einen Satz nicht genau so wiedergibt, wie er zuvor aufgenommen wurde, der Inhalt dabei aber nicht verändert wird, ist es unwichtig.

Das nächste, was du tun musst, was mir auch heute noch teilweise schwer fällt, ist: Gehe deine Probleme an, rede mit den Menschen, denen du andauernd aus dem Weg gehst! Danach geht es einem sowas von gut, weil es einfach raus ist. Raus aus deinem Körper und Kopf. Das schafft Platz für neues. Wichtig dabei ist vor allem:

„Liebe deinen Nächsten!“

Hört sich schwierig an, ist aber absolut machbar. Ich gehe auf Menschen zu, wenn ich sehe, dass sie vor mir (unbewusst) Fehler machen und versuche ihnen zu vermitteln was denn falsch war. Warum mag man eigentlich andere nicht, wer hat uns das beigebracht? Warum werden denn diese Feindbilder untereinander entworfen? Warum ist man neidisch auf andere? Für was? Wir sind alle gleich, ob arm oder reich. Aber wenn jemand meint, er sei etwas besseres und will mit dem anderen nichts zu tun haben, weil er eine bessere Ausbildung genossen hat oder aus einem ach so tollen (reichen) Elternhaus kommt, dann stimmt etwas nicht. Oder kennt ihr einen „Reichen“, der nicht so ist? Warum will dieser Angeber dir zeigen, dass er über dir steht? Weswegen? Genau darauf wirst du keine Antwort bekommen, es gibt keine. Genau darum geht es auch im Krieg. Da sind ein paar Anzugträger, die meinen, wieder irgendein Land überfallen zu müssen. Sie schicken dafür junge Männer hin, um sich gegenseitig umzubringen, obwohl der Gegenüber dir nie etwas getan hat. Die Länder werden meist wegen der Rohstoffe, die in der Erde sind (Gas, Öl, Gold), ausgebeutet. Was das Resultat ist, merkt man ja eben gerade 2015 hautnah mit hunderttausenden von Flüchtlingen, wobei auch hier auffällt, dass es viele junge Männer sind, zwischen 18 und 25 Jahren!

Lassen die alle ihre Frauen und Kinder freiwillig im Stich? Warum kommen die nicht mit? Und viele haben nur einen Rucksack mit! Man hört wenig von den ganzen Ausschreitungen in den Unterkünften, wo sie auf engstem Raum erst einmal leben müssen. Aber es dringen Meldungen von Schlägereien und sogar von Vergewaltigungen mit Frauen und Kindern durch. Bei meinem Fußballverein (FSV Frankurt) werden regelmäßig 400 bis 500 zu den Heimspielen eingeladen. Besonders beim letzten Spiel kamen sie fröhlich gelaunt ins Stadion und benahmen sich dann teilweise unmöglich. Sie waren nicht etwa alkoholisiert! Und weg waren sie schon weit vor Schlußpfiff. Wie kann denn das sein? Traumatisierte Menschen, die flüchten müssen, benehmen sich so? Und warum kommen so viele über teilweise drei Länder ausgerechnet nach Deutschland? Die meisten sind muslimischer Herkunft. Glaubst du, sie fühlen sich in einem christlichen Land wohl? Kann es sein, dass ihnen etwas versprochen wird, was letztendlich gar nicht eintritt? Es gibt Interviews, die ich gesehen habe, wo genau das von ihnen berichtet wird. Interessant waren Aussagen, dass Ihnen sogar sofort Wohnungen und Häuser versprochen wurden. Und wo müssen sie leben? In Turnhallen und Notunterkünften! Da kann man sich auf Dauer nicht wohlfühlen, da sind Gewalt und Hass vorprogrammiert. Diese besagten Interviews laufen komischerweise nicht im TV und werden auch in den Printmedien verschwiegen! Jeder lebt seitdem in Angst. Wir werden aufgefordert, Familien aufzunehmen. Es wird soagr von der Regierung oder dem Land Besitz zwangsenteignet!

In einer Turnhalle ganz in der Nähe von mir darf man keine Kleiderspenden oder ähnliches abgeben, das möchten sie nicht. Die Deutschen sind ja sehr hilfsbereit, was das angeht. Auch die „Refugees welcome!"-Schilder und Aktionen sind begrüßenswert, aber ich finde, was hier abgeht, ist nicht normal. Versteht einmal den Sinn, der dahinter steckt. Da müssen sogar Bundeswehrsoldaten ihre Kasernen verlassen und in Zelten schlafen, damit die Unterkunft für Flüchtlinge gesichert ist. Neben Waffenlagern der Bundeswehr? Dafür stehen Kasernen, in denen die Amerikaner mal hier stationiert waren leer! Und das sind viele! So etwas ist doch einmalig auf der Welt! Und registriert werden viele auch nicht. Herrscht hier nicht eine Meldepflicht? Wurde sich so schon einmal um die Menschen gekümmert, die hier seit Jahren auf der Straße leben? Nicht im Geringsten. Noch einmal ganz kurz: Ich habe gegen keinen Menschen auf der Welt etwas, da wir alle gleich sind! Aber wir werden erzogen im Sinne derer, die genau das nicht wollen. Da wird uns und auch fast jedem anderen auf der Welt im Kindesalter schon erzählt, wer schlecht und welche Religion besser ist. Zählt da nicht der freie Wille, selbst zu entscheiden? Ich habe als Jugendlicher auch so gedacht. Da sind die schlechten Türken, da die Moslems und so weiter. Warum „erzieht" man uns so? Seit ich mir die Frage selbst gestellt habe, empfinde ich keinen Hass mehr, gegen nichts und niemanden. Doch genau das soll nicht so sein, aber warum? Feindbilder werden erzeugt, sie geschehen nicht einfach so! Da gibt es die Linken, die Antifa, die Pegida, da die „Nazis" (was für ein Sch...wort!). Hauptsache jeder gegen jeden und wieder Hass schüren. Wer steuert das? Bei den Pegida-Demonstrationen beispielsweise werden sogenannte „Linke" massenhaft mit

Bussen organisiert nach Dresden gefahren. Genau die machen immer die Unruhen dort. In den Medien heißt es aber: „...wieder Gewalt bei eigentlich friedlichen Pegida-Demos...“. Da steht nie, dass es eigentlich die Gegendemonstranten sind, die die Unruhe stiften. Da wird ein Feindbild geschaffen und du machst mit, indem du am nächsten Tag deinen Kollegen oder Bekannten sagst, wie schlimm doch die „einen“ sind. Aber es waren doch die andern? Merkst du was? Warum werden in den öffentlichen Medien die „Besucherzahlen“ davon „heruntergeschraubt“? Gerade aktuell in Dresden wurde sie um ein paar tausend nach unten „korrigiert“, was nachweislich nicht der Wahrheit entsprach. Noch schlimmer war es, als gerade im Oktober zwischen 150.000 und 300.000 Menschen in Berlin gegen TTIP (das heimlich geplante „Freihandelsabkommen“) demonstrierten. Da wurden in den Medien gerade mal 25.000 daraus gemacht. Knapp verzählt, was? Übrigens muss man auch den Sinn von Demonstrationen erst einmal verstehen. Wenn du GEGEN etwas demonstrierst, schenkst du der falschen Seite deine Energie bzw Aufmerksamkeit. Du musst FÜR etwas sein, so einfach ist das, und doch machen es alle falsch! Keiner sagt oder fragt WARUM zurzeit die Menschen denn flüchten müssen, wer steckt denn dahinter? Kein Wort darüber. Egal, ob damals 1990 im Irak, der angeblich Massenvernichtungswaffen hatte (was sich als große Lüge herausstellte), nach 9/11 - Afghanistan oder eben jetzt Syrien. Diese Länder haben kein einziges Land angegriffen, werden aber bombardiert, von den tausenden Toten spricht (fast) keiner. Wer zettelt denn immer wieder den Krieg an? Da werden Feindbilder geschaffen, die Al-Qaida oder eben jetzt der IS, um nur zwei zu nennen. Hauptsache es wird irgendein Grund an die Öffentlichkeit getragen, um Krieg zu führen. Ist ja auch ein Riesengeschäft für den Staat. Unsere ehemalige Familienministerin Ursula von der Leyen ist Verteidigungsministerin geworden. Ist das nicht paradox? Das wäre so, als wenn jemand aus dem Veganladen plötzlich im Schlachthaus arbeiten würde. Ist das normal? Sie hat vor kurzem erst einmal Milliarden bewilligt für Kriegsgerät. Wird uns nicht andauernd gesagt, wir leben in Frieden? Für was brauchen wir dann Waffen? Warum geht da keiner auf die Straße? Bei einer Fußball-WM gehst du doch auch voller Stolz für „dein" Land raus? Das ist unser Geld, das uns jeden Monat und zwar mehr als reichlich vom Lohn abgezogen wird. Also ich will keine Waffen bezahlen, du etwa? Nein, trotzdem tun wir es stillschweigend, ist halt so. Man müsste sich sofort mit den ganzen Ländern und allen Flüchtlingen, die deswegen aus ihrem Land getrieben werden, verbrüdern und einen gewaltigen Aufstand proben. Wir sind 97 %, die oberen der Rest und die haben auch Angst vor uns. Aber uns geht es viel zu gut, unseren Wohlstand wollen wir für keinen Preis der Welt hergeben, ob dafür weiterhin tausende Menschen sterben, ist ja uninteressant. Von der schlimmen Fratze des Krieges wirst du in den Medien verschont, und zwar gewollt. Du sollst so weiterleben wie bisher, sonst wirst du unbequem und musst vor allem aus der Masse heraus, so wie ich. Deswegen kommen ganz viele mit mir nicht klar. Sie wollen die Wahrheit nicht hören und akzeptieren sie so auch nicht. Wer mich aber wirklich kennt, der bleibt mein Freund. Ich kann euch sagen, es sind sehr wenige Menschen. Der Rest gehört zur großen Herde, aus der er nicht aussteigt, sonst hätte er viele „Freunde" weniger. Das kannst und willst du nicht riskieren. Außerdem tut die Wahrheit erstmal sehr weh. Wenn man aber damit umgehen kann, kann man sehr viel bewegen. Das ist es, was einen vorantreibt. Du wirst halt nicht mehr pausenlos über die Nachbarn, das Wetter und den Fußball sprechen. Nein, du wirst Gespräche haben, aus denen du etwas mitnimmst und das weiter transportierst, an die wenigen, die dir bleiben. Aber es werden immer mehr, die das wollen, es liegt an dir. Weiter auf heile Welt machen, oder doch wirklich etwas Gutes für die Allgemeinheit, nicht nur für dich und die Famile, tun. Du wirst trotz der ernsten Themen mehr Spaß am Leben verspüren, das kann ich versprechen. Du kannst dich trotzdem noch mit deinen Freundinnen oder Kumpels treffen und mal einen heben und sinnloses Zeug quatschen, tut ja auch mal gut (mach ich ja auch). Aber du wirst schon bald merken, was mehr Spaß macht. Ich werde dir jetzt an ganz vielen unterschiedlichen Dingen aufzeigen, was dich so unzufrieden MACHT (dieses Wort habe ich ganz bewusst extra groß geschrieben, warum wirst du ganz am Ende verstehen). In erster Linie bist du natürlich selbst Schuld, aber die äußeren Umstände zwingen dich unbewusst dazu. Das soll so sein, damit du schön in der Masse bleibst und du „denjenigen“ weiterhin folgst, die dich manipulieren.

Die Vergiftungen

Der nächste Abschnitt ist keine Belehrung!!!

Er soll dir nur aufzeigen, was du unbewusst als völlig selbstverständlich ansiehst, und doch ist es sowas von falsch!.

Deine täglichen (unbewussten) Vergiftungen!

Fleisch als Nahrung

Was esse ich? Ich las irgendwo im Netz vermehrt, dass man durch das Essen von Fleisch, gerade von billigem, das meist aus Massentierhaltung stammt, sämtliche negativen Gefühlen in sich aufnimmt, da die Tiere teilweise unter unmöglichen Umständen aufwachsen. Das klingt schonmal krass, also forschte ich nach.

Eine von vielen Quellen:

http://www.zentrum-der-gesundheit.de/fleisch.html

Also habe ich die nächsten Tage komplett auf Fleisch und Fisch verzichtet. Es fiel mir überhaupt nicht schwer, obwohl ich für eine Currywurst oder ein Schnitzel alles getan habe, also vorher. Aus den paar Tagen wurden Wochen und es hält bis heute an. Das mit den Gefühlen war zwar im Hinterkopf, aber als ich merkte, was noch in mir passierte war ich platt. Unbeschreiblich. Ich hatte früher wirklich Jahrzehnte lang Sodbrennen. Alles genommen, was legal war. Nichts hatte geholfen, bis mir der Arzt ein sogenanntes Zack-Pac verschrieb. Eine Art Kur.Es half bis heute (ja es gab sogar mal Arznei, die wirklich half). Obwohl, danach hatte ich andere Probleme, welches mir jahrelang zu schaffen machte. Stuhlgang. Täglich bis zu fünfmal, immer weich und es brannte.

Ich hatte schon zweimal eine Hämorrhoiden-OP. Die letzte war 2014, nannte sich „Longo“und danach ging es mir so schlecht wie noch nie. Ich konnte weder vorn noch hinten abführen. Also die ersten Wochen immer volle Blase, alle zehn Minuten aufs Klo, aber nichts kam, manchmal ein paar Tropfen, das war es. Nach zwei Monaten war es dann erträglich. Der Durchfall kam wieder und wieder. Als ich auf Fleisch verzichtete, änderte sich der Stuhlgang nach wenigen Tagen schon. Dieses Gefühl, immer Hunger zu haben, obwohl ich ein Völlegefühl hatte, ging auch weg. Da dachte ich mir, wenn es mir doch jetzt besser geht, warum wieder Fleisch essen, dann kommt es vielleicht zurück! Wusstest du, dass jedes Stück Fleisch mindestens drei Tage in deinem Körper bleibt und darin teilweise verwest? Was passiert also, wenn du fast täglich Fleisch isst? Genau, du nimmst zu und bekommst einen schönen Bauch. Den Bauch bekommst du absolut nicht weg, wenn du es weiter isst. Wie viele Tage ohne Fleisch hältst du aus? Ich muss hier noch einmal betonen, dass ich immer jemand war, der nichts von Anfang bis Ende durchgezogen hat. Aber das hier machte so Spaß, das lief von allein. Du kannst joggen, Rad fahren, schwimmen, egal, – den Bauch bekommst du nicht weg, es sei denn, du lässt das Fleisch weg oder hast einen extrem guten Stoffwechsel. Das lustige ist, dass er als „Bierbauch“ verschrien ist. Der Bauch kommt meiner Vermutung nach nicht vom Trinken (zumindest nicht so extrem wie behauptet wird). Außerdem hat es noch einen Vorteil, kein Fleisch mehr zu essen. Es muss kein Tier mehr für mich sterben, keins! Stell dir doch mal vor, du müsstest das Tier selbst töten, könntest du das? Die meisten sicher nicht. Wenn du ein Kalbsschnitzel isst, denke immer daran, daas du gerade ein ganz junges Tier isst, das seiner

Mutter weggenommen wurde! Außerdem werden die mit Genfressen gefüttert, das auch noch mit pharmazeutischem Dreck vermischt wurde, damit sie schneller groß werden. Alles natürlich, klaro!

Es ist genauso schlimm, dass du deinen Kindern von Anfang an Fleisch zu essen gibst, ohne sie zu fragen oder zu sagen, was dies denn wirklich ist. Würdest du es ihm nämlich erklären, könntest du auf Widerstand stoßen, weil dein Kind es eventuell nicht will. Aber nein, der Teller muß leer gegessen werden. Ist das fair? Alle Lebewesen, die Fleischfresser sind, haben spitze reißerische Zähne und essen rohes Fleisch. Wir haben aber keine solchen Zähne und essen unser Fleisch gekocht, gebraten oder gegrillt. Merkst du was? Jeder Deutsche verzehrt im Lauf seines Lebens etwa 1000 Tiere! Ich wog vor meiner Ernährungsumstellung 105 kg. Nach vier Monaten ohne Fleisch waren es nur noch 88 kg. Es war mein Wunsch seit Jahren abzunehmen. Und dann noch so einfach...

Übrigens bekommen die meisten Tiere genmanipulierten Mais bzw Maismehl zu fressen, welches Toxin entält. Toxin ist ein Gift welches die physiologischen Stoffwechselabläufe der Tiere enorm beeinflusst. Angeblich soll dieses Gift nach dem Fressen sofort abgebaut werden. Und genau das ist eine Lüge! Kühe, welche es gefressen haben, bekamen enorme Schäden, ihnen wuchsen zusätzliche Zitzen ohne Funktion. Sie bekamen Ekzeme, Hautverfärbungen, und bei vielen platzen die Euter, und Innereien fallen einfach dort heraus. Die Milchproduktion ging auf über die Hälfte zurück. Ein schlauer Landwirt aus Deutschland, welcher seit 25 Jahren davon lebte, bemerkte dies, und dokumentierte alles darüber, was ihm in den letzten Jahren auffiel. Was dann alles passierte, geht wortwörtlich auf keine Kuhhaut! Dieser Bauer hat Proben der Milch zb untersuchen lassen, und dabei heraus kam, dass Toxinreste festgestellt wurden. Er schickte die Proben an verschiedene Einrichtungen in Deutschland, das Ergebnis war überall dasselbe. Auch schickte er Proben nach Amerika, und jetzt ratet einmal, wie dort die Antwort ausfiel? Richtig, es wurden keine Spuren von Toxin festgestellt. Geil, oder? Es ging aber noch weiter. Der Mann ging zu den Obersten der Politik, und machte die Missstände offenkundig. Er brachte damit eine riesige Lawine ins Rollen. Man wollte ihn daraufhin mit aller Macht mundtot machen, schickte ihm Klagen an den Hals, und er wurde sogar eingesperrt! Bis irgendwann der oberste Gerichtshof zu seinen Gunsten entschied. Der Mann hatte sich in Dinge eingemischt, welche für die Industrie enorme finanzielle Schäden mit sich brachten. Und da Profit bei denen natürlich über Menschenleben steht, sehr ihr was passiert, wenn man Wahrheiten aufdeckt. Man wird diffamiert. und versucht mundtot zu machen vom feinsten. Diesem Menschen ist es zu verdanken, dass wir Milch im Regal stehen haben, auf der steht: Ohne Gentechnik". Meist auf Milchpackungen aus der Alpenregion. Dort wo Kühe (fast) nur Weidegras fressen. Was „Die" noch alles mit dem armen Mann vollzogen haben, erfahrt ihr auf seiner Webseite:

http://gut-gemacht.123webseite.de/

Diesem Mann kann man gar nicht genug danken, was er den Menschen für einen wichtigen Dienst erweist. Auf seiner Seite findet man auch einen Vortrag den er hält über diese brutalen Machenschaften. Danke lieber Gottfried Glöckner!

Habt ihr den Sinn verstanden? Wir SOLLEN vergiftet werden, ganz bewusst!

„Tu Gutes, dann widerfährt dir Gutes!"

Ich denke, das allein das Umdenken schon belohnt wird. Ich habe ab da alles weiter gegessen, aber in Maßen! Keine Tüte Chips mehr, sondern zwei Handvoll. Keine Tafel Schokolade mehr, sondern zwei Reihen, und so weiter. Ich muss hier erwähnen, dass ich kein Obst und keinen Salat esse! Noch nie! Ich esse sogar fette Sachen wie Carbonara, aber statt mit Schinken nehme ich Erbsen. Und ich bin trotzdem kerngesund! Wie geht das? Es ist leider heutzutage eine Selbstverständlichkeit geworden, immer und überall irgendetwas mit Fleisch zu essen. Pizza mit Salami, Döner, Bratwurst, Croissant mit Schinken, egal, ich kann tausende Sachen aufzählen. Du bekommst es an jeder Ecke und isst es wie selbstverständlich, weil du das Nachdenken vergessen hast. Bei dir wurde das Wort durch folgendes ersetzt: Gewohnheit.

Du bist doch so ein großer Tierfreund, oder? Würdest du dein Haustier verspeisen? Niemals, oder? Würdest du das Schwein essen, wenn es direkt vor dir getötet wird? Ich glaube nicht. Abgepackt im Supermarkt kennt man ja die Geschichte dahinter nicht, juckt dich überhaupt nicht, wie das Tier aufgewachsen ist , was es so gegessen hat und wie es gelitten hat. Jetzt sagst du vielleicht, du kaufst nur bei deinem Stammmetzger oder nur Biofleisch. Und? Sterben die Tiere besser? Gibt es gutes Sterben überhaupt? Definitiv nicht. Auch wenn sie bis dahin ein einigermaßen schönes Leben hatten, wird es auch für dich umgebracht. Denke bei jedem Stück Fleisch, sei es noch so lecker, daran, dass das Tier auch für dich sterben musste. Wie viele müssen ganz umsonst sterben, weil ja auch von zehn Tieren mindestens zwei weggeschmissen werden, weil es einfach zu viel in den Supermärkten gibt? Und du willst ein Tierfreund sein? Deiner Katze oder deinem Hund gegenüber vielleicht, aber die zum Fressen gehen dir am Arsch vorbei, die kanntest du ja nicht. Neueste Studien beweisen sogar, dass Fleisch Krebs verursacht. Ganz vorn dabei ist deine Wurst! Lass doch mal einen Burger des bekanntesten Ladens ein paar Monate liegen. Der verwest komischerweise nicht, was ist da wohl „Gutes“ drin?!

Das „ewige“ Happy Meal, welches nicht verwest:

https://www.youtube.com/watch?v=ewjxM1ZV90M

Übrigens heißt der Dreck auch unter anderem „Fast Food“, weil du „schnell“ nach dem Verzehr wieder Hunger hast. ☺

Ein Kilogramm Rindfleisch benötigt ca. 20.000 Liter Wasser für die Produktion, hingegen benötigt man für ein Kilo Weizen nur ca. 100 Liter. Auch eine Art der Verschwendung. Du wirst jetzt am liebsten schon das Buch in die Ecke schmeißen und sagen: „Was will der überhaupt? Ich esse, was ich will“ Kannst du ja auch weiterhin, denkst ja auch nicht darüber nach, wie fast alle heutzutage. Ich bestimme, was für mich gut ist! Wirklich? Schreibe ich das hier alles, um dich zu ärgern oder dir zu helfen, damit du auch einen Weg aus dem Dilemma dieser ewigen Unzufriedenheit findest? Aber wer gibt schon zu, dass er unzufrieden ist? Ein weiterer Vorteil, den du spüren wirst, ist dieses gute Gefühl, teilweise sogar richtige Glücksgefühle in dir. Das Wichtigste: Die Agressionen verschwinden, gehen einfach weg! Ich empfinde sogar Gefühle für meine, nennen wir sie mal, Feinde oder Menschen, um die ich sonst einen großen Bogen gemacht habe. Ich gehe zu ihnen und gebe ihnen die Hand (wenn sie es zulassen..). Ein tolles Gefühl, sag ich euch.

50 Millionen Eintagsküken landen allein in Deutschland jährlich auf dem Müll!

http://www.peta.de/eier

Wer versorgt uns im Supermarkt?

Es gibt eine Firma, die fast alle gängigen Produkte aus dem Supermarktregal herstellt oder in deren Produktion involviert ist.

Monsanto, der schlimmste Konzern der Welt?

https://www.youtube.com/watch?v=sFXuBWg9mXo

Dieser amerikanische Konzern mit Hauptsitz in St. Louis begeht so viele Verbrechen, mittlerweile an Bayer verkauft, also jetzt sozusagen Deutsch! Das muss jeder selbst nachlesen, darüber kann man ein eigenes Buch schreiben. Genau dieser Konzern hat in sämtlichen Sachen, die du im Regal findest, seine Drecksfinger mit drin. Die versauen alles, vor allem Saatfelder mit genmanipulierten Sachen. Ganz vorn: Glyphosat, das Unkrautvernichtungsmittel. Es wird sogar bei unserem Ackerbau „versprüht“, weil erlaubt! Das Zeug ist hochgradig giftig! Solltest du es wagen, die Schädlichkeit nachzuweisen, bekommst du es mit deren Anwälten zu tun. Und das sind welche, gegen die du keinen Prozess gewinnst. Die graben in Afrika den Einheimischen das Wasser ab für die Herstellung ihres Drecks. Afrikaner bekommen sogar vorgeschrieben, wie viel Wasser sie zu bekommen haben am Tag, weil die Penner so viel für ihre Produktion brauchen. Wer von denen noch nie gehört hat, der hat zwar nichts verpasst, aber würde danach eventuell deren Produkte boykottieren. Vergleiche einfach die folgende Liste mit dem Inhalt deines Schrankes. Dann schau im Netz nach, was diese Drecksfirma alles „verbricht". Unglaublich, dass es so etwas überhaupt gibt, aber im Land der unbegrenzten Möglichkeiten. Aber STOP! Bayer hat den Konzern ja für eine unglaubliche Zahl von 66! Millarden Dollar erworben. Das heißt, wir deutschen vergiften jetzt offiziell die Produkte! Was könnte man für dieses Geld alles gutes tun.....Der Pharmariese gehört jetzt zu den mächtigsten „Firmen" der Welt. Glückwunsch!

Liste von Firmen in Deutschland die Produkte von

MONSANTO

verwenden

Quelle: Technische Universität Berlin
http://www-pool.math.tu-berlin.de/~konni/monsanto.html

Unilever

Rama
Bifi
LÄTTA
Lipton
Cornetto
Domestos
Knorr
Solero
Cremissimo
Magnum
Axe
Viss
Dove
Bertolli
Pfanni
Rexona
Langnese
Mondamin
Du darfst
Sanella
Duschdas
Signal
Mazola
Becel
Coral
Vienetta
Impulse
Lux

Nestle

After Eight
Alete
Bärenmarke
BEBA
Bübchen
Buitonie
Butterfinger
Caro
Choco Crossies
Findus
Frisco
Häagen-Dazs
Herta
Kitkat
Leisi
Lion
Maggi
Möwenpick
Nescafe
Nespresso
Nesquick
Purina
Nestle-Schöller
Nuts
Rolo
San Pelegrino
Sanbitter
Smarties
Thomy
Vittel
Wagner
Pur Life

Mondelez

Jacobs
Kaffee Hag
Maxwell House
Tassimo
Onko
Kaba
Kool-Aid
Suchard Express
Miracel Whip
Vegemite
Bel Vita
Milka
Toblerone
Mozartkugel
Daim
Philadelphia
Capri Sonne

Proctor & Gamble

Braun Gillette
Head & Shoulders
Herbal Essences
Maxfactor
Olaz
Old Spice
Pantene
Shockwave
Wella
Blend-a-dent
Blend-a-med
Clearblue
Metamucil
Oral-B
Persona
Wick
Ace
Ambipur
Antikal
Ariel
Dash
Duracell
Fairy
Febreze
Lenor
Meister Proper
Swiffer
Eukanuba
Iams

Coca Cola

Fanta
Sprite
Mezzo Mix
Lift
Nestea
Bon Aqua
Apolinaris
Powerade

Müller Milch

Weihenstephan
Loose
Restaurantkette
Nordsee (zu 80%)
Pepsi
Sweppes
Heinz
Kelloggs
Lipton
Pringels
Uncle Bens
Mars Deutschland

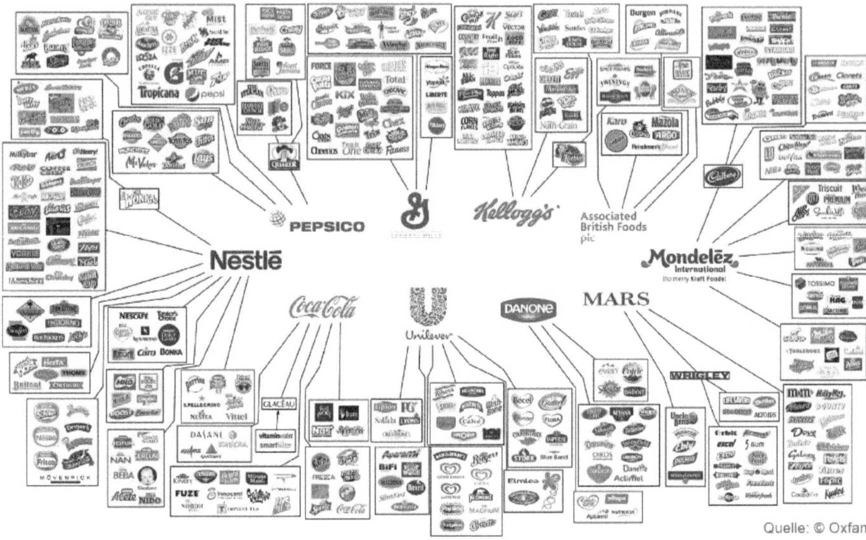

Quelle: © Oxfam

Mir ist ja grundlegend egal, was du isst, konsumierst etc. Ich wollte dir damit nur zeigen, wen du damit unterstützt. Also Augen auf beim nächsten Einkauf. Kurze Zwischenfrage: Sagst du immer noch, dass du als Einzelner NICHTS verändern kannst? Versuche einmal alle Produkte dieser Firma zu umgehen. Ich sage dir was: Unmöglich. ☺

Hirn-/Nervengifte

Was das mit dir zu tun hat? Du nimmst sie täglich zu dir! Ganz viele Produkte, die du tagtäglich zu dir nimmst, sind mit Gift versetzt. Und du nimmst und kaufst sie trotzdem?

Fluorid

So, schauen wir doch einmal genauer hin. Dein Tag beginnt und kaum wach, schon vergiftest du dich, wetten? Was machst du zuerst? Zähneputzen. Mit was? Zahnpasta, klar. Und hintendrauf noch ein gutes Mundwasser mit „Zuckerersatz"? Was ist bei beiden drin? Gesundes Fluorid, stimmts? Falsch, es ist chemiches. Geh in die Suchmaschinen, falls du denkst, ich lüge. Aber wundere dich nicht, dass da immer das Giftzeichen auftaucht.

http://www.zentrum-der-gesundheit.de/fluorid.html

Dann gehts an den Frühstückstisch, sofort das nächste Gift, und wo? Eine schöne Tasse Kaffee. Weil es schnell gehen muss, nicht gebrüht, sondern aus Aluminium- bzw. Plastikkapseln. Nur das Knöpfchen gedrückt und zack, da ist er schon. Ein leckeres Schinkenbrötchen, schön gesalzen. Das Frühstücksei isst du auch mit Salz, nicht? Da ist ja auch Fluorid drin. Gläschen Wasser dazu? Schau mal genau darauf. Da ist es ja auch drin. Warum, was soll das? Natürlich ist es nicht, es wurde absichtlich zugetan. Wozu? Wie kannst du versuchen, Fluorid zu vermeiden? Fluorid ist Müll aus der Aluminiumherstellung. Es schränkt die Aktivierung des Hirns und der Zirbeldrüse ein, und schadet ihr! Gerade in Salzen kommt es häufig vor. Es gibt wunderbare gesunde Salze, die zwar etwas mehr kosten, aber viel mehr natürliche Mineralien enthalten wie z. B. Himalajasalz (enthält 18 verschiedene Mineralien, statt zwei wie im Jodsalz). Auf Zahnspülung kann man auch verzichten, da sie absolut keine Wirkung hat (außer für den, der sie verkauft!). Lieber mal nachschauen, was die Zirbeldrüse alles so drauf hat und warum sie „ausgeschaltet" bleiben soll. Du darfst dich aktiv betätigen und selbst herausfinden, warum es beigemischt wird. Nur so viel: Du sollst gehorchen und den Mund halten!

Getränke

Der Durst kommt und du musst ja fit sein, egal, ob für Beruf oder Schule. Schnell ein Energy Drink. Eigentlich das Schlimmste von allen Getränken überhaupt. Nur Chemie! Das weißt du ja nicht, weil es auch so klein auf der Dose steht. Aber eigentlich egal, du liest es ja auch nicht, wenn groß drauf steht. Hauptsache es schmeckt und kickt so richtig. Nein, das Gegenteil passiert, es ist vor allem für dein Herz wie pures Gift! Ach du trinkst lieber eine Cola, natürlich DIE Cola muss es sein. Diese muss die Beste sein, sonst würde es sie ja nicht an jeder Ecke geben. Sonst würde sie nicht überall beworben werden. Wusstest du, was das „natürliche" Aroma bei ihr ist? Es wird vermutet, dass sie aus Blattläusen-Extrakt gemacht wird (komischerweise verschwinden im Netz diesbezüglich Berichte immer wieder sehr schnell, nur in einschlägigen Foren findet man viel darüber). Phosphor enthält sie auch, lecker, nicht wahr? Aber warum steht es da nicht drauf? Weil laut Hersteller keine Rückstände bei der Verarbeitung im Getränk bleiben. Wie bitte? Warum wird es denn überhaupt beigemischt? Nicht vielleicht doch wegen des einzigartigen Geschmacks? Oder weil es süchtig macht? Abgesehen davon, dass ein Glas deinen täglichen Bedarf an Zucker komplett deckt, kämpft dein Körper jetzt erst einmal mit dem Dreck, den du in dich hineinkippst. Cola eignet sich übrigens hervorragend, um deine Chromleisten vom Auto zu polieren. Und so etwas „gönnst“ du deinem Körper? Respekt. Noch etwas: Karmin, also E120, befindet sich fast in allem. Jedes Lebensmittel mit der Kennzeichnung E120 (Karmin) enthält Schildläuseblut. Es befindet sich auch oft in Kosmetika. Der durchschnittliche Mensch konsumiert ein bis zwei Tropfen Karminsäure jedes Jahr mit der Nahrung. Auch die Pharmaindustrie verwendet es für Pillen und Salben.

Karmin:

http://www.lebensmittellexikon.de/c0001960.php

Und hier ein Artikel darüber, was das Schrottprodukt Cola in deinem Körper bewirkt:

http://arturthomalla.de/2015/11/13/cola-trinken-beschleunigt-den-alterungsprozess-und-kann-hirntumore-verursachen

Ach so, du trinkst sie nur Light, Zero oder Free, weil du auf deine Linie achten musst! Du nimmst aber komischerweise kein Gramm ab, obwohl du schon jahrelang den Mist trinkst. Eher das Gegenteil ist der Fall, warum eigentlich? Dann lese mal bei den Inhaltsstoffen, was den Zucker ersetzt. Das ist übrigens bei allen Light-Getränken Bestandteil:

Aspartam

Quelle: *www.Zentrum-der-Gesundheit.de*

Aspartam heißt jetzt übrigens auch „Aminosweet", hört sich ja besser an… Schau mal, wo es noch überall drin ist. Und das trinkst und isst du freiwillig, bei vollem Bewusstsein? Klar, weil du dir absolut keine Gedanken darüber machst! Und denkst du, du tust deinem Körper etwas Gutes? Aspartam ist ein Nervengift und verbindet sich nicht wie Zucker mit dem Blut, sondern bleibt in deinem Körper. Nachweislich schadet es auch der Darmflora. Also muss man zwangsweise zunehmen und krank werden. Mit Gift!

Aspartam:

https://www.youtube.com/watch?v=OmwilP2oy4E

Gluten

Gluten ist ein Protein, das in den meisten Getreidesorten wie zum Beispiel Weizen, Roggen, Hafer und Gerste enthalten ist. Auch in ganz vielen Fertigsoßen findet man es. Sehr viele Menschen leiden an einer Gluten-Unverträglichkeit und wissen es nicht einmal! Es wird ja auch beim Jahres-Check vom Arzt nicht untersucht. Was Gluten alles auslöst, möchte ich hier nicht erläutern, das würde den Rahmen sprengen. Unter anderem aber diese Krankheiten: Darmentzündungen und Allergien bis hin zu Autismus und Multiple Sklerose.

Was ist Gluten?

http://www.urgeschmack.de/gluten

http://www.zentrum-der-gesundheit.de/gluten.html#ixzz3nahDGU3i

Aber noch so viel: Glu steht im Englischen für Kleber!

Ach so, du gehörst natürlich zu den Wassertrinkern, nicht zu den Deppen, die so einen Müll trinken, richtig? Sehr gut! Der Körper braucht Wasser, und zwar viel. Es spült die Gifte heraus, reinigt das Blut und besitzt wichtige Informationen. Welches Wasser trinkst du? Egal, sind alle gleich, Wasser ist doch Wasser! Wasser aus dem Hahn hat ja (angeblich) beste Trinkwasserqualität, gerade in Deutschland. Aber allein der Gedanke, dass genau dieses Wasser schon tausende Male wieder aufbereitet worden ist, weil es Kot, Urin, Fluoride aus Zahnpasten und Mundspülwasser, Arzneimittelreste, Essensreste, Fette und alles, was man so in den Abfluss kippt, beinhaltete, ist eklig. Nicht zu vergessen das Aluminium und Brom, das durch Chemtrails (was das ist, beschreibe ich später) ins Grundwasser und in die Erde kommt. Glaubst du wirklich, dass es vollständig raus ist? Ich nicht, deswegen benutze ich einen Wasserfilter. Der bringt auch nicht das 100%-ige Ergebnis. Beim Kochen von Nudeln oder Kartoffel bemerkt man aber schon sehr schnell, dass die Lebensmittel anders, ja besser schmecken. Ebenso beim Kochen von Tee oder Kaffee. Ein guter Wasserfilter, der fast 90 % aller Fremdstoffe filtert, kostet ab 2.000 Euro aufwärts. Den kann sich natürlich nicht jeder leisten. Wenn man ihn aber auf die Jahre hochrechnet, lohnt sich eine Anschaffung schon, vor allem für die Gesundheit. Es ist sowieso eine Frechheit, dass ein Grundnahrungsmittel wie Wasser so viel kostet! Es kommt aus UNSERER Natur, jemand füllt es ab, setzt noch chemischen Dreck dazu und kassiert ab!

Und vor allem wird es darin angeboten:

Plastik

Dein Wasser, das in fast allen Fällen Fluorid beinhaltet, trinkst du aus Plastikflaschen. Plastikflaschen durchlaufen auf ihrem langen Weg zu dir ganz viele Temperaturunterschiede. Vom Warmen ins Kalte und umgedreht. Dabei lösen sich mikroskopisch winzige Plastikteilchen ab, die du beim Trinken aufnimmst. Soll ich dir noch etwas sagen? Die bleiben in deinem Körper, gehen nicht mehr raus. Später bekommst du dann Gicht, ein steifes Bein, Hautausschläge, Schmerzen, die nie verschwinden, oder sonst etwas. Generell ist ja heute fast alles in Plastik verpackt. Wenn Plastik (ist ja aus Erdöl) als Rohstoff so günstig ist, verstehe ich übrigens nicht, warum Benzin so teuer ist? Das Plastik unsere Meere verseucht, und die Fische und Vögel daran ebenfalls sterben, weil sie es essen, sei hier ja nur am Rande erwähnt.

Auf jeden Fall wirst du früher oder später krank.

Plastik in unserem Blut:

https://www.youtube.com/watch?v=cjJKsvVvrGI

So, angenommen du bist in der Schule, im Büro oder unterwegs. Zwischendurch verteilt jemand Bonbons, Gummibärchen oder Kaugummis. Vielleicht hast du auch selbst welche in der Schublade. Nächste Vergiftung! Irgendwo ist wieder Aspartam oder Zucker (und der meiste wird mittlerweile industriell, also auch chemisch hergestellt, sogenannter Industriezucker) drin. Schau immer ob auf der Verpackung von Zucker, unraffiniert steht! Mittagessen. Kantine, alles schön gesalzen mit Fluoridsalz, lecker. Oder am besten schnell was von der Bude geholt. Döner, Pommes oder noch besser einen Burger. Merkst du eigentlich, was du da isst? Macht es satt? Nein, das soll es auch nicht, damit du wieder kommst. Für einen Moment lecker, aber eine Stunde später wieder Hunger. Zum Kaffee mal schnell was vom Bäcker für zwischendurch geholt. Wieder was mit (Fluorid)Salz oder ein kleines Stückchen Torte. Wieder Zucker, du hast zwar schon deine Tagesdosis doppelt verbraucht, aber darüber machst du dir keine Gedanken. Der Hunger treibt es rein, sieht ja auch alles so lecker aus!

Irgendeiner hat vielleicht noch Geburtstag und gibt einen aus. Wurstbrötchen meinetwegen, da langt man doch gern zu, ist ja nicht jeden Tag. Wieder etwas mit Salz. Und eine Cola dazu, was anderes gibt es ja nicht, egal, ist ja gratis. Feierabend, na noch ein Bierchen mit Kollegen? Klar, hast du dir verdient. Und dazu gibt es Salzstangen oder Chips. So jetzt wird es aber Zeit, der Lebenspartner hat gekocht und schon ein paarmal geschrieben, wann du heimkommst. Also, was gibt es denn heute? Braten mit Kartoffeln oder Spaghetti? Egal, ist auf jeden Fall wieder gut gesalzen. So, endlich auf die Couch, mal schauen, was der Naschschrank so hergibt. Eigentlich egal, Hauptsache den Film genießen und reinhauen. Was du dabei trinkst, ist eigentlich völlig egal. DU hast deinem Körper heute schon genug Dreck gegeben, da kommt es jetzt auch nicht mehr darauf an. Und bevor du dich niederlegst, schnell nochmal die Zähne geputzt, letzte Dosis Gift für heute. Wobei, einmal geht noch, oder? Du hast Kopfschmerzen vom harten Tag, schnell eine chemische Aspirin eingeschmissen und gute Nacht. Jetzt lass mal deinen Tag Revue passieren. Wie viele der von dir konsumierten Lebensmittel waren in Plastik oder Aluminium eingepackt? Was hast du alles für einen Schrott deinem Körper gegönnt? Was davon brauch der Körper? Ich sehe nichts, sorry. Das alles noch verbunden mit Stress MUSS doch krank und aggressiv machen.

In deinen täglichen Köstlichkeiten ist außerdem:

Aluminium

Aluminium bleibt auch im Körper, genau wie Plastik. Es ist ja „Inhaltsstoff" fast jeder Deoflasche.

Und in deiner Lasagne, in den Spaghetti oder sonstigen Speisen vom Italiener kommt Aluminium vor. Wie nein? Doch es wird sogar darin gebacken und du kratzt es mit der Gabel noch schön aus. Und deine Ravioli, dein Sauerkraut oder dein Gemüse kamen ja auch aus der Dose und werden mit Zucker konserviert, also Vitamingehalt gleich Null, also doppelter Schrott. Tiefgefrorenes Gemüse behält die wichtigen Inhaltsstoffe größtenteils, kaufe das! Und natürlich der Kaffee aus Kapseln. Na, woraus bestehen diese?

Aluminium:

http://www.zentrum-der-gesundheit.de/aluminium-ausleiten-ia.html

Elana Freelands Buch, „Chemtrails, HAARP, and the Full Spectrum Dominance of Planet Earth", ist ein hervorragendes Handbuch zu diesem Thema.

Ein kleiner Auszug daraus, ins Deutsche übersetzt:

Aluminium: ein Nervengift, Aluminium blockiert die Nervenimpulse, dämpft das Denken und die Konzentration, kann Schwindel erzeugen, Gedächtnisverlust, Koordinationsprobleme, unwillkürliches Zittern, Sprachstörungen, Verlust der Balance und Energie; luftübertragenes Nano-Aluminium gleitet über die olfaktorischen (Nase: riechen) Nervenbahnen ins Gehirn, passiert die Blut-Hirn-Schranke und die Zellmembranen und zerstört die Mitochondrien; kann zu Demenz, Alzheimer, Parkinson und Lou Gehrig's Krankheit (ALS) führen; ***10–20 MEGATONNEN*** *von Aluminium werden* ***jährlich*** *in die Atmosphäre gesprüht (lt. Geoingenieur David*

Keith); gemeinsam mit Barium ist Aluminium einer der stillen Erzeuger der globalen Erwärmung.

Barium: unterdrückt das Immunsystem, weil es so schnell durch den Verdauungstrakt absorbiert und in der Folge in den Muskeln, Lungen und Knochen eingelagert wird; Barium-toxizität kann Schwierigkeiten beim Atmen hervorrufen, Magen und Brustschmerzen verursachen, den Blutdruck erhöhen, Herzrhythmusstörungen auslösen, Magenirritationen, Gehirnschwellung, Muskelschwäche erzeugen und Zerstörung der Leber, Nieren, Herz und Milz verursachen; Barium ist 20-mal schlimmer als das schlimmste organisch chlorierte Pestizid.

https://saubererhimmel.wordpress.com/2015/07/08/chemtrailshaarp-full-spectrum-dominance

Energiesparlampen

Sie werden als „Sparwunder" bezeichnet, das mag ja sein, aber vor allem sind sie eins: Quecksilber verseucht. Zerbricht mal eine, bloß nicht aufsaugen, da sich dann das Gift durch den Luftstrom des Saugers im ganzen Zimmer verteilt. Merkst du nicht, wie gerade neue Lampen am Anfang stinken? Auch wenn sie neu sind, und du sie anschaltest, riechen sie extrem unangenehm. Und extrem teuer sind sie natürlich auch. Das kann niemals gesund sein! Ich benutze Led-Lampen oder die gute alte Glühbirne.

Kleidung

Beim Betreten von Modeläden kommt einen die nette Giftwolke schon entgegen. Giftstoffe sind aber in nahezu allen Kleidungsstücken, egal aus welchen Geschäften, enthalten. Man sollte sie niemals ungewaschen anziehen, da das Gift sonst durch die Haut ins Blut gelangt. Auch wenn es immer nur minimale Spuren davon sind, darf man nicht vergessen: Auch Kleinvieh macht Mist! Und wenn ich sehe, wie viele Kunden täglich bei Primark hunderte von Euro freiwillig dafür ausgeben. Klar, ist ja auch billig! Und unter welchen Umständen diese „Kleider" hergestellt werden, ist auch den wenigsten bekannt.

Milch

Milch ist ein gesellschaftsfähiges Getränk geworden, sie ist ja fast überall drin mittlerweile. Sie ist auch im geringen Maße verträglich, aber nicht gesund. In den Mengen, wie sie heute konsumiert wird, bestimmt nicht! Milch ist besonders bei erwachsenen Menschen gefährlich. Aber die Werbung sagt doch etwas ganz anderes, oder? Stimmt, der glaubst du ja auch alles. Milch enthält Calcium und dieses wiederum ist gut für die Knochen. Das aber bedeutet nicht, dass Milch den Knochen nutzt oder anderweitig gesund sein muss – wovon die halbe Welt auszugehen scheint, was jedoch ein echter Trugschluss ist. Im Alter verursacht es sogar Knochenbrüche, weil es das Gegenteil von dem bewirkt, was uns weiß gemacht wird! Glaubst du nicht? Ich persönlich finde es sogar teilweise pervers, den Saft eines Tieres zu trinken, sprich die Muttermilch eines Kalbes! Stell dir vor, du (Frau) bist schwanger, bekommst Muttermilch und musst sie abgeben, damit Fremde sie trinken! Wie ist die Vorstellung darüber? Genau, ekelhaft. Milch ist schädlich für den Körper. Außerdem gibt es keine sogenannte Frischmilch mehr. Alles ist homogenisiert und pasteurisiert, also eigentlich weißes Wasser, was obendrein nicht guttut!

Ich nehme jeden Tag einen Schluck für den Kaffee, selbst das ist schon zu viel. Käse, Sahne oder die ganzen L-Casei Leckereien, die ja so gut für die Darmflora sind, also generell Molkereiprodukte, gehören zu einem Milliardengeschäft.
Auch der Hype um Laktoseintoleranz ist ein reines Geldgeschäft (meine Meinung..). Entweder der Körper verträgt Milch oder nicht. In geringen Maßen ist sie evtl. verträglich. Oder was glaubst du, wovon dein Durchfall kommt? Und das die Milch Gift (Toxin) enthält, hatte ich ja zuvor schon erwähnt.

Milch:

http://www.zentrum-der-gesundheit.de/milch-krankheiten-ia.html

Verhalten ohne Nachdenken

Du isst wirklich alles, was man auf die Schnelle irgendwo bekommt, Hauptsache billig. Die großen Discounter sind ein Paradies für dich. Ebenso sämtliche Billigbäcker, Burgerläden und Dönerbuden. Schnell, nicht unbedingt lecker, aber günstig! Wie viele Menschen unter 25 haben schon massives Übergewicht? Aber keiner macht sich Gedanken über die Gründe. Es wird einfach so hingenommen. Man hat sich da schon aufgegeben, aber warum? Wenn ich die ganzen Familien sehe, die an massivem Übergewicht leiden, frage ich mich, wer da so versagt hat. Soll ich es dir sagen? Nur sie selbst, weil der Fernseher bei genau denen den ganzen Tag läuft und sie alles unterbewusst von ihm transportiert bekommen. Der erzählt ihnen rund um die Uhr, was alles gut für sie ist. Merkt denn keiner, dass genau das Gegenteil passiert?

Diese Menschen liegen mir auch besonders am Herzen. Für sie habe ich einen Tipp: Lasst mal eine Woche den Fernseher und das Radio aus und beschäftigt euch mal in dieser kurzen Zeit nur mit euch selbst. (Lasst ihn am besten ganz aus, für immer!) Erstellt einen Plan, wie ihr es gemeinsam schaffen könnt, aus diesem – ich nenne es beim Wort – Scheißleben zu entfliehen. Wieso sagt ihr, dass ihr euch so wohl fühlt? Ihr belügt euch selbst, tagtäglich. Der Fernseher gibt euch diese Antwort nicht, der sagt euch, wie es noch schlimmer wird. Und genau der ist euer bester Freund. Das weißt du nicht einmal! Der sagt dir alles vor, was du machst. Keine eigenen Ideen? Weißt du eigentlich, warum die ganzen kleinen Läden, vor allem Bäckereien, zugemacht haben? Weil wir alle nicht mehr dorthin gegangen sind, sondern „Lebensmittel" aus den Billigbäckereien, Tankstellen oder Supermärkten kauf(t)en, obwohl es viel schlechter schmeckt als bei den kleinen Herstellern. Aber die großen Anbieter sind halt näher und natürlich günstiger. Geht also schneller, wir haben ja keine Zeit! Es ist wirklich sauschwer, sich gesund zu ernähren, wenigstens halbwegs. Für das meiste musst du halt etwas weiter gehen als zu dem Discounter um die Ecke, und das willst du nicht. Und etwas teurer ist es natürlich auch. Immer das gleiche Spiel, Tag für Tag. Warum akzeptierst du das so, wie es ist? Fang besser heute als morgen damit an, es zu ändern! Dein Körper dankt es dir erst recht. Du machst das nur für dich selbst! Schau genau auf die Verpackung, um zu entdecken, welche Stoffe enthalten sind. Solltest du Inhaltsstoffe lesen, die sich ungewohnt anhören, lege es zurück, sonst bist du mit Schuld, da du dich und deine Familie oder Freunde unbewusst vergiftest.

Auf Volksfesten gibt es ausnahmslos nur Schrott zu essen und dazu noch schweineteuer, aber die Besucherzahlen sprechen für sich. Karussell fahren ist ok und der Preis auch angemessen, wenn man bedenkt, was so ein Fahrgeschäft kostet. Aber der Rest? Warum gibst du da so viel Geld für Mist aus, egal, ob Essen oder die sogenannten Gewinne bei den Losbuden oder sonst irgendeinen Nepp, wo man viel bezahlt, aber (fast) nichts mitnimmt. Klar, die Besitzer wollen ja auch was verdienen. Aber warum gewinnt man nicht etwas Sinnvolleres? Warum nur billigster hergestellter Plastikmüll aus Fernost! Weil es ihnen nur um den Profit geht und bestimmt nicht darum, dass du Spaß hast. Das denkst du zwar, aber wenn du zu Hause in deine Geldbörse schaust, stimmen die Ausgaben mit dem, was du mitbringst, in keiner Weise überein. Egal, Hauptsache den Kindern hat es gefallen. Ich nenne es Geld verbrennen, ohne Sinn. Aber die ganze Woche wieder jammern, dass du zu wenig verdienst. Wenn es so wäre, würdest du da nicht hingehen und es unterstützen, mit deinem wenigen Geld. Der Coffee to go ist ja auch sowas von „hip" geworden. Prima, muss ich morgens nicht früher aufstehen und mir selbst einen machen, kann ich mir ja unterwegs schnell holen und auf dem Weg zur Arbeit hastig trinken, statt in Ruhe zu Hause. Aber du willst ja lieber länger schlafen. Klar Job, Familie und (die wenige) Freizeit kosten Kraft. Und wohin schnell mit dem leeren Becher? Mindestens die Hälfte, landen auf der Straße oder auf einem Stromkasten, einer Fensterbank oder was gerade in der Nähe ist, oder noch besser ins Gebüsch geschmissen.

Mit den Tüten der großen Burgerläden ist es genauso. In der Großstadt findest du keine einzige Hauptstraße, auf der keine im Rinnstein liegt, ebenso Dosen, Plastikflaschen, Kippenpäckchen etc. Hektisch im Auto konsumiert und schnell raus damit, stinkt sonst im Auto. Eigentlich trifft es auf alles zu, was man auf der Straße, auf dem Fahrrad oder im Auto zu sich nimmt. Wieso benutzt du eigentlich die Kackbeutel für deinen Hund? Die meisten landen anschließend sowieso nicht im Müll, sondern werden ebenfalls schnell „entsorgt“, weil ja kein Mülleimer in der Nähe ist. Da kannst auch die Scheiße gleich liegenlassen, oder?

Mikrowelle

Besitzt du eine? Natürlich, ist praktisch und vor allem ist dein Essen schnell zubereitet. Du hast ja keine Zeit! Es schmeckt doch immer so unnatürlich heiß, oder? Ach so, es war zu lange drin, nächstes Mal auf kürzer stellen. Schmeckt es auch nicht anders? Dann weise ich dich hier nur mal darauf hin, dass diese „Essen“ vor allem eins machen: Es verändert dein Blut! Die weißen Blutkörperchen gehen dadurch zurück. Ebenso verändern sich deine Cholesterinwerte! Dass der Nährwert durch die Mikrowellen außerdem bis zu 90 % gen Null sinkt, dürfte einleuchtend sein. Ist ja alles soeben zerstört worden. Ich rate vor allem davon ab, Muttermilch oder andere Babynahrung darin zu erwärmen, da die Wellen die Nährstoffe ebenfalls fast komplett zerstören. Dies sagt ja der Name schon aus: Mikrowelle! Dein Essen wird mit unsichtbaren Mikrowellen „beschossen". Das konsumierst du bei vollem Bewusstsein? Noch ein weiterer Punkt, der gegen sie spricht, ist die Strahlung, die vor allem auf dein Hirn trifft. Aber das ist ja sowieso so gewollt. Verbanne das Ding aus deiner Wohnung, mache Speisen auf dem Herd warm!

https://www.youtube.com/watch?v=oipC4DSV9Mo

Handystrahlung:

Wusstest du eigentlich, wie gefährlich Handystrahlen sind, vor allem, wenn du stundenlang telefonierst? Sie haben massive Auswirkungen auf dein Hirn, bei 3G Smartphones ist es am schlimmsten. WLAN strahlt auch den ganzen Tag zu Hause, obwohl man es ja abschalten kann. Aber nein, ist ja im All-inclusive-Paket mit drin und eine Flat reicht ja nicht aus. Ach ja Bluetooth ist ja auch immer an...Besonders gefährlich sind die Strahlen für Babys und Kleinkinder, da sich deren Hirn im Wachstum befindet und dadurch enorm gestört wird. Täglich sehe ich Mamas, die ihren Kinderwagen schieben, mit ihrem Handy am Ohr spazieren gehen. Alles wird unbewusst gemacht, aber die Wirkung ist keinem bekannt.

Handystrahlung:

http://www.eltern.de/gesundheit-und-ernaehrung/medizin/handy-strahlung.html

Die Chemie und du!

Medikamente

Ein weiterer Punkt, der dir hilft, dass es dir besser geht, sind die Medikamente!

Jeder hat welche, jeder braucht welche, gehört zum Leben einfach dazu, richtig? Falsch! Wie viele Tabletten nimmst du so zu dir? Wenn du Schmerzen hast, gehst du zum Arzt. Der verschreibt dir etwas, was hilft oder auch nicht. Dann gehst du wieder zu ihm und sagst, dass die Tabletten nicht anschlagen. Du bekommst wieder andere. Dir geht es kurzzeitig besser. Und dann? Meist kommt das Problem wieder und wieder. Warum?

> ***Medikamente helfen vielleicht gegen die Symptome, aber niemals gegen die Ursache!***

Ich sage nicht, dass Medikamente gegen akute Krankheiten nicht helfen. Aber hat man sich auch schon umgehört, ob es Alternativen dazu gibt, die den Heilungsprozess eventuell sogar beschleunigen? Meistens lautet die Antwort: Nein. Der passende Spruch: „Der Arzt sagt, dass es das Beste ist, was man tun kann!“ Oder: „Es gibt keine andere Heilmethode!“. Er sagt es, du glaubst ihm. Ganz einfach. Eigenes Denken? Nein, hast ja keine Ahnung davon. Na und? Dafür ist das Internet die perfekte Erfindung. Deine Diagnose haben jetzt meinetwegen auch drei Ärzte festgestellt. Aber im Netz wirst du hunderte von Meinungen darüber lesen, und Menschen fragen können, die dasselbe erlebt haben. Du kannst dich mit ihnen austauschen. Was ist die Ursache deiner Schmerzen? Höre doch mal in dich hinein und frage dich selbst, was dich so belastet. Löse das Problem. Hast du immer Rückenschmerzen? Natürlich liegt es auch an der falschen Haltung, gerade wenn du viel sitzt. Immer gerade sitzen und Pausen dazwischen machen, mal strecken und so. Wer macht das schon? Aber es kann auch andere Ursachen haben. Hast du vielleicht einen Freund, der dich belügt? Kommst du mit deiner Freundin nicht klar? Übt dein Chef Druck auf dich aus? Sind deine Kinder ungezogen? Machen dich deine Eltern fertig? Egal was, es belastet dich, und dein Körper zeigt es dir. Du musst das Problem angehen bzw. lösen. Dann gehen auch die Schmerzen weg. Das heißt, du hast eine Last zu tragen. Welches Medikament soll dagegen bitteschön helfen? Du musst die Last angehen und loswerden! Hast du Schmerzen im Bein? Irgendetwas hindert dich, etwas zu tun, was du unbedingt willst. Aber aus Rücksicht auf andere machst du es nicht! Tu es und du vielleicht kannst du wieder normal laufen! Oder versuche mal, die Schmerzen einfach zu ignorieren. Wie oft gehst du krank auf die Arbeit oder in die Schule? Es läuft ja nichts ohne dich, oder? Du gibst alles dafür, erfolgreich zu sein, aber deinen Körper vergisst du! Der Körper braucht keine Chemie. Er entwickelt für (fast) alles eigene Abwehrstoffe. Dafür haben wir ein Immunsystem! Dieses wird aber schon als Kind bei uns belastet. Durch Impfungen, die eigentlich niemand braucht. Aber warum dies alles? Meine Annahme darüber klingt meiner Meinung nach plausibel: Wir sollen von Anfang an, an Medikamente gewöhnt werden, damit wir im Glauben sind, dass nur das hilft. Und genau das sehe ich als Trugschluss. Warum haben fast alle von ihren ersten Impfungen so komische runde Flecken bekommen? Meist am Oberarm oder Oberschenkel. Warum bleibt das? Warum wird man geimpft gegen Krankheiten, die schon lange ausgestorben sind? Steckt da vielleicht etwas anderes dahinter? Weißt du das so genau? Klar, du vertraust dem Arzt! Und das heißt, dass dein Körper von Anfang an mit dem Gift, was er bekommt, zu kämpfen hat, und sich gar nicht auf die „normale“ Art der Abwehr konzentrieren kann! Übrigens haben Impfungen nachweislich mindestens bis zu 18-mal höhere Quecksilberwerte als erlaubt. Welcher Wert ist eigentlich erlaubt? Der Wert 0!!! Wie geht denn das? Ich glaube, fast jeder Arzt hat mit einen Pharmakonzern einen Deal, und deswegen verschreibt er dir Produkte von genau Diesem. Er verdient mit. Eine Krankmeldung bekommt man heute nicht mehr so leicht wie früher, denn dann kostest du ja Geld. Deinen Arbeitgeber und die Krankenkasse. So, oder so ähnlich läuft das Spiel. Medikamente bekommst du komischerweise sofort verschrieben, klar ist ja Zum Wohle ganz anderer. Dir dienen sie nicht, auch wenn du das denkst. Ich habe Bekannte, die ihre Tabletten, die sie zum Teil jahrelang genommen haben, aufgrund meiner Überzeugung wegließen, und es geht ihnen eher besser als schlechter. Natürlich sagt deren Arzt dann, man müsse sie weiternehmen. Warum sagt er das? Geht es ihm um deren Gesundheit, oder vielleicht doch aus einem anderen Grund? Ach ja, meiner Meinung nach ist Altersdemenz auch überhöhtem Medikamentenkonsum anzukreiden. Wenn ich sehe, was ältere Menschen täglich an Pillen schlucken, wird mir schlecht. Wenn sie doch so helfen, warum muss man sie dann ein Leben lang nehmen? Wann setzt denn die Heilung ein? Gar nicht, die Schmerzen werden nur unterdrückt. Außerdem ergeben sich durch die Gifte andere Krankheiten. Ganz viele Menschen haben auch Probleme mit der Schilddrüse. Diese ist enorm wichtig für den Sauerstoffverbrauch der Zellen. Jeden, den ich kenne, der Tabletten FÜR die Schilddrüse nimmt, hat dicke Augenlieder und extrem zugenommen. Dass sie sich dabei auch noch extrem schlecht fühlen, muss ich nicht erwähnen...Glaubt ihr wirklich diese „Medizin" hilft???

Früher gab es die meisten Krankheiten (zb. Krebs, Aids, Schilddrüsenleiden) nicht. Warum ist der Anstieg so rasant in den letzten Jahren?

Mach dir selbst ein Bild, bilde deine eigene Meinung. Hör nicht auf das, was die anderen dir sagen. Nur weil es alle sagen, heißt es nicht, dass es richtig ist!

Natürliche „Wundermittel" oder meine „Medizin"
Was nehme ich statt Medikamenten? Es ist mein absolutes Lieblingsthema und ich werde dir beweisen, dass es funktioniert. Die Bilder werden für sich sprechen.

Zuallererst nenne ich hier **Sonnenlicht.** Vitamin D ist lebensnotwendig! Zahlreiche Studien haben bewiesen, dass Vitamin D eine große Rolle für unsere Gesundheit spielt, doch nahezu die gesamte Bevölkerung leidet Mangel an Vitamin D. Warum kommt die jährliche Grippewelle ausgerechnet in der kalten Jahreszeit? Nicht etwa, weil im Sommer die „gefährlichen" Bakterien und Viren Urlaub machen würden... Vielmehr ist es das fehlende Sonnen-Licht, welches uns natürlich auch durch Chemtrails (dazu komme ich gleich) absichtlich „geklaut“ wird. Schon einmal von **Sungazing** gehört? Man schaut morgens, sowie abends direkt in die auf-, bzw. untergehende Sonne. Jeden Tag ein wenig länger. Und wisst ihr was dann passiert? Deine Augen werden besser. Na sowas, die ach so böse Sonne kann sowas??? Ich habe ebenfalls eine Brille zum Lesen, die trage ich nicht mehr, und die Augen werden besser. Im Winter schon mal, da es ja in dieser Jahreszeit zu wenig Sonnenlicht gibt. Alles nur eine Gewöhnungssache. Ach noch was, Sonnenmilch (wie fast alle Cremes) enthält ebenfalls Giftstoffe, welche durch die Haut ins Blut gelangen. Ich benutzte Kokosöl oder Sesamöl als Schutz, oder gar nichts. Man muss sich einfach nur mal SELBST informieren was gut ist, und nicht die dummen Ratschläge der anderen befolgen! Auch die Augenleiden, wie es sie heute gibt, gab es früher nicht. Man kann sogar seine Sehkraft selbst wieder herstellen, mit bestimmten Augenübungen! Dazu gibt es sehr viele Anleitungen im Netz!

Natürliches Silberwasser

Hast du schon einmal Kolloidales Silberwasser gehört? Kolloidales Silber? Es ist ein NATÜRLICHES Antibiotikum! Absolut ungefährlich, seit Jahrhunderten wird es benutzt, war auch schon verboten, aber viele entdecken es wieder für sich. Es hilft gegen bis zu

650 Krankheitserreger. Nimmt man es oral, tötet es innerhalb weniger Minuten alle Viren, Pilze und Keime in dir. Man fragte mich, als ich es verschiedenen Menschen anbot, ob ich ein Wunderheiler bin. Ich verneinte und sagte, dass ich mich einfach selbst schlaugemacht habe und nicht auf das vertraut habe, was jeder so sagt und sowieso nicht wirkt. Warum wirst du es niemals von deinem Arzt verschrieben bekommen? Die Antwort findest du weiter oben. Auch viele Apotheker geben es dir nicht und wollen es dir ausreden. Warum wohl? Sie sehen dich erst einmal nicht wieder, es sei denn, du willst neues Silberwasser bestellen. ☺

Es wäre also (fast) kein Geschäft mehr mit dir zu machen. Sollte dir die Apotheke es verkaufen, wird es immer frisch hergestellt.

Inhaltsstoffe: Doppelt destilliertes Wasser und kolloidales Silber.

Anhand der folgenden Bilder werde ich dir meine persönlichen Erfahrungen schildern, dass du es dir auch besorgst. Es sind alles Fotos von mir, Verwandten oder Freunden. Erkundige dich bitte genauer darüber zb. bei einem Heilpraktiker. Es kann sein, das man es nicht so genau erkennt, da ich die Bilder damals „nur" mit einer Handycamera aufnahm. Aber du kannst mir glauben, die Wirkung ließ nicht lange auf sich warten....

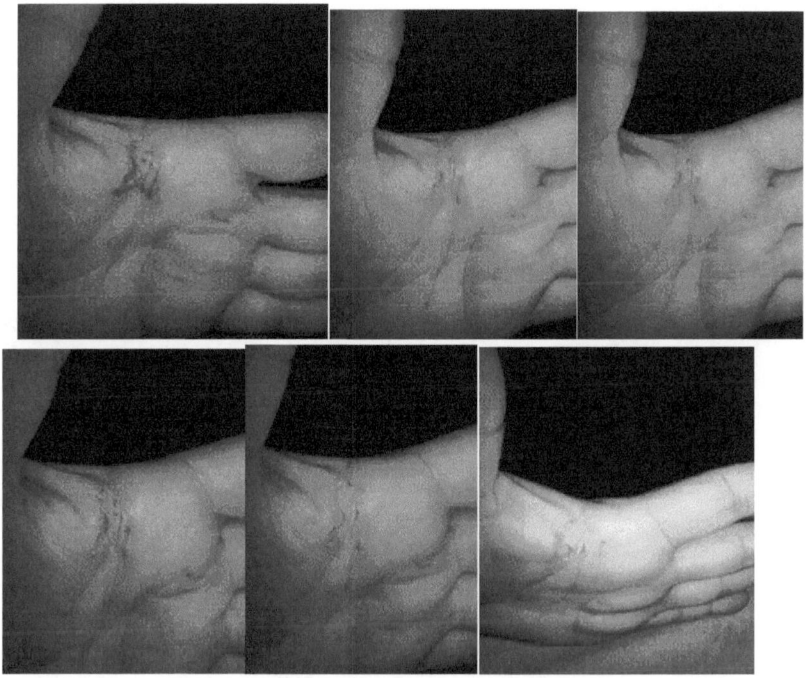

Der Erste Selbstversuch. Ich wollte ein Kabel durch den Fensterrahmen drücken, dabei ist der Griff abgebrochen, und hatte sich in die Hand gebohrt. Einmal ein paar Spritzer auf die dreckige Wunde. Die Aufnahmen entstanden im Zehnminutentakt.

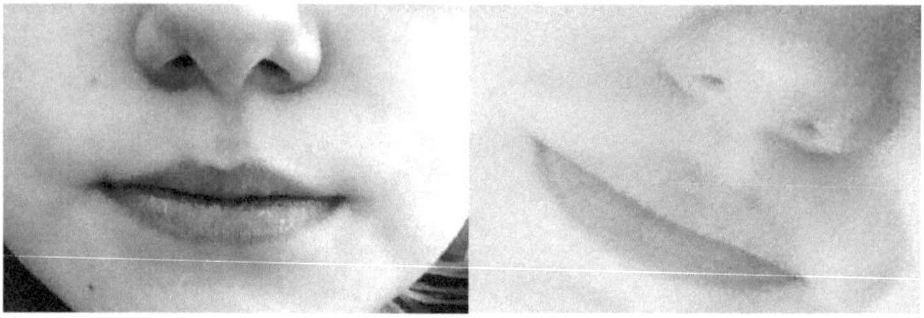

Entzündete Nase, spröde Lippen. Wie lange dauert es allein, bis die Lippen wieder normal sind? Bei mir eine Stunde, und bei dir?

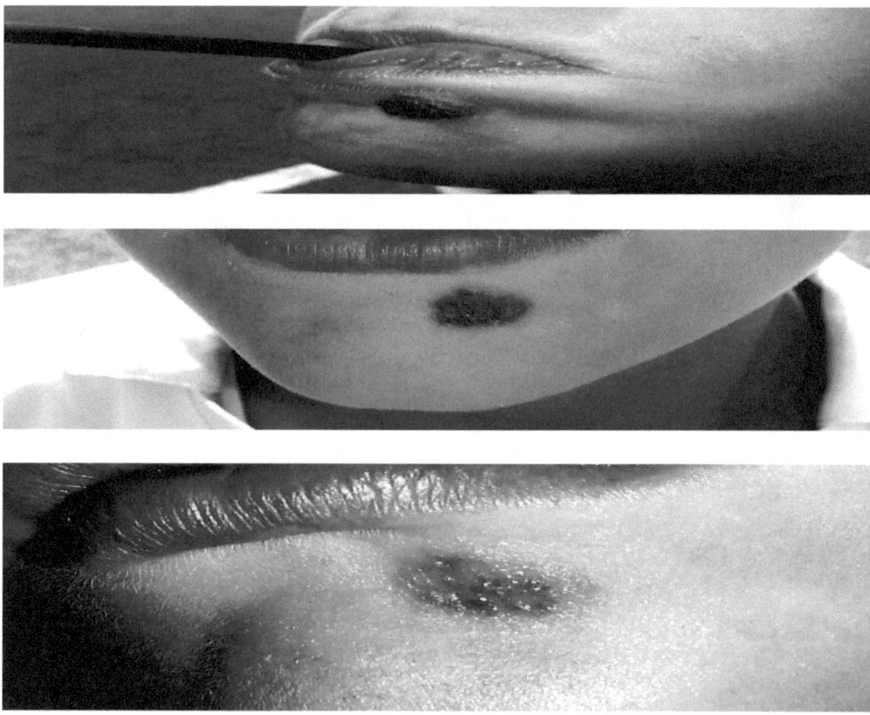

Ein entzündeter Eiterpickel, täglich behandeln damit. Zwei, drei Tage. Entzündung fast komplett zurück gegangen.

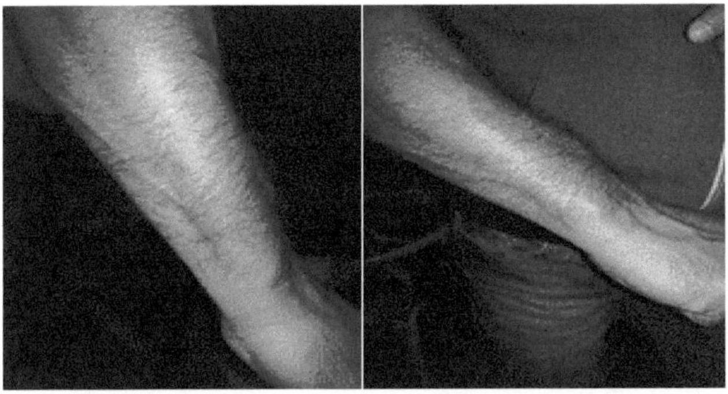

Arm aufgeschabt beim Hinfallen: eine halbe Stunde.

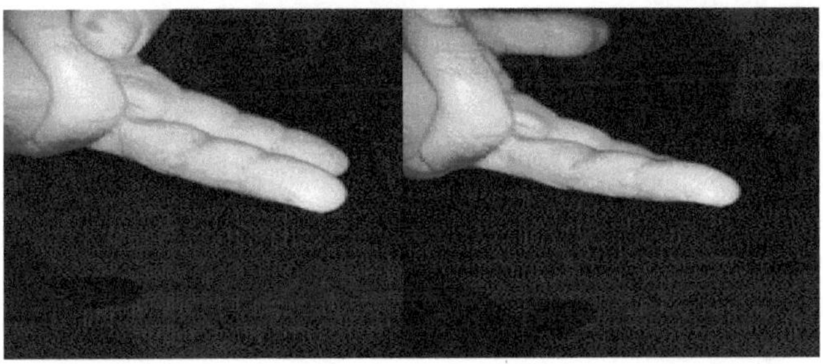

Wochenlang entzündeter Finger durch Viren

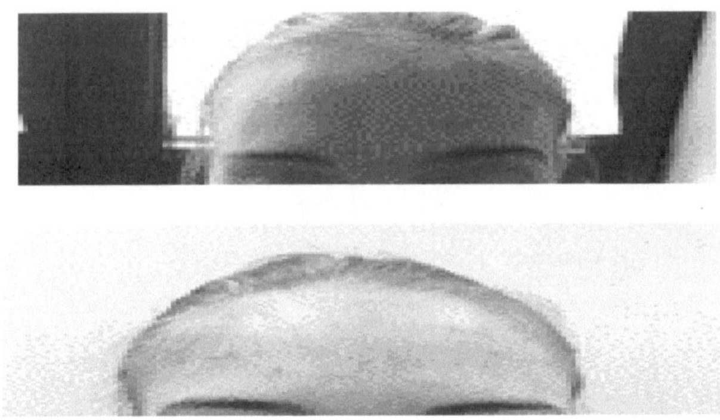

Akne geht ebenfalls weg, nach Tagen war sie ganz abgeheilt.

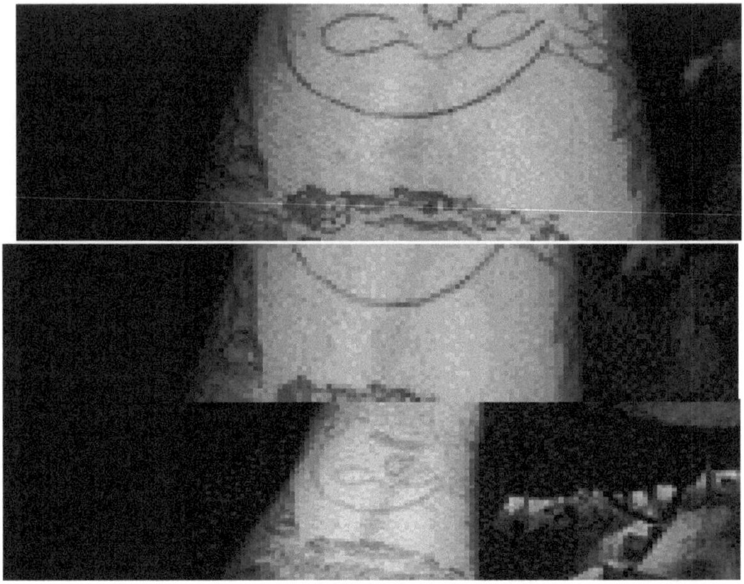

Dort sollte mit Silberwasser aber weitere Tage behandelt werden, da Neurodermitis sehr hartnäckig ist. Neurodermitis ist meines Erachtens, immer ein Zeichen, das IN dir etwas nicht stimmt. Eigentlich bin ich mir sogar sicher.

Ich weiß, das man hier auf den Fotos in schwarz-weiß es nicht so gut erkennt, aber ich schicke dir die Originalbilder auf Wunsch gerne zu. Schreibe mich einfach diesbezüglich an.

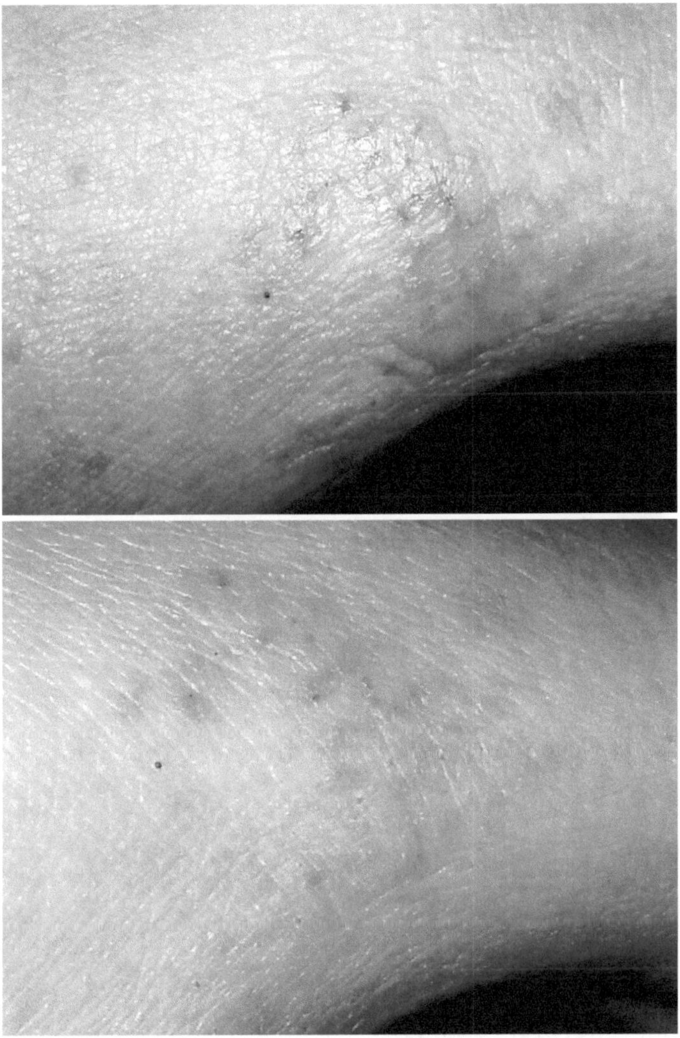

Ebenfalls Neurodermitis, innerhalb einer Stunde, zur Hälfte, ohne Antibiotika. Trotzdem weiter behandeln, bis zur Genesung.

So viel zur äußerlichen Anwendung. Hast du Bauch- oder Kopfweh, irgendwelche sonstigen Schmerzen? Nehme mal ein paar Spritzer in den Mund, lass sie kurz auf der Zunge, schluck sie hinunter und warte, was passiert. Ich nehme im Übrigen seit über einem Jahr überhaupt keine Medikamente mehr, sondern ägyptischen gemahlenen Schwarzkümmel (nehme ich gegen Durchfall z. B. mit Wasser, wobei ich diesen nur noch selten habe), Zitrone, Ingwer, Papaya und Vitamin D.

Und ganz wichtig:

Kurkuma, ein indisches Gewürz, hilft bzw. beugt Krebs, Alzheimer, Lungen- und Darmerkrankungen vor. Es wurde sogar nachgewiesen, dass Kurkuma abgestorbene Gehirnzellen wieder erneuert.

Ebenso **Baking Soda** oder Natriumbicarbonat. Dieses Zaubermittel regelt beispielsweise den pH-, also Säurewert im Urin. Eignet sich auch um die Zähne aufzuhellen.

Kokosöl aus dem Veganladen benutze ich als Gesichtscreme sowie zum Backen. Es ist etwas teurer, aber unglaublich wirksam.

Wasser

Zwei bis drei Liter „gutes“ Wasser gehören natürlich zur Tagesordnung, aus Glasflaschen (fast) ohne Fluorid, selbstredend. Es ist fast unmöglich, ein Wasser ohne das Gift zu finden! Es gibt aber genug, bei denen die Werte wirklich fast unbedenklich sind. Fast täglich mit frisch gepresster Zitrone morgens zum Wachwerden ☺. Dazu muss man noch sagen, dass es auf dem freien Markt so gut wie kein einziges „gesundes“ Wasser gibt! Ich empfehle hier aus dem Veganladen Mondwasser, Sonnenquelle, Laurentis, Plosa oder Kristallwasser. Diese Wasser schmecken auch viel „natürlicher“, das ist mein Empfinden. Ja, sie sind etwas teurer, aber scheißgesund! Und immer noch billiger als die Scheiß Energy Dosenbrühe!!! Ich habe seitdem nicht einmal mehr einen „Kater“, falls mal einer über den Durst getrunken wurde. Egal, wie lange ich schlafe, kurz oder lang. Mir geht es gut. Ich trinke übrigens nur mal Bier, keinen Schnaps, Wein oder Sekt. Es gibt natürlich noch viel mehr an „Wundermitteln“. Suche doch mal nach MMS (was gerade wieder mal verboten wird), Colostrum oder Fontainea picrosperma. Wobei ich zu diesen Mitteln keine Erfahrungen gesammelt habe. Aber wenn etwas verboten werden soll, muss es was gutes haben ☺ .

Alles Wundermittel gegen Krebs. Hast du dich einmal gefragt wie Krebs entsteht? Das es eigentlich gar keinen Krebs geben darf? Jetzt schreibe ich etwas, was du mit Sicherheit noch nie gehört hast. Jede Krankheit die du bekommst, hat immer mit deinem Leben zu tun. Wenn etwas falsch läuft, „zeigt“ dein Körper es dir, in Form von Schmerzen oder Krankheiten. Gehst du die Ursache nicht an, bzw. den Auslöser, wirst du leider nicht richtig gesund werden. Alle Ärzte (mit ganz wenigen Ausnahmen), wollen dir weiß machen, das nur Medikamente helfen. Und in diesem Moment glaubst du es, und vertraust seiner Aussage. Und genau da machst du den ersten Fehler. Du gibst deine Gesundheit in Hände anderer. Nur du kennst die Hintergründe deiner Krankheit. Wieso ist es soweit gekommen? Was stimmt in deinem Leben nicht? Gehe gedanklich zurück, was war der Auslöser, der zur

Krankheit geführt hat? Diesen musst du klären, aber wie soll das mit Tabletten gehen? Deine Gedanken erzeugen, oder sagen wir mal bestärken die Krankheit, welche dir diagnostiziert wurde. Ich kann mir vorstellen, das du das nicht verstehst. Aber Krankheiten kommen nicht einfach so, es gibt immer einen Grund dafür. Beispiel: Der Arzt sagt dir: „Sie haben Krebs". Was passiert dann in dir? Du bekommst einen Schock! Von diesem Moment an konzertriert sich dein Leben nur noch auf die Krankheit. Du denkst pausenlos an sie, und versuchst etwas DAGEGEN zu machen. Und genau da liegt der kleine aber gemeine Fehler. Du schenkst deiner Krankheit all deine Aufmerksamkeit. Und da Energie immer der Aufmerksamkeit folgt, wird diese dadurch größer. Also „wächst" die Krankheit, anstatt das Gegenteil passiert. Vergleiche das mit den schlechten Nachrichten, welche uns tagtäglich indoktrieniert werden. Du saugst sie auf, also schenkst du ihnen deine Aufmerksamkeit, anstatt sich für positives und schönes, also Dinge die dir gut tun zu folgen. Du informierst damit deine 3 Billionen Zellen andauernd das du krank sein WILLST. Sehr viele haben gerade nach einer Krebserkrankung ihr Leben radikal geändert. Es war sozusagen deren Dosenöffner, für ein besseres, schöneres Leben. Die Krankheiten kommen auch, damit du lernst.

Ich kann nur sagen, dass die Chemotherapie das Schlimmste ist, was du deinem Körper antun kannst. Dein Körper wird mit radioaktiven Teilen beschossen (wie sich das schon anhört...).Diese Methode greift alles in deinem Körper an, und wie! Warum ist die Sterberate so hoch trotz Chemotherapie? Nur weil sie nicht anschlägt? Oder weil sie den Prozess beschleunigt und dabei noch mehr zerstört? Alles, was man über

Chemotherapien liest, hört sich an wie aus einem Horrorfilm. Deswegen rate ich jedem vorzubeugen. Produkte dafür habe ich genug genannt. Es gibt so viele alternative Heilmethoden, welche auch helfen. Fast alle werden unter Verschluß gehalten, und es sind auch Menschen auf merkwürdige Weise umgekommen, die genau diese veröffentlichen wollten. Lese einmal das Buch: „Ein medizinischer Insider packt aus". Wenn du ließt, was alles getan wird, damit gewisse Studien oder Versuche nich an die Öffentlichkeit kommen, wird dir schlecht. Lese dort einmal, welche unglaublichen Versuche, vor allem mit Kindern, stattfanden. Du wirst danach Krankheiten mit ganz anderen Augen sehen, versprochen. Dort wird auch genau beschrieben, warum wir bewusst krank bleiben sollen. Dies alles ist so plausibel und einleuchtend, dass du die nächsten „Ratschläge" deines Arztes, aus einem ganz anderen Blickwinkel sehen wirst, wetten? Wenn es aber zu spät ist, und dein Tablettenarsenal den halben Küchenschrank einimmt, die Schmerzen nie nachlassen, ist es einfach zu sagen: „Der Arzt kann mir nicht helfen!" Du hast dir selbst nicht geholfen, dich nicht informiert. Das ist der Hauptgrund! Wenn du selbst vorbeugst und bestimmte Dinge einfach weglässt oder nur noch in kleinen Mengen zu dir nimmst, schützt du dich damit von vornherein selbst. Mit dem Satz am Anfang, „Fang bei dir selbst an", meine ich ganz klar: Informiere dich selbst, höre nicht auf die Mehrheit.

Frage einmal bei Kulturen nach, welche noch in der Natur, weitab von der uns bekannten Zivilisation leben, ob sie Krebs kennen? Das kennen sie nicht, wetten? Jeder ist für sein Leben selbst verantwortlich, und kein anderer. Selbstverantwortung übernehmen. Sein leben nicht in andere Hände geben, welche dich niemals so gut kennen werden, wie du dich selbst! Ganz einfach oder?

Vergiftung aus der Luft

Chemtrails

Komisches Wort, noch nie gehört? So lange gibt es das auch noch nicht, etwa seit Anfang der 90iger Jahre. Was heißt das denn übersetzt? „Chemiewege oder Chemieschienen“ in etwa frei übersetzt. Und genau so sehen sie auch aus am Himmel. Wir werden übrigens ganz bewusst damit vergiftet, damit wir krank werden, hauptsächlich über Großstädten. Das haben mittlerweile schon immer mehr begriffen, nur du willst es nicht wahrhaben. Oder glaubst du immer noch, dass die „Kondensstreifen“ wirklich nur Abgase der Flugzeuge sind? Warum verbreitern sie sich und machen den Himmel immer so milchig? Warum sind die Aluminium- und Bariumwerte so gestiegen in der Luft, im Boden und in den Gewässern? Von Kerosin? Von Abgasen? Barium, Strontium und Titanat sind ebenfalls darin enthalten. Gerade die Aluminiumwerte sind um mindetens das 42-Fache im Boden und in Gewässern gestiegen. Ein Normalwert wäre 0! Das heißt, Fische, Gemüse, Obst, Bäume etc. werden gezielt „verseucht“. Ja, und du auch! Wenn du durch den Regen läufst, nimmst du es durch die Haut auf. Ganz viele Insektenarten sind schon ausgestorben dadurch und keinen interessiert es... Dass die Bienen ebenfalls kurz vor dem Aussterben stehen, juckt wohl auch niemanden sonderlich. Sollten sie bald ausgestorben sein, bricht das Ökosystem vollends zusammen, da dann die natürliche Bestäubung der Pflanzen nicht mehr stattfinden kann. Also ich kenne den blauen Himmel und die Streifen beispielsweise aus den früheren Jahren anders, da gingen sie nach wenigen Sekunden weg! Das Komische daran ist, dass sich darüber immer wieder lustig gemacht wird, und es als eine der größten „Verschwörungen“ abgetan wird. Wissenschaftler, Biologen und Piloten aus aller Welt sprechen dagegen aber eine klare, andere Sprache. Und Beweise gibt es dafür genug. Nicht nur am Himmel, sondern im Wasser und der Natur. Übrigens haben die Flugzeuge extra Düsen aus denen der Dreck kommt, womit wiederlegt ist, das es vom Kerosin kommt..Man sieht es täglich direkt vor unseren Augen und trotzdem oder vielleicht gerade deswegen glauben es die Wenigsten! ALLES, was falsch läuft, geschieht täglich vor unseren Augen und keiner WILL es sehen...

Fast täglich sieht es so aus. Es gibt Tage, da sind richtige „Schachbretter“ über uns...

So, oder ähnlich sieht es im Inneren eines Flugzeuges aus. Das sind die Chemietanks, offiziell sind es „Ballasttanks“...

Haarp

Diese „Wolken“ hier zum Beispiel werden durch „Haarp“ erzeugt. Elektrische Strahlen, die künstliche Wolken erzeugen können, die größte Haarp Anlage Deutschlands befindet sich übrigens über/bei Rostock. Was ist der Zweck, warum macht man so etwas? Ein Grund ist mit Sicherheit, dass uns die Sonne vorenthalten wird. Sie ist nämlich immens wichtig für uns und produziert lebenswichtiges Vitamin D3. Außerdem gilt: Sonne = gute Laune. Bewölkt/Regen = schlechte Laune. Warum wird das Wetter beeinflusst? Die Antwort ist hier doch offensichtlich: Zähle mal alles, was ich an Giften genannt habe, zusammen und dann denke an dein Unwohlsein! Ja, wir sollen kleingehalten werden. Ich weiß, dass du es nicht glaubst, dann nenne mir doch mal einen anderen plausiblen Grund, warum es gemacht wird.

Chemtrails:

https://www.youtube.com/watch?v=IyOcevQdWJU

Es hat keinesfalls mit dem erfundenen Klimawandel zu tun, lass dir das bloß nicht einreden! Man nennt es auch zusammengefasst: Geoengineering-Projekte gegen den menschengemachten Klimawandel! Offiziell heißt die Begründung: Sie machen es wegen der Erderwärmung! Wenn du auf die Frage „Was wünschst du dir?“ immer antwortest „Vor allem Gesundheit!“ lebst du dann auch danach? Nein? Dann wundere dich nicht, wenn du krank wirst.

Die Fehler, die du im Alltag begehst.

Wenn ich sage, es sind nicht die anderen und auch du kannst als einzelner ganz viel bewegen, werden wir mal genauer hinschauen, was ich da denn meine, also außer deine beschissenen Ernährung.

Ich greife dich ganz bewusst an, damit du aufhörst, umdenkst, auch um anderen (unbewusst) nicht mehr wehzutun, nicht mehr der Egoist bist. Ich denke auch an mich, klar, und mittlerweile mag ich mich unwahrscheinlich, weil ich nicht mehr lüge. Ich will, dass du auch glücklich wirst. Davon profitiere ich und alle anderen auch. Aber vor allem du selbst! Darum will ich es so sehr! Der Mensch ist ein Herdentier, in der Masse blüht er auf, sagt aber meist das, was alle sagen, nur um nicht augegrenzt zu werden. In der Herde kannst du dich nicht entfalten. Es dankt dir aber auch keiner, wenn du Teil von ihr bleibst. Deine Meinung ist aber sehr wohl gefragt. Sagst du sie nämlich, können andere von dir lernen,

> ***„Du musst nicht alles sagen, was du denkst, aber was du sagst, muss wahr sein.“***

Wie oft lügst du am Tag, auch die kleinen Notlügen? Bei wem gehst du bewusst nicht ans Telefon? Wen lässt du immer extra lange warten, bis er sein Anliegen mit dir klären kann? Wenn du einkaufen gehst und die Verkäuferin vergisst, etwas zu tippen, oder gibt dir zuviel Wechselgeld zurück, sagst du es? Oder freust du dich lieber darüber, dass du etwas „geschenkt“ bekommen hast? Dass sie dadurch ihren Job verlieren kann oder das Geld aus eigener Tasche zurückzahlen muss, ist dir vollkommen egal, weil DU ja an DICH denkst. Nennt man das Nächstenliebe? Wenn du etwas findest, gibst du es ab?

„Alles, was umsonst ist, hat keinen Wert.“

Wenn es etwas umsonst gibt, stürzen sich die Leute darauf, als gäbe es kein morgen. Egal, was es ist, Hauptsache mitnehmen. Ob man es braucht oder nicht. Das ist auch eine Art der Verschwendung, meinst du nicht? Übrigens, wenn man etwas bekommt, muss eigentlich immer ein (Wert)Ausgleich stattfinden, und dieser muss nicht unbedingt Geld heißen. Warum wollen wir alle nur Schnäppchen machen, die eigentlich gar keine sind, sondern meist nur als solche deklariert werden? Damit wir kaufen, konsumieren. Das sagen uns dieser viereckige Kasten zu Hause sowie die Zeitung und das Radio rund um die Uhr. Wie ist es denn, wenn du z. B. ein neues Auto kaufst? Das Statussymbol schlechthin. Dann prahlst du erst einmal, zeigst alle Extras auf und was es alles Tolles kann. Irgendwann wissen es alle deine Freunde und so langsam wird es wieder langweilig. Es macht kurze Zeit glücklich, ja, aber danach bist du schon wieder auf der Suche nach etwas Neuem. Die Frage ist doch, warum dich materielle Dinge nur kurzzeitig befriedigen? Warum muss andauernd Ersatz her? Weil du es dir leisten kannst oder weil dieses Gefühl so schön ist, etwas Neues zu haben? Aber warum bleibt es nicht dauerhaft? Was suchst du wirklich? Ich sage dir, bei Dingen, die du kaufen kannst, wirst du es nicht finden, niemals.

Die Vorgesetzten & die Angestellten

Solltest du das Glück haben und Vorgesetzter sein, so denke bitte immer daran, wer bei dir die Arbeit macht. Behandele sie mit Respekt, so wie du es auch erwartest von ihnen. Sollten Probleme auftreten, löse sie sofort im persönlichen Gespräch mit ihnen und schaffe es aus der Welt. Nach einem guten Gespräch läuft alles besser, für beide Seiten. Versuche IMMER den Wünschen deiner

Angestellten nachzukommen oder sei kompromissbereit. Jeder hat mal einen schlechten Tag, auch du. Sehe darüber hinweg, dass der Mitarbeiter mal im Netz surft oder nicht die gewünschte Leistung bringt. Er wird es dir danken. Versuche, die Mitarbeiter bei wichtigen Entscheidungen immer mit ins Boot zu holen. So fühlen sie sich wichtig! Mache Komplimente, wenn etwas gut verlief. Kritisiere auch sachlich, wenn das Gegenteil der Fall war und sucht sofort gemeinsam eine Lösung, die beiden Seiten hilft. Beteilige die Mitarbeiter am Erfolg. Das muss nicht immer unbedingt durch Geld sein. Lade sie zum Essen oder zum Kaffee IN DER ARBEITSZEIT ein. Auch wichtig, rufe einmal im Monat zur gemeinsamen Firmensitzung auf. Aber mit allen Mitarbeitern, nicht nur den Schlipsträgern. Der Pförtner, der Nachtwächter oder die Putzfrau gehören auch dazu! Besprecht Probleme GEMEINSAM und findet Lösungen, mit denen jedem geholfen ist. Das ist nicht so schwierig! Sollte eine(r) mal früher gehen müssen, weil es dem Kind etc. schlecht geht, lass ihn gehen und weise ihn nicht direkt darauf hin, dass er die Fehlzeit abgezogen bekommt. Dafür bleibt er bestimmt auch oft genug mal länger, oder? Solltest du merken, dass es einem Mitarbeiter nicht gut geht, schicke ihn nach Hause und ignoriere das nicht. Er hat sich für DICH auf die Arbeit geschleppt. Der gute Wille ist da, aber krank kann man keine volle Leistung bringen. Lobe ausdrücklich alle auf einer Firmenfeier. Wenn man sich nicht wichtig fühlt, fehlt das Zugehörigkeitsgefühl. Lass die Auszubildenden nicht immer bloß mindere Arbeiten machen, dann verlieren sie schnell die Lust. Zeige ihnen, was sie später erwartet. Lass sie an Sachen „schnuppern“, die sie später auch machen müssen. Behandle sie nicht von Anfang an als „vollen“ Arbeiter. Sie kommen gerade aus der Schule und sind noch nicht soweit! Und noch etwas. Halte dich bloß nicht an diese schwachsinnige „Mindestlohntabelle", sondern bezahle das, was die Firma hergibt, und lass das Geld nicht auf einem Festgeldkonto „schmoren". Wenn da die Hälfte des Geldes deiner ohnehin gut laufenden Firma liegt, reicht das. Was passiert sonst mit dem ganzen Geld dort? Man versucht zu expandieren, noch mehr Gewinne einzufahren. Das mag ja in vielen Fällen wichtig für die Existenz sein, aber bestimmt nicht in allen. Denkt nicht nur ans Geld, sondern an jene, die es reinholen!

Solltest du der Angestellte sein, der unzufrieden ist, handle umgedreht. Nicht warten, bis es eskaliert, dann ist es zu spät. Sollte dein Chef mal schlechte Laune haben, denke immer daran, dass er alles versucht, um dich weiter zu ernähren. Heitere ihn auf in einem „privaten" positiven Gespräch, bring ihm einen Kaffee oder eine kleine Aufmerksamkeit. Aber nicht mit „Schleimen" verwechseln. Denke einfach daran, wie es dir nach einem guten Gespräch geht! Das setzt immer neue Kräfte frei. Ein respektvolles Miteinander ist das Geheimrezept guter Zusammenarbeit. Leider ist das fast überall abhandengekommen, da nur noch der Umsatz und Leistung zählt. Wenn du das befolgst, werden sich die Krankheitstage reduzieren, da es dir Spaß macht, zur Arbeit zu gehen. Du wirst nicht mehr mit Groll aufstehen und zur Arbeit gehen. Ermutige deine Kollegen, dasselbe zu tun, verbreite DU gute Laune, das steckt an. Sage nicht, dass es bei dir in der Firma nicht funktioniert, probiere es aus! Immer Miteinander, nie gegeneinander!

Die Vorzeigeeltern

Du hast es geschafft, guten Job, Haus und natürlich zwei große Autos. Eins, mit dem du zur Arbeit und zurück fährst. Und Eins für deine Frau, die ja zu Hause alles regelt und die Kinder erzieht. Früher fuhr sie einen schönen Kleinwagen. Heute muss sie ein „Schiff" fahren, allein schon wegen der Bekannten, aber vor allem wegen der Nachbarn. Sie kann es gar nicht richtig fahren. Ich beobachte es tagtäglich da draußen. Sie fährt das Kind in die Schule oder Kindergarten, dann gehts schoppen. Dafür braucht man so ein Auto? Wofür braucht sie es? Ich sage, damit du als erfolgreicher Geschäftsmann dein Ansehen wahrst. Was würden die Nachbarn denken, wenn sie nur einen kleinen, popeligen Wagen hätte? Darum geht es dir. Sie wollte den großen nicht, aber du oder sie hat sich dir schon angepaßt, wobei sie ja mittlerweile auch gern den „Dicken" raushängen lässt. Man bzw. Frau passt sich ja an. Was machst du denn für die Erziehung? Kann nicht viel sein, da du ja den ganzen Tag weg bist, aber am Wochenende da bist. Reicht das, um Kinder zu erziehen? Ist es nicht das Geld, was dich/euch erzieht? Deine Kinder haben davon mal gar nichts, außer weniger Vater, obwohl, klar hat es etwas davon, Luxus, stimmts? Machst du abends noch Hausaufgaben mit ihm? Falls du oder deine Frau die Kinder vor der Arbeit wegfahrt: Warum macht ihr immer denselben Fehler und parkt da, wo es extra ausgeschildert NICHT erlaubt ist? Oder am besten in der Einfahrt oder auf der Straße? Weil du keine Zeit hast, der Ruf des Geldes treibt dich voran. Will ja alles finanziert werden, was man hat. Ich beobachte es täglich und es kotzt mich an. Du bist nichts Besseres, im Gegenteil. Ich habe etwas von meinen Kindern, jeden Tag, wenn ich will. Dafür habe ich sie bekommen! Und ich zeige ihnen das Leben, die Natur und spiele mit ihnen. Was lernt deins von dir? Anständig zu sein und sich auf die spätere Welt zu konzentrieren, damit das kind auch einen tollen Job bekommt, am besten als Broker oder Bänker? Die haben nämlich jeglichen Bezug zum Geld und Leben verloren. Ich bekomme auch viele Gespräche der Mütter mit, in denen es ausnahmlos immer um dieselben Themen geht. Auf welche tolle Schule das Kind geht, welch super Noten es wieder hat. Klassenbester, im Sport ein Ass, und wie anständig es ist. Wenn sie gemeinsam vor der Schule „glucken", ist es am schlimmsten. Da will jede die andere übertrumpfen. Natürlich während das dicke Auto im Halteverbot steht. Sind ja Hausfrauen. Aber wenn man zuhört, wie stressig ihr Tag doch wird, würde ich gern mal eine Woche mit ihnen tauschen. Furchtbar! Deren Kinder tragen meist nur Markenklamotten, damit jeder erkennt, wer oder was die Eltern sind. Diese Kinder dürfen auch niemals dem Beruf nachgehen, den sie gerne hätten. Sie werden gezielt dahin gelenkt, um in, sagen wir mal, Papas Fußstapfen zu treten. Stellt euch mal vor, er/sie würde Gärtner werden! Um Himmels Willen, die Nachbarn! Darf das Kind zum Skaten oder bolzen gehen, und sich schmutzig machen? Oder muss es z. B. zum Klavierunterricht oder Tennis? Will es das ganz von sich allein oder weil du es willst? Warum darf das Kind nicht seinen Interessen nachgehen? Die Antwort kennst du. Unfair und ungerecht finde ich das. Dir ist das Ansehen der Anderen das Wichtigste, aber nicht das deiner Kinder und Frau! Aber mach weiter so, der Staat dankt es dir. Und die Nachbarn erst recht! Weißt du eigentlich, was ich mache, sollte ich mal mehr Geld verdienen z. B. durch dieses Buch? Ich habe nur einen Wunsch, schon immer. Nein kein eigenes Haus, das hatte ich, macht mich nicht glücklich. Einfach nur ein Schlagzeug. Vielleicht noch einen Motorradführerschein und die Krönung wäre eine echte Harley. Muss aber nicht sein. Und zwar für mich, für niemand anderen, weil ich mich gern „Frei“ fühle. Außerdem helfe ich anderen, die nicht vorankommen, in Gesprächen oder finanziell! Das würdest du niemals machen, bei so teuren Autos. Die sind ja auch nur für dich (und die Nachbarn ☺). Ich frage mich dann, wer mehr Ansehen bekommt. Ich halte dir einfach nur mal den Spiegel vor, damit du merkst, für wen du das alles überhaupt machst! Und die letzte Frage stellst du dir bitte auch und antwortest ehrlich: „Bin ich glücklich, indem ich mein Leben für die Arbeit und das Geld opfere?“ Spendest du einem armen Bettler etwas? Nein, du läufst stur mit deinen vollen Einkaufstüten vorbei. Ich habe gerade zwei Pakete verschickt, eins sogar mit etwas Geld. Mein Fahrrad habe ich ihm auch verschickt und geschenkt. Eine Bekannte rief dazu im Internet auf. Dieser Mann wurde durch viele Umstände zum Bettler. Jeans, Schal, Mütze, was zu Essen, eine Flasche Wein und ein paar aufmunternde Worte. Ich habe ihm sogar mein älteres Handy eingepackt, wofür ich bestimmt noch 50 Euro bekommen hätte. Machst du so etwas? Du könntest es dir leisten, ich eigentlich nicht mehr. Aber ich mache es trotzdem. Allein dieses Gefühl, etwas Gutes zu tun, ist der Dank dafür.

Viel besser als alle tollen Worte der Nachbarn und Bekannte!

Die Mama (und oft auch der Papa), die immer da sind

Es gibt natürlich auch das krasse Gegenteil. Die Eltern, die eigentlich immer zu Hause sind. Da läuft der Fernseher den ganzen Tag, weil man ja informiert sein will, was in der Welt passiert. Bekommt man das in den Mittagssendungen der Privaten gesagt? Nein, da sind nur Schicksalsfamilien mit genau den gleichen Problemen. Mit denen kann man sich gut identifizieren. Da kannst du mitreden, stimmts? Ich sage immer, diese Sendungen sind für Doofe gemacht von noch Dooferen, damit sie denken, dass sie schlau sind. Und es funktioniert, sonst würde der Mist ja nicht täglich laufen. Es wird geraucht, was das Zeug hält, und sämtliche Regale aus dem Supermarkt wurden geplündert. Vor allem Chips, Schokolade und Konsorten sind an der Tagesordnung. Gekocht wird auch, aber was? Schau dir mal mittags die oben genannten Sendungen an, da gibt es die „Rezepte" ☺. Auch besonders zu empfehlen dafür ist die Sendung, bei der Mütter ihre Familie für eine Woche tauschen. Natürlich auch nur Zuckergetränke auf dem Tisch, kosten ja auch nur 0,25 Cent. Müssen ja sparen. Und was machen die Kinder? Meist sind sie in ihrem Zimmer sich selbst überlassen, Fernseher läuft, eine Spielkonsole läuft nebenbei und natürlich glüht das Handy. Man muss ja die Neuigkeiten austauschen, die eigentlich gar keine sind. Und morgen? Da macht ihr dasselbe wieder. Nur am Wochenende nicht, da schläfst du mal schön aus, da geht es erst gegen Mittag los wie die Tage vorher. Was machst du, Mutter, mit deinem Kind außer immer zu sagen, es soll sein Zimmer aufräumen? Welche Antwort bekommst du? „Verpiss dich aus meinem Zimmer!"

Wow, ihr könnt aber gut miteinander. Und so geht das jeden Tag weiter. Wo will das Kind etwas lernen, wenn es doch bei dir schon nicht funktioniert? Deine Wohnung sieht teilweise aus wie ein Saustall, aber das Kinderzimmer soll sauber sein. Merkst du es noch? Was bist du für ein Vorbild? Du hattest es bestimmt früher auch nicht leicht, sonst wärst du ja nicht so. Aber warum machst du Sachen genauso falsch, die dir früher als Kind schon nicht gepasst haben? Du machst es sogar teilweise noch schlimmer und merkst es nicht einmal! Deswegen möchte ich dich aus deiner Lethargie aufwecken. Sitzt dein Mann neben dir? Der bekommt seinen Arsch ja auch nicht hoch. Keiner will oder kann den Anfang machen. Ich weiß, dass du alles toll findest, so wie es ist. Aber denkt mal an später. Was kommt dabei raus? Dein Kind wird bestimmt auch ganz früh Mama oder Papa. Wie soll es sein Kind erziehen? So wie du deins? War das überhaupt Erziehung? Was hat es denn gelernt? Dass es sein Zimmer sauber halten soll. Was hast du ihm von der Welt gezeigt, wozu man kein Geld braucht? Was weiß es über Ernährung? Weiß es, wie man Geld einteilt? Warum hast du dir genau so einen Mann genommen, der auch nichts gebacken bekommt?

Weil gleiches, gleiches anzieht, deswegen!

Mir ist auch aufgefallen, dass viele Häuser wunderschöne Gärten VOR dem Haus haben, meist super gepflegt. Komischerweise sitzt da fast nie jemand auf einer Bank. Das Leben findet immer HINTER dem Haus statt. Da ist der Garten zwar (meist) kleiner, aber da nervt keiner. Vorn müsstest du ja mit anderen kommunizieren, da andauernd jemand vorbeikommt. Hast du etwas zu verbergen? Ich denke eher, es ist der Egoismus, der dich hinters Haus zieht. Es ist wie im sonstigen Leben. Was wirklich passiert, will keiner sehen. Ach ja, statt dich immer über deinen Nachbarn aufzuregen, weil er seine Hecken nicht schneidet oder nicht so parkt, wie es dir gefallen würde, geh mal auf ihn zu, trinkt einen Kaffee zusammen und schaut, wo ihr euch gegenseitig unterstützen könntet. Dieses Problem wäre innerhalb weniger Minuten gelöst. Stattdessen regst du dich jahrelang über ihn auf und schaust, wo er als nächstes Fehler macht. Auch wieder verdrehte Welt! Der „schwere" Gang zu ihm würde zwar einiges ausräumen, stattdessen gehst du den leichten, indem du ihm aus dem Weg gehst. Ist das wirklich der Leichtere?

Expartner

Wenn es zur Trennung kommen sollte, was ja heute nichts „Unnormales" mehr ist, oft sogar wegen unterschiedlicher Erziehungsmethoden, lasst es bitte nicht an euren Kindern aus! Hört auf, über euern Expartner schlecht zu reden, egal, wie „Er" oder „Sie" jetzt ist. Ihr wart mal ein Paar und habt euch geliebt. Also kann er/sie nicht so schlecht sein, wie du jetzt sagst. Natürlich ist das meist aus der Verletzung heraus, aber das must du wegstecken. Dass es manchmal oder eher oft nicht für ewig hält, ist kein Beinbruch, aber ein respektvolles „Miteinander" sollte allein schon „im Sinne der Kinder" weiterhin auf der Tagesordnung stehen. Solltest du mit deinem/r Expartner/in Kinder haben (so wie ich), dann tu bitte alles dafür, dass dein(e) Kind(er) nicht darunter leiden. Ich bekomme so oft mit, wie gerade die Exfrauen die Kinder als Druckmittel benutzen. Entweder werden sie nicht zu ihrem Vater gelassen aus

Rachegründen oder nur unter bestimmten Voraussetzungen, die sie natürlich festlegt und damit zeigt, wie sehr sie „ihn“ im Griff hat. Ekelhaft sage ich dazu nur. Ich hörte im Sommer im Schwimmbad ein Gespräch mit, in dem es um mich ging (da hatte ich mich gerade von meiner Frau getrennt). In diesem sagte eine Frau wortwörtlich: „Sollte meiner sich irgendwann verpissen, wird er seine Kinder nie wiedersehen!“ Sag mal, gehts noch? Sind das deine Kinder? Nein sie gehören auch zu ihm. Und du hast immer noch den besseren Part, weil sie nämlich bei DIR leben. Aber die Kinder ihrem Vater zu entziehen, ist dreckig und schäbig. Es sind nicht deine Kinder, sondern EURE, klar! Egal, warum man sich getrennt hat, der Kontakt muss bestehen bleiben, damit DEINE Kinder nicht darunter leiden. Also denk dabei nicht nur an DICH! Von dieser Sorte Frau gibt es leider sehr viele. Natürlich gibt es auch die Sorte „Mann“, der sich nach einer Trennung nicht um sein Kinder kümmert, ja nicht einmal Unterhalt zahlt. Das ist für mich das Letzte. Du hast sie bekommen, also steh auch dazu! Denk immer daran: Wenn es zu spät ist, kannst du die Zeit nicht zurückholen! Das wird deinen Kindern ewig fehlen, die Zeit ohne Papa! Es hat sogar einen Vorteil, wenn sie nicht mehr bei „euch“, sondern bei dir sind, dann kannst du ihnen nämlich „deine“ Philosophie vermitteln, ohne angeschissen zu werden. Das ist so wichtig für sie, glaub mir. Außerdem werden sie eventuell später für dich sorgen müssen und das musst du heute für sie! Kinder sind das höchste Gut, was euch „geschenkt“ wurde, also behandelt sie auch so. Sie werden es euch danken!

Die Kinder

Es fängt mit der Geburt an, kaum auf der Welt, wird das Kind ersteinmal gewogen und gemessen. Dies tut man doch eigentlich nur mit Waren, oder? Richtig. Ein Kind ist ab seiner Geburt eine „Ware". Die Geburtsurkunde bekommt die Mutter niemals im Original, nur als Kopie. Was passiert mit der Urkunde? Mit ihr wird ein leben lang gehandelt, und wie! Ab sofort wird ein Kind mit Medikamenten „versorgt". Die ganzen unnötigen Impfungen, welche gegen Dies und Das helfen sollen. In Wahrheit wird man sofort an Chemie gewöhnt bzw. vergiftet (denkt an die zuvor erwöhnten Aluminiumwerte in Impfungen), damit man bloß nicht eigene Abwehrstoffe bilden soll. Das dieses Idioten, welche es vorschreiben nicht merken das es nicht funktioniert hat noch gar keiner bemerkt. Medikamente, Nervengifte, Vergiftungen in Nahrungsmittel haben nur einen einzigen Zweck zu erfüllen: Das der Mensch niemals heraus bekommen soll, was er denn in Wirklichkeit ist. Dazu später mehr.

Das Thema Kinder beginnt in Krippen und Kindergärten, die gnadenlos überfüllt sind. Es gibt viel zu wenig Personal für die Kids. Eine Studie hat bewiesen, das ein(e) Erzieher(In) höchstens Aufmerksamkeit für drei Kinder hat.Wie sieht es in der Realität aus? Das weiß jeder selbst. Ab jetzt wird dein Kind von Fremden „erzogen". Außerdem werden Mütter gezielt gedrängt, wobei die meisten es freiwllig machen, so früh wie möglich wieder arbeiten zu gehen nach der Geburt. Das Wichtigste in den ersten drei Jahren eines Babys ist die Verbundenheit zur Mutter. Sie ist der

Mensch, die es schon im Bauch immer begleitete. Frauen werden schon blöd angemacht, wenn sie länger als ein Jahr stillen. Richtig wäre, die Kinder bis zu drei Jahre zu stillen. Und warum? Es ist nachgewiesen, dass Babys keine Kindergruppe unter drei Jahren brauchen. Da liegen die Kinder nebeneinader, brabbeln, aber können nichts voneinander lernen. Im Gegenteil, viele schreien, weil ihnen die Mutter fehlt. Sie fühlen sich allein ohne sie. Ebenso ist der Vater und die Familie drumherum wichtig. Das sind die Menschen, die das Kind immer umgeben werden. Vertrautheit ist wichtig! Und warum drei Jahre stillen? Weil nachgewiesen ist, dass Kinder, die lange an der Brust waren, weniger krank werden, der Kiefer durch das saugen ausgeprägter wird und die meisten Kinder daraufhin KEINE Spange brauchen. Der Mythos der „Hängebrust" durch das Stillen ist ebenso Blödsinn. Fragt mal eine Frau, die sehr lange gestillt hat! Das alles kann man aber nicht wissen, wenn die Kinder gar nicht oder nur eine kurze Zeit gestillt werden. Merkst du nicht, dass uns alles umgedreht erzählt wird? Eva Herman hat das alles sehr gut in ihrem Buch „Das Eva Prinzip" beschrieben. Oder forsche dochmal nach: Gender!

Die Jugend

Verstehe bitte, dass unser „Bildungssystem" gar keins ist. Sondern einen „Lehrplan" beinhaltet, der nicht jeden gezielt fördert, sondern das sogenannte „Allgemeinwissen" verbreitet. Und dieses wurde übrigens von Menschen erstellt, die bewusst Falschwissen verbreiten, und genau dieses wird an den Schulen gelehrt. Da frage ich mich, warum nicht jeder gezielt auf die STÄRKEN, die jedes Kind hat, geschult wird? Alle bekommen denselben Brei vorgesetzt. Vergleiche das mal. Isst jeder das gleiche gern? Hat jeder die selben Interessen in der Freizeit? Egal, mit was ich es vergleiche, es kommt immer dieselbe Antwort: „Nein!“ Stell dir vor, wir hätten genug Lehrer, die Schüler gezielt in ihrem Bereich unterrichten könnten? Was würde dann passieren? Wir würden haufenweise Genies bekommen. Und noch schöner: Die Kinder hätten Lust zu lernen, weil die Neugier, die in jedem von uns steckt, nie erstickt werden würde. Da würden die Kinder sogar gern in der Freizeit lernen und sich informieren, weil es SPAß macht. Aber genau das ist ja nicht gewollt! Sie sollen vorbereitet werden auf die Arbeitswelt, um Geld zu verdienen und dem System zu dienen! Abgesehen davon, dass du kein richtiges Deutsch mehr kannst – nicht wahr Alder, was geht? –, hast du sämtliche Benimmregeln über Bord geschmissen. Weil es cool ist und es alle machen, nicht wahr? Hast du nichts eigenes drauf? Musst du dein Scheißlogo überall draufsprühen oder die Fenster in U-Bahnen oder Bussen mit irgendwelchem Unsinn verschmieren oder verkratzen? Glaubst du wirklich, das interessiert auch nur einen einzigen? Musst du etwas klauen, um zu zeigen, dass du dich traust? Machst du das für dich oder für die anderen? Wirst du erwischt, helfen die dir nicht. Oder zahlen die die Strafe für dich? Nein, du! Wenn man an Schulen vorbeiläuft, kann man genau sehen, wo der nächste Supermarkt oder Bäcker ist. Man muss nur dem Müll folgen, den du auf dem Weg von dort „entsorgt“ hast. Warum kleidest du dich genau wie deine Freunde? Ich nenne euch „Jogginghosen-Generation“! Gibt es nichts anderes oder willst du einfach nur dazugehören? Musst du auch immer das teuerste Smartphone haben, um anzugeben? Klar, solange Mama oder Papa zahlen, ist es ja egal. Dass sie dafür manchmal sogar Schulden machen müssen, nur damit du (materiell) befriedigt bist, ist dir scheißegal. Du nervst solange, bis sie zu allem ja sagen. Hauptsache danach ist Ruhe. Du bist so langweilig, gähn! Musst du eigentlich immer die Schwächeren piesacken? Das machst du aber nur, wenn deine Freunde dabei sind, weil du dann Anerkennung bekommst, wie cool du bist. Allein würdest du das niemals machen, im Gegenteil. Manche von denen sind sogar deine „Zweitfreunde", richtig? Natürlich nur, wenn die „richtigen" Freunde keine Zeit haben, dann sind die „Luschen" gut genug. Aber gerade die sind eigentlich die Cleveren, weil sie mit dir und deiner Bande nichts zu tun haben wollen. Weil sie nicht so doof wie du sein wollen. Merkst du etwas? Kannst du mir mal erzählen, was er dir getan hat, dass du ihn immer ärgern musst? Nichts, wetten? Oder hat er dich einmal „schief" angeguckt? Ja, reicht ja schon, um ihm eine mitzugeben. Bist du etwas Besseres, weil du teurere Klamotten trägst oder das neueste Handy besitzt? Gar nichts bist du, weil für dich nicht dein Gegenüber zählt, sondern deine „Statussymbole", die andere eigentlich einen Scheißdreck interessieren und die auch nicht glücklich machen. Du prägst dein Gegenüber für sein weiteres Leben mit deiner Scheißart. Glaub mir, ich war manchmal auch so ein Arschloch, und bereue es heute zutiefst. Der Unterschied dabei ist, dass mich damals keiner versucht hat, auf die „richtige" Bahn zu leiten. Den Vorteil hast du hier im Moment, da ich es dir sage. Hör damit auf, du wirst es später bereuen, glaub mir. Hilf den Schwächeren lieber, egal auf welche Weise. Solltest du ein schlechtes Verhältnis zu deinem Lehrer oder deinen Eltern haben, weil die ja so blöd sind, dann versuche doch mal, anders auf sie zuzugehen. Solltest du nämlich mal ausnahmsweise freundlich und zuvorkommend zu ihnen sein, wirst du dasselbe zurückbekommen, wetten? Das, was man tut, bekommt man zurück. Hass erntet Hass, Freundlichkeit erntet Freundlichkeit! Versuchs mal. Euer „Leben“ heutzutage hat nur noch mit den Worten: Chillen, Chatten, Zocken und Abhängen zu tun. Null Kreativität, keine Ideen. Es gibt keine zehn Minuten, in denen ihr nicht am blöden Smartphone hängt, um wieder irgendetwas Sinnloses an eure Kumpels oder Freundinnen zu schicken oder einen Blödsinnspost auf Facebook hochzuladen, den niemand interessiert. Kannst du mir fünf Baumarten nennen? Nein, aber das Handy von A bis Z erklären, darin bist du ein Ass. Wieviel welches Handy kostet, das weißt du. Braucht man das zum Leben? Du schon. Wenn du mal herausbekommst, dass man NICHT immer erreichbar sein muss und man mal was eigenes macht, dann bist du schon einen großen Schritt weiter. Aber das wird leider nicht passieren! Hilfst du im Haushalt? Ich wette, deine Zeit ist zu knapp, da du ja andauernd am Handy hängen musst und es nicht möglich ist, ein paar Minuten nicht erreichbar zu sein. Das artet dann sogar so aus, dass deine Freunde kurz darauf anrufen, also persönlich, weil du ja nicht sofort ein Herzchen zurückgeschickt hast. Da haben sie sich Sorgen gemacht. Dieses kleine scheißteure Ding hat dich so abhängig gemacht, dass du es um nichts auf der Welt weglegen würdest. Es ist dir sogar wichtiger als deine Familie. ES spielt die Hauptrolle in deinem Leben. Ohne wäre es ja noch langweiliger bei dir. Oder hättest du dann mal Zeit, nachzudenken? Ja, das könnte sein. Ich mache euch in manchen Dingen überhaupt keine Vorwürfe, da ihr spätestens ab der 5. Klasse so viel Müll lernen müsst, den ihr niemals für euer späteres Leben gebrauchen könnt. Aber der Lehrstoff ist leider so vorgegeben. Mein Sohn (9) hatte laut Schulbuch, in der dritten Klasse schon Sexualunterricht, ich bin fast umgekippt! Die wichtigen Dinge fürs Leben lernt ihr da auch nicht, nur die, die du später für die Arbeitswelt brauchst. Da wirst du nämlich gezielt hingelenkt. Aber DEIN Leben kannst nur du beeinflussen, da hilft dir dein Handy nicht, sondern dein Verstand. Der wiederum ist leider so klein und du gibst ihm immer wieder das, was er nicht braucht. Wie? Ja mit dem Müll, den du frisst und säufst. Vor allem diese ekelhafte chemische Energy-Aluminium-Kotze, da darfs dann gern die teuerste sein. Schonmal von Kokosmilch, Veen, Plosa, Kristall- oder Mondwasser gehört? Nein? Kosten das das gleiche wie die Chemiebrühe, sind aber scheißgesund. Oha, entschuldige, eben habe ich dich überfordert. So etwas trinken ja deine Freunde nicht. ☺

„98 % unserer Kinder sind hochbegabt, nach der Schule sind es nur noch 2 %."

Zitat aus dem Film „alphabet Angst oder Liebe" von Erwin Wagenhofer

Noch etwas wichtiges: Wieviele von euch spielen Kriegsspiele? Das bedeutet ihr „spielt" Krieg, damit ihr es für das normalste der Welt haltet, andere abzuknallen. Darum jucken euch auch die täglichen Nachrichten, in denen es nur um Terror und Gewalt geht nicht. Nein ihr findet das geil! Oder ihr sucht Pokemons? Dieses Spiel wurde angeblich erfunden, weil langsam bekannt wurde, das die Jugend nicht mehr so gerne vor die Tür geht, sondern chillt und chattet. Also hat die clevere Spieleindustrie eine Marktlücke gefunden, umd die Jugend wieder auf die Straße zu bringen.

Gratulation! Übrigens spielen es auch Erwachsene, und unterhalten sich darüber. Wichtig oder? Viele sind dadurch schon vor Autos gelaufen, oder in den Fluß gefallen, zum schlapplachen, echt. Das ist unterstes Niveau, ihr Lieben! Und ihr macht das alle freiwillig, nur weil es eben alle machen. Ein selbst gestelltes Armutszeugnis, herzlichen Glückwunsch.

Unzufriedene Partnerschaften

Du lebst glücklich in deiner Partnerschaft?. Oder streitet ihr oftmals? Eher das Letztere? Schon einmal Gedanken gemacht, was DU ändern kannst? Nicht das, was dein Partner dir andauernd vorwirft. Das bist eben du. Kommt er/sie damit nicht zurecht, warum trennt ihr euch nicht? Natürlich kommt in jede Beziehung so etwas wie Routine rein. Aber woran liegt das? Am Anfang interessiert du dich brennend für alles, was dein Partner macht, fragst nach, hilfst ihm bei gewissen Dingen, auch wenn es so gar nicht dein Ding ist. Du versuchst ihm/ihr alles recht zu machen, weil die Liebe gerade so schön, dieses Gefühl so stark ist. Diese Kräfte, die die Liebe freisetzt, dieses spezielle Feeling möchtest du so lange wie möglich behalten. Es fühlt sich so gut an. Nach einer gewissen Zeit kommt die „Routine", dieses „Schmetterlinge-im-Bauch-Gefühl" verfestigt sich in eine Partnerschaft. Normaler Lauf der Dinge, denkt man. Schleichend kommen die ersten Streitigkeiten wegen Kleinigkeiten, die einem vorher so was von egal waren. Diese kleinen Probleme bestimmen auf einmal eure Unterhaltungen. Meistens keine persönlichen Dinge, sondern es sind Diskussionen wegen anderer. Dann beschäftigst du dich damit (unbewusst), dass dieses schöne Gefühl vom Anfang weg ist. Es ist jetzt „anders“, irgendwie „fester“, aber nicht so schön wie zu Beginn. Man kennt den Partner langsam, hat (fast) alles an ihm akzeptiert, das gehört zu ihm. Die Wandlung, dass dir vieles doch nicht gefällt, woher kommt die? Du fängst an, die Fehler zu suchen, die dich so unzufrieden machen beim Gegenpart. Seine Hobbys sind dir plötzlich zu zeitaufwendig, er hat so wenig Zeit für dich. Auf eurer Arbeit seid ihr unzufrieden, deswegen freut ihr euch aufeinander nach Feierabend. Doch was passiert? Jeder hatte einen „Scheißtag“. Darüber wird sich stundenlang unterhalten, natürlich ohne zufriedene Lösung für beide. Dieses Spiel geht monatelang, weil man an seiner Gewohnheit immer weiter festhält, weil sie einem ja diese gewisse Sicherheit gibt (Geld), die du zum Leben brauchst. Die eigene Gefühlswelt bleibt dabei völlig auf der Strecke, hier geht es darum, abgesichert zu sein. Umgedreht, bei Paaren, bei denen beide keine Arbeit haben. Die gehen sich mittlerweile so dermaßen auf den Sack, dass sich die Diskussionen nur noch um nichtige Themen drehen. Was läuft heute im Fernsehen? Ich will aber das schauen, du das. Wer bringt heute das Kind zur Schule? Keiner hat Lust aufzustehen. Der Tag wird meist auf der Couch verbracht. Im Haushalt wird irgendwie nur noch das Nötigste erledigt. Da wird sich stundenlang gestritten, wer denn jetzt endlich die Bude putzt. In dieser Zeit hättet ihr es schon gemeinsam machen können! Oftmals, völlig frustriert, geht die Frau dann ihre Mama besuchen und erzählt von den Neuigkeiten, dass der faule Mann seinen Arsch nicht hochbekommt, sich keine Arbeit sucht und nur vor der Spielkonsole oder dem Computer hockt (umgedreht ist das natürlich oft ähnlich). Ein Familienleben existiert nicht. Höchstens, wenn man gemeinsam beim Essen am Tisch sitzt, kommen mal so etwas wie Gespräche auf. Und danach? Jeder macht sein Ding und ist dabei unzufrieden, weil „der andere“ ja so schlecht ist. Ähnlich verhält es sich ja bei Partnern, wo nur der eine Teil (meistens der Mann, dazu habe ich bereits ein paar Beispiele im vorderen Teil beschrieben) arbeitet. Die Aufgabe der Frau ist es, einzukaufen, das Haus in Schuss zu halten und die Kinder zu versorgen, weil der Mann ja den ganzen Tag buckelt bis spät abends. Wahrscheinlich habt ihr sogar eine Putzfrau, dann hat die Frau das wenigstens schonmal aus dem Kreuz. ☺ Kommt der Mann dann nach Hause, muss die treue Gattin erst einmal alles (un)wichtige, was am Tag so passiert ist, erzählen. Und das Essen servieren. Daraufhin ledert der Mann los, welch tolle Geschäfte er heute gemacht hat oder eben nicht. Er erzählt voller Stolz, dass er demnächst „aufsteigt“, also noch mehr Kohle heimbringt, aber natürlich auch noch etwas flexibler sein muss, was die Arbeit betrifft. Bedeutet: Noch weniger Freizeit. Alle Kraft für die Arbeit! Schon einmal gefragt, was eure Kinder davon haben? Also außer die besten Klamotten und das neueste Smartphone? Nur mal so nebenbei, weil ihr euch ja jetzt so lange über Mist unterhalten habt. Warum ich Mist sage? Wie viel Zeit habt ihr beide noch für euch? Wie oft habt ihr Sex? Einmal die Woche, einmal im Monat? Die Standardnummer? Gibt es noch zärtliche Abende? Paarabende, bei denen ihr euch ZU ZWEIT amüsiert? Also nicht auf irgendwelchen Firmenfeiern, also den sogenannten Sehen und Gesehenwerden-Events. Bei diesen ist natürlich eine besondere Gelegenheit zu zeigen, welch tolle Frau man hat und wie toll sie wieder gekleidet ist. Man ihr könnt echt stolz auf euch sein. Wahre Liebe... Wie viele Familienausflüge macht ihr im Monat? Einen? Wow, das nennt man also glückliche Familie. Was macht denn Superpapa mit seinem Sohn? Du kannst ja nur am Wochenende, da bringst du ihn zum Fußball oder gehst mit ihm ins Stadion, toll. Aber was machst du mit ihm ALLEIN? Gehst du zum Beispiel mal mit ihm einfach nur im Wald spazieren und ihr unterhaltet euch über seine Probleme oder du sagst ihm, wie sehr du ihn brauchst? Dieses Gefühl, mit seinem Kind oder Partner allein zu sein und nur dem Hier und Jetzt Aufmerksamkeit zu schenken, das ist ein tolles Gefühl. Das kannst du aber nicht, wenn du (Frau) ihm nur erzählst, was du wieder tolles gekauft hast oder dass die Kleinigkeiten (Stück Farbe abgelättert, Tür schließt nicht richtig, Gardine passt nicht zur Couch... wie viele Beispiele muss ich hier bringen?), welche dich im Haus schon lange stören, einfach nicht behoben werden. Darüber wird diskutiert. Und warum nicht über euch, also was ihr fühlt oder vermisst etc.? Weil es schlichtweg nicht mehr existiert. Es ist eine Verbundenheit zwischen euch, die euch Sicherheit gibt, aber keine Liebe mehr. Ich kenne ganz frustierte Frauen, die einen Liebhaber haben, oder hatten. Da kann ich kurz eine Geschichte von mir einbringen. Mein Vater hatte eine Gaststätte. Dort kamen auch Geschäftsleute zum Essen und besoffen sich da. Mein Vater bat mich telefonisch, ob ich einen dieser Herren mit seinem sündhaft teuren Auto heimfahren könnte. Er brauchte es ja morgen wieder. Ich würde 100 D-Mark plus Taxigeld bekommen. Natürlich nahm ich das Angebot an. Als wir bei ihm ankamen, pisste der erstmal an die Haustür. Seine deutlich jüngere Frau sagte dazu nur: „Ach, das bin ich gewohnt, aber möchten Sie nicht reinkommen, ich habe gerade Aufguss in der Sauna." Daraufhin öffnete sie ihren Bademantel und zeigte mir damit eindeutig, was mich erwarten würde. Dieses verlockende Angebot schlug ich aus, weil ich es einfach nur traurig fand, welchen Preis manche bereit sind zu zahlen, um ein „sicheres“ Leben zu führen. Viele Männer wissen überhaupt nicht, was ihre frustrierten Frauen treiben, umgedreht natürlich genauso. Viele Männer haben etwas mit Kolleginnen. In Krankenhäusern soll es ja besonders brisant sein. Oder die Männer erzählen gern von plötzlichen Geschäftsterminen. Eigentlich gehen sie nur eine andere Frau „besuchen“ oder in den Puff. Das Absurde dabei ist, dass meist die Partner es „ahnen“ oder sogar wissen, aber der heiligen Familie wegen keinen Piep sagen, damit die Illusion nicht zerstört wird. Ihr spielt euch gegenseitig etwas vor! Man hat ja noch Bekannte und Nachbarn, die einen ach so toll finden. Das nennst du glücklich und zufrieden? Da holt man sich dann das, was zu Hause auf der Strecke bleibt. Das ist der Preis des Erfolges. Scheinbar kommen damit viele Paare prima zurecht. Man gewöhnt sich an alles. Warum machst du das mit? Kannst du nicht für dich selbst entscheiden, wie DU dich fühlst? Das ist erbärmlich. Ihr lebt lieber in Sicherheit, statt in Liebe. Ein Tipp: Klärt von Anfang an, was ihr in einer Beziehung erwartet, solange sie am Anfang ist. Man merkt eigentlich sofort, ob wirklich ALLES passt und ob man mit den Macken des anderen, die ZU IHM gehören, leben kann. Irgendwann passen dir genau diese Sachen, die du so geschätzt hast, nämlich nicht mehr an ihm. Seine Freunde mochtest du ja auch noch nie. Hallo? Sie sind SEINE Freunde. Sie müssen nicht deine sein. Du musst mit ihnen kein Händchen halten, du sollst jeden respektieren. Weil irgendjemand "DIR" nicht passt, ist er noch kein schlechter Mensch. Was berechtigt einen überhaupt zu sagen, dieser oder jener ist „kein Umgang“ für den anderen. Lasst es in der Beziehung NIE langweilig werden. Schiebt niemals sinnlose Gespräche vor, nur damit ihr miteinander sprecht! Hör auf, den anderen andauernd zu kritisieren, nur weil es DIR nicht passt. In diesem Moment, wo der Partner immer nach deiner Pfeiffe tanzen soll, veränderst du ihn. Er ist nicht mehr er. Das ist der Anfang vom Ende. Hör auf, ihn zu unterdrücken! Lass ihm seine Freiheit, in der er sich entfalten kann. Du musst nicht alles unterstützen, was der Partner gut findet, aber respektieren! Wenn es dem Partner gut geht, strahlt er das aus und das kommt der Beziehung zugute! Sag deinem Partner nicht, er sei pervers, wenn er auch mal etwas anderes im Bett ausprobieren möchte! Sonst macht er es mit jemand anderem. Sei offener für seine Wünsche und erlaubt ist, was beiden Spaß macht. Liebt man jemanden, macht man auch mal Praktiken ihm zuliebe. Das hat normalerweise immer den Umkehrschluß zur Folge. Dann macht er es auch für dich! Bitte nicht damit verwechseln, sich erniedrigen zu lassen. Hört auf, zu sagen: „Das passt nicht in die Gesellschaft!“ Oder es wäre „unnormal“. Wen interessiert, was die „anderen“ sagen?

Nette Regeln für eine Beziehung

1) Höre nicht auf die Gesellschaft!
2) Erlaubt ist, was BEIDEN Spaß macht, manchmal muss man erst ausprobieren!
3) Hör auf, deinen Partner zu verändern, weil DU es so willst!
4) Eifersucht tötet jede Beziehung!
5) Mach niemals den Partner über sein Einkommen aus!
6) Behandele ihn nicht als dein Eigentum!

7) Niemals hinterherspionieren!
8) Geht die anderen einen Scheißdreck an, was ihr privat macht!

Vergesst nie, wie geil es ist, einen GEMEINSAMEN Höhepunkt zu haben. Beschreibe doch mal dieses Gefühl beim Orgasmus; unmöglich, oder? Warum möchte man dieses Gefühl so oft spüren? Schon einmal nachgedacht? Weil der Körper sich nach Vertrautheit, Nähe und Liebe sehnt. Und dieses Gefühl bekommt man nur, wenn man sich dieses Gefühl „holt“. Ist die Partnerschaft im Arsch, was du ja nicht zugibst, holt man es sich meist erst allein. Also masturbiert man. Reicht einem das nicht, weil diese Nähe zum anderen fehlt, sucht man sich jemanden. Am besten ohne Verpflichtungen, nur Sex! Jedoch passiert genau dort das, was du vermisst. Der andere Partner gibt dir dieses geile Gefühl der Verliebtheit wieder, das du so lange vermisst hast und das du vor allem durch Konsumgüter versuchst hast, wiederzuholen. So passieren die meisten Trennungen. Man hat sich „auseinander“ gelebt, wie es so schön heißt. Bleibst du natürlich in deiner Scheinwelt zu Hause und lebst so weiter, dann tust du mir nur leid. Mach so weiter, du wirst an gebrochenem Herzen sterben, versprochen. Und vergesse nicht, dass du dabei alle anderen um dich herum, vor allem deine Kinder, jahrelang angelogen hast! Weil DU dich nicht getraust hast, zu leben, wie DU es möchtest. Kein Partner kann dich glücklich machen, wenn du dich selbst nicht liebst! Diese Liebe strahlst du aus und wirst genau dadurch einen Partner finden, der genauso ist. Sollte dich dein Gefühl einmal trügen, wirst du ganz schnell merken, wie einfach es ist, von ihm wieder loszulassen. Es liegt an dir, in der Lüge weiterleben oder zu versuchen, das Glück „herauszufordern“. ☺ Habe bitte niemals Angst vor der Zukunft. Dein Weg ist vorgegeben, du musst ihn nur selbst gehen. DU weißt am Besten, was gut für DICH ist, sonst niemand. Hör auf dein Bauchgefühl! Wahre Liebe ist viel mehr als eine „gewöhnliche“ Partnerschaft, viel mehr!

Übrigens hat es natürlich einen Grund, warum unsere Gesellschafft so auf Sex konditioniert ist, um so früher umso besser. Damit man den wahren Grund, also was Liebe wirklich bedeutet nicht herausbekommt.

Verkehrsteilnehmer/Verhalten im öffentlichen Leben

Ob du als Fußgänger über Rot gehst, selbst wenn Kinder an der Ampel stehen, ist dir vollkommen egal, da du es ja eilig hast. Besser noch! Wenn man dich darauf hinweist, das es falsch war, bekommt man die Antwort: „Kümmern Sie sich um Ihren eigenen Scheiß!“ Ja, das mache ich gerade, weil ich meinem Kind erkläre, dass dies nicht korrekt war, und ich dich drauf anspreche. Und wo liegt das Problem? Keine Antwort. Du rennst auch über Straßen oder noch besser läufst gemütlich darüber. Egal, der Autofahrer bremst schon, weil du ja im Recht bist! Bist du einer von denen, die in der Bahn direkt im Eingang stehen, sodass man sich durchzwängen muss, da du ja keinen Platz machst, obwohl im Gang genügend davon wäre? Oder gehörst du zu denen, die entweder vor lauter Handygetippe gar nicht mitbekommen, was um einen geschieht, besser noch, auf dem Sitz neben dir deine Tasche abstellst und diese mit Widerwillen entfernst, falls man dich um den Platz bittet? Schiebst du deinen Kinderwagen den Bürgersteig entlang, „erwartest“ du sofort von jedem: „Achtung, hier komm ich, mach Platz!“ Oftmals hat man gar nicht genug

Reaktionszeit und wird dafür, dass man es nicht schafft, aus dem Weg zu gehen, sofort zur „Ordnung“ gerufen, weil man ja keine „Rücksicht“ genommen hat. Stehst du hinter mir an der Kasse an, kann es dir gar nicht schnell genug gehen, deinen Kram aufs Band zu legen. Du drängst mich richtig nach vorn, damit DU alles ablegen kannst. Stehen allerdings mehr als drei Leutchen in der Schlange, schnaufst du schon und bist bestimmt der erste, der ruft: „Machen Sie noch eine Kasse auf!“ Bezahle ich möglicherweise noch mit Kleingeld, wirst du noch unruhiger hinter mir. Oder denkst du, ich spüre deine „netten“ Blicke nicht? Eigentlich egal, in welchem Geschäft man einkauft, es ist in jedem dasselbe, du willst der Erste sein! Und wehe, die Kassiererin hat in der Hektik, die du ja auch auf sie überträgst, einen Fehler gemacht und vielleicht etwas doppelt getippt oder das Preisschild mit der Reduzierung übersehen. Dann muss sofort alles still stehen, damit du zu deinem Recht kommst. Da geht es oftmals nur um Centbeträge, aber die arme Person an der Kasse muss alles wissen und wird solange malträtiert, bis du dein Anliegen geklärt hast. Gehst du auch zu ihr zurück, sollte sie etwas VERGESSEN haben, zu tippen? Das ist auch eine Art des Klauens, findest du nicht? Dein Benehmen auf öffentlichen Toiletten, egal, ob auf der Arbeit oder unterwegs, ist ebenfalls grenzwertig. Du verlässt es wie ein Dreckschwein. Deckel hochmachen? Bürste nehmen? Für was, ist ja nicht deins, macht die dumme Putzfrau. Aber wehe bei dir zu Hause vergisst es jemand. Da wird sofort der Familienrat zusammengerufen und darüber diskutiert, dass es NIE wieder vorkommt... Aber „draußen“ ist das Gesetz außer Kraft gesetzt, stimmts? Und da ist es egal, ob du Männleich oder Weiblein bist, das macht ihr beide so!

Bist du etwa Radfahrer?

Dann hast du auch das letzte bisschen Anstand und Respekt verloren. Seit es in Großstädten Straßen gibt, in denen ihr mit ausgewiesenen Schildern gegen die Einbahnstraße fahren dürft, macht ihr es in allen so! Oder noch besser. Du benutzt den Bürgersteig und ich mache keinen Platz. Dann ist der Ärger vorprogrammiert. Da kommen die wüstesten Beschimpfungen, weil du ja im (Un)Recht bist. Auch auf der Straße hast du überall Vorfahrt, rote Ampeln? Licht? Gilt für dich nicht! Ich arbeitete 21 Jahre fast täglich auf der Straße, und muss es hier deutlich sagen: Radfahrer sind mit die agressivsten Menschen, leider!

Du als Autofahrer

Da sieht es ja auch nicht besser aus. Je größer dein Wagen, umso mehr Rechte hast du, richtig? Da wird der Stau vor der Ampel grundsätzlich überholt, damit du dich – da du ja (kein) Vorfahrtsrecht hast – kurz vor der Ampel reindrängst. Und wehe ich mache keinen Platz! Da sehe ich in dein Gesicht und kann vom deinem Mund ablesen, was du gerade sagst. Irre! Oder sollte ich nicht sofort an der Ampel bei Grün anfahren, hupst du, was das Zeug hält. Dafür hast du sie ja. Und sollte mir jetzt noch der Motor absaufen, sehe ich im Rückspiegel, wie du mit deinen Armen diese typische Bewegung machst. Hoch und runter und aufs Lenkrad geschlagen. Meinst du, ich mache das extra? Ist dir das auch schon passiert? Und was hat der hinter dir gemacht? Genau dasselbe wie du! Deswegen machst du es ja auch. ☺ Sollte ich mal die Frechheit besitzen und ganz links fahren, zeigst du, was du draufhast. Du „drohst“ schon aus kilometerweiter Entfernung mit Lichthupe: „Achtung ICH komme!“ Und wenn ich nicht schnell genug nach rechts „rüberziehe“, kommt noch die Hupe dazu. Krank ist das! Dann gehörst du auch zu denen, die erst ganz kurz vor der Abfahrt über alle drei Spuren rüberziehen. Du bist halt ein guter Fahrer und das muss jeder sehen! Soll ich dir etwas sagen? Das Gegenteil ist der Fall und interessieren tut es nur DICH! Merkst du nicht, dass es, egal in welcher Situation im Leben, immer nur um DICH geht und sich alle dem zu fügen haben, da es sonst Ärger gibt? Und da sollen alle außer dir Schuld daran sein? Nein, du bist ein rücksichtsloser Egoist, außer bei deiner Familie und deinen Freunden. Da zeigst du dein „gutes“ Herz. Alle anderen sind dir vollkommen egal, mit denen hast du ja nichts zu tun. Denkst du nicht auch, dass all diese Lebenssituationen, die du genau so wie alle anderen bewertest und in denen du dich genauso idiotisch verhältst, von deiner Unzufriedenheit herrühren? Egal, wo du dich befindest, du schaust überall genau hin, wer welche Fehler macht. Diese machst du jedoch auch, aber bei den anderen regst du dich tierisch auf, weil die Aggression abgebaut werden muss! Wie, du hast gar keine? Doch, sonst wäre dein Verhalten ein anderes. Befasse dich doch mal damit, warum es so ist.

Und zu guter Letzt:

An alle Vergewaltiger, Fremdgänger, Lügner, Betrüger, Diebe, Heuchler,Politiker, Knöllchenverteiler, und an alle, die meinen, sie seien etwas Besseres, und tun dabei nur schlechtes:

Ihr bekommt alles doppelt und dreifach zurück, was ihr anderen antut! Das ist das natürliche Gesetz der Resonanz!

Ich WEIß, wovon ich spreche, da ich einiges davon am eigenen Leib erfahren habe. Ihr könnt ein anderes Leben führen, es liegt nur an euch. Sei ehrlich zu dir selbst, lass die Blase platzen, in der du lebst, und geh den ehrlichen Weg. Just ab dem Moment, wo du es änderst, ändert sich alles um dich herum. Also trau dich, noch HEUTE!

„Du kannst die Welt nicht verändern, verändere dich und du veränderst die Welt."

Anke Maggauer Kirsche

„Du kannst die Leute um dich herum nicht ändern, aber du kannst ändern, wer um dich herum ist."

Zitat aus diversen Online-Comunnitys

Es gibt Gründe, warum du so unzufrieden bist. Deine persönlichen Fehler haben wir besprochen. Jetzt zeige ich dir, dass es vor allem auch daran liegt, dass dir ein falsches Weltbild vorgegaukelt wird. Genau dieses ist schwierig zu verarbeiten. Lese mal alle folgenden Seiten, damit du merkst

„Wieso, Weshalb, Warum"

das alles so läuft, und wer dafür verantwortlich ist. Du bist nicht alleine Schuld, dass du so bist, wie du bist. Es wird dir täglich eingetrichert und du merkst es nicht. Das selbstständige Denken mag in deiner Schule oder auf deiner Arbeit gelingen. Aber draußen im WIRKLICHEN Leben versagt es, und zwar gewollt, weil du mitmachst. Glaubst du nicht? Dann viel Spaß ab jetzt. Es wird noch ernster!

Die gewollte Verdummung durch TV und die Abzocke der „Stars"

Die Staatliche Lotterie

Wie konnte es eigentlich passieren, dass am 19.11.2014 die Ziehung der Zahlen des Mittwochslottos „aus Versehen" vertauscht wurde? Dort wurde eine ältere Ziehung „ausgestrahlt". Man merkte den Fauxpas während der Ausstrahlung und sendete die „richtigen" Zahlen. Wie kann denn so etwas bei einer Live-Ziehung passieren? Ist doch eigentlich unmöglich oder ist es gar nicht live? Na komm, gib schon zu, wie oft hast du auch schon gesagt: „Diesen Samstag gewinne ich, ha! Die sechs Richtigen gehören mir!" Und wie oft lagst du daneben? Ich sage mal: „Immer!" Vielleicht hattest du mal einen Fünfer, passiert schon mal, aber selbst da ist die Chance gering und der Betrag reicht auch nicht für ein „sorgenfreies Leben". Bei einem Sechser mit Zusatzzahl beträgt die Gewinnchance 1:140 Mio.! Und du glaubst allen Ernstes, dass du der eine bist? Wie viele kennst du persönlich, die einen hatten? Null, oder? Aber du machst schön weiter, hoffst immer wieder aufs Neue und wirst Mittwochs und

Samstags immer wieder enttäuscht. Hast du schon einmal ein Auto in der „Sonderverlosung“ gewonnen? Natürlich nicht. In Deutschland spielen 37 %, also ca. 30,5 Mio. Menschen, gelegentlich und 16 %, also ca. 13 Mio., regelmäßig Lotto. Jetzt rechnen wir mal ganz niedrig, die 13 Mio. mal 5 Euro = 65 Mio. Einnahme an einem Spieltag. Und das war noch niedrig gerechnet! Du sagst doch immer, der Staat kassiert nur ab. Aber du schmeißt ihm dein Geld doch hinterher! Mein Opa hat damals auch jeden Mittwoch und Samstag gespielt, meist für je 100 DM. Sein Höchstgewinn betrug einmal 4.000 DM. Da er aber Jahrzehnte gespielt hat, war es trotzdem ein großes Minusgeschäft, oder? Warum spielst du eigentlich so gern? Weil du auf den Jackpot (umsonst) hoffst und von einem sorgenfreien Leben ohne Arbeit träumst! Ist die Ziehung eigentlich wirklich „Live“? Wer weiß das schon...

Es heißt nicht umsonst:

„Geld macht nicht glücklich, aber es erleichtert!“

Also lese doch mal genau: „NICHT GLÜCKLICH“. ☺ Das ist genau das, was ich immer wieder sage. Du wirst das Glück nicht finden, indem du mehr Geld hast. Dann kaufst du eher noch mehr unnötige Sachen, nur dürfen die dann noch ein wenig teurer sein als bisher. Solltest du lieber auf „Sportwetten“ setzen, ist eh schon Hopfen und Malz verloren...

Das TV-Verblödungsprogramm

Jeder bekommt das Programm im Fernseh serviert, was er verdient. Was heutzutage läuft, grenzt schon an Körperverletzung. Ich meine den Schrott, der immer kurz zwischen der Werbung (die läuft, damit du nie vergisst zu kaufen!) eingespielt wird. Jetzt sagst du bestimmt, es läuft halt nichts anderes. Gegenfrage, warum schaust du es? Gewohnheit? Langeweile? Oder willst du einfach nur abgelenkt sein von deinen Problemen, die du nicht in den Griff bekommst? Ich denke letzteres. Warum versuchst du es nicht? Hol dir Hilfe, dafür gibt es diese Einrichtungen, wobei ich dir auch lieber sage, das du jegliche Antwort auf gewisse Fragen in dir trägst, du brauchst eigentlich keinen anderen der es dir sagt, er kennt dich ja auch nicht. Sei deinen Kindern ein Vorbild und zeige, dass du es willst. Dann kommt demnächst vielleicht auch mal ein „Ja, setz dich zu mir!" aus dem Kinderzimmer. Da laufen Sendungen im TV, die einem immer genau das Gegenteil weismachen wollen. Die haben damit bombastische Einschaltquoten. Oder die ganzen Schicksalsendungen, wo es um Vermisste geht. Hallo? Es sterben jeden Tag hunderttausende Afrikaner in ihrem Land an Hunger oder Durst. Flüchtlinge sterben auf dem Weg nach Deutschland zu hunderten. Aber dieses eine Schicksal, das rührt dich zu Tränen. Ein Schicksal, das sogar meist noch ein Happy End hat! Denke doch mal an dein Schicksal, gehe das doch mal an! Und wenn du deine Erziehung nicht im Griff hast, suchst du Hilfe bei der Super-Nanny! Alles, was du falsch macht, sagt sie dir und damit blamierst du dich vor allen im Fernsehen. Jetzt wissen alle, was du/ihr für schlechte Eltern seid. Hätte man das nicht anders regeln können? Meinst du, das kann kein anderer, außer die Tussi von RTL? Dann tust du mir leid. Nichts ist heutzutage mehr peinlich genug, um nicht gesendet zu werden, Hauptsache Unterhaltung! (Unterste Haltung würde ich eher sagen...) Da gehen sogenannte „Promis" in den Dschungel und fressen ekelhafte Exkremente. Fällt denen nichts anderes ein? Nein, weil sie pleite sind, und das der letzte Strohhalm für sie ist. Dafür machen sie alles. Dass ihr ohnehin nicht mehr vorhandenes Image damit noch weiter sinkt, juckt die nicht, Hauptsache Kohle! Erbärmlich, sage ich nur! Wie soll ich meinen Kindern erklären, warum ich lebende Maden esse oder Scheißprüfungen über mich ergehen lasse und die Leute mich dafür vor dem TV auslachen? Ach ja, sie wollen ja nur schauen, wie weit ihren Grenzen gehen... Bullshit, sie sind pleite! Und du lachst dich darüber kaputt und fühlst auch noch mit ihnen, wenn sie da drin ständig jammern. Du rufst sogar an, damit du sagen kannst: „Ich habe auch für den Dschungelkönig gestimmt!" Du bist nicht besser in diesem Moment. Auch faszinierend ist das „Experiment" Frauentausch. Mein lieber Scholli, sind da „Frauen", nein, „Familien" dabei. Ich kann mir das nur so erklären, dass sie bereit sind, für wenig Geld viel von sich preiszugeben. Im Prinzip verkaufen sie ihre Seele, damit auch der letzte weiß, wie dumm sie sind. Die sagen auch vor der Sendung, wo genau sie NICHT hinwollen und zack kommen sie genau dahin. Und im Fernsehen kommt so etwas besonders gut an. Es gab auch mal eine Sendung über Messis, also Menschen, die sich und ihr Leben nicht mehr im Griff haben und im totalen Müllchaos leben. Meistens hilflos von den eigenen Kindern ans Fernsehen „verkauft". Die Leute glauben wirklich, dass die die einzigen sind, die ihnen helfen können. Na ja, wenn man dafür sogar etwas bekommt, warum nicht? Kochshows, Quizshows, Talkrunden, alles sendungen ohne jeglichen Inhalt. Merkst du eigentlich, wie süchtig du nach dem Kasten bist, von dem du aber gar nichts lernst, außer, dass du viel kaufen sollst? Die „schlimmste" Sendung läuft seit Jahren unregelmäßig sonntagabends. Die schießt echt den Vogel ab. Da werden „Schwiegertöchter gesucht“ mit einer Frau, die seit Beginn der Ausstrahlung immer dabei ist (da führt jetzt allein schon der Titel in die Irre) und einfach nicht den Traumprinzen findet. Kein Wunder, wenn man vor laufender Kamera seinen Hund züngelt und verschimmelte Zähne hat.So etwas ist das „Zugpferd“ des Senders! Eine andere Familie spielt auch seit geraumer Zeit häufiger mit, weil sie für ihren süßen Zögling nicht die passende Frau finden. Diese können nicht einmal normal verständliches Deutsch sprechen. Den Unterschied zwischen „mich“ und „mir“ jedenfalls kennen sie nicht. Und dass die gewichtige Familie an die 500 kg zusammen auf die Waage bringt, setzt dem Ganzen noch die Krone auf. Je schlechter die Darsteller die Sprache beherschen, umso mehr Chancen haben sie, dabei zu sein. Ich weiß nicht, wer da „castet“, aber diejenigen müssen schon ziemlich krank sein. Alle Menschen, die dort mitspielen, werden nach Kriterien ausgesucht, die für mich unbegreiflich sind. Jeder, da bin ich mir sicher, kennt die Sendung und schaut sie auch. Und zwar genau deswegen, wegen der „Darsteller“. Und die tun mir leid, weil sie nicht merken, dass sie total verarscht werden! Sie machen sich zum Gespött der Leute, und das für kleines Geld! Was ist nur mit denen los? Auch die eingeblendeten Untertitel grenzen an totaler Verblödung. Beispiel: Da wird eine korpulente Frau gezeigt und darunter steht: „Sie achtet auf ihre Gürtellinie.“ Getoppt wird das alles noch von der charmanten Moderatorin, bekannt aus ihrer früheren Talkshow. Eine Anmoderation hört sich beispielsweise so an: „Der kantige Verpacker Heinz und seine außerwählte Lagerarbeiterin Sonja treffen sich am reich gedeckten, rustikalen Frühstückstisch beim ausgewogenen Frühstück mit honigbeschmierten Brötchen. Beim frisch gebrühten Heißgetränk lassen die Turteltäubchen den Tag schön beginnen. Nach dem reichhaltigen Mahl lädt die helle Morgensonne zum Spaziergang ein. Das frisch verliebte Paar schlendert in die Natur auf den mit reichlich Kiesel bedeckten Weg. Zur Überraschung hat Mama Hilde selbst geschnittene Brotkrumen zubereitet, worauf das Paar zum idyllischen Teich spaziert, um den Enten das Vorbereitete anzubieten." Alleine dafür lohnt es sich schon, die Sendung zu schauen. Solche Sätze bekommst du ausnahmslos nur da vorgesprochen. Wie lange muss man da wohl grübeln, um sich so einen Schwachsinn auszudenken...Fazit: Diese Sendung stellt Menschen bloß, nur um uns zu unterhalten, damit wir sehen, wie normal wir eigentlich sind (Sind wir das?). Und alle machen mit. Ich machte es auch ab und an, um eigentlich traurig darüber zu sein, welch letzten Strohhalm sie uns da vorsetzen, nur wegen der Einschaltquoten. Ich glaube, die Darsteller wissen nicht einmal, was sie „darstellen". Zu diesem Thema hatte ich ein Video gedreht, leider erfolglos, da es sofort nach dem hochladen bei youtube gesperrt wurde. Meinungsfreiheit??? Überhaupt gibt es fast nur noch belanglose amerikanische Serien oder Sendungen mit Laiendarstellern ohne Inhalt. Das ist ja wie im richtigen Leben, kann man sich voll mit identifizieren, stimmts? Es laufen sogar Menschen auf unseren Straßen herum mit T-Shirts der langweiligsten amerikanischen Sitcoms und nennen sich „Fan" davon. Sie kaufen die Serien sogar auf DVD, damit sie sich noch einmal langweilen können. Über die deutschen „Sitcoms", die mittags auf den Privaten laufen, werde ich schon gar kein Wort verlieren. Merken die es noch? So einen Mist gibst du dir? Der Fernseher ist nur dazu da, viel Werbung zu zeigen, damit du immer schön weiter konsumierst. Und du machst es! Ich habe meinen eigenen Stil, egal, ob Einrichtung in meinem Zuhause, Musikgeschmack oder Kleidung. Aber vor allem du ziehst dich entweder belanglos an, also Shirt, Jeans und Turnschuhe, oder trägst eben Markenklamotten, die gerade „in“ sind und vor allem eins: teuer! Warum machst du das? Ganz einfach, weil es alle tragen, du gewöhnst dich daran und findest es auch gut. Außerdem willst du ja wieder einmal „dazugehören“! Im Moment sind ja rote Turnschuhe angesagt. Schau mal auf die Straße, fast jeder hat sie in der Clique. Cool, gehörst dazu! Nein für mich nicht. Hast du keine Würde vor dir selbst, also abgesehen davon, dass du das eigene Denken verlernt hast? Merkst du nicht, dass du machst, was alle machen? Jeder ist einzigartig und sollte sich auch so behandeln.

Die „Stars“

Du klammerst dich als „Fan“ an gewisse „Stars“. Ja ich gebe zu, ich war und bin ja auch jahrelang Kiss-Fan und war zuletzt 2013 in Berlin bei einem ihrer Konzerte. Da kostete das Ticket 68 Euro. Wenn man überlegt, was die dafür alles einfliegen müssen an Bühne, Roadies etc. finde ich den Preis gerechtfertigt. Ok, kein Vergleich zu 1980, als ich sie Open Air sah, damals kostete die Karte 25 Mark, also 12,50 Euro. Klar, die Künstler haben heute an den illegalen Donwloads zu knabbern und denken dann halt, gehen wir mit dem Eintritt höher! Jeden Downlaod, den du tätigst, also illegal, wird da halt draufgehauen. Aber bei manchen ist es einfach unverschämt! Madonna nahm 2012 zwischen 95 und 150 Euro pro Ticket. Ich mag auch Helene Fischer und zwar schon bevor Atemlos herauskam, da sie etwas Besonderes hat, was eben nicht jede Sängerin hat. Aber wenn ich sehe, dass ihre Eintrittskarte 90 Euro kostet, dann frage ich mich, wozu? Die Stadien sind AUSVERKAUFT! Für zwei Stunden Unterhaltung 90 Euro? Dafür kann ich mit meinem Sohn einen ganzen Tag im Freizeitpark verbringen. Mario Barth verlangt fast 50 Euro, nur damit du ihm zum Weltrekord verhilfst, damit du sagen kannst: „Ha, da war ich dabei!" Und das für jemanden, der die ganze Zeit Sachen aus Beziehungen erzählt, über die du dich eigentlich immer aufregst! Dort lachst du darüber? Und ein Jahr später muss der Weltrekord natürlich noch einmal getoppt werden. Hmmm Moment, er hat ihn doch schon? Aber du gehst wieder hin. Was hast du von dem Abend mitgenommen, außer das tolle kurze Abschlussfeuerwerk? Inhaltlich nichts. Ein T-Shirt hast du natürlich auch gekauft, gehört beim „Konzertbesuch" dazu, gebe ich dir Recht, machte ich auch oft, aber von einem Comedian? Für was? Würdest du von mir auch ein Shirt anziehen? Nein, obwohl du von mir so viel lernst, und das noch für vergleichsweise kleines Geld! Ich stehe ja auch nicht im Rampenlicht und will es auch nicht. Ich will dir helfen, im Gegensatz zu den Kaspern. Aber das lässt du ja nicht zu, oder vielleicht doch? Mindestens genauso schlimm ist dein Verhalten auf Konzerten. Alles muss dokumentiert werden, alles gefilmt, fotografiert werden. Wo früher Arme über den Köpfen waren, sieht man nur noch Handys, weit mehr als die Hälfte aller Anwesenden ist andauernd am Filmen. Was ist das für eine Kultur? Willst du wieder bei deinen Freunden prahlen und die müssen sich dann durch hunderte von Filmchen und Fotos kämpfen, bis sie endlich erlöst sind? Oder lädst du die Schnipsel auf youtube hoch, obwohl sie noch so verpixelt sind. Wow, da hast du ja ein Meisterwerk geschaffen.

Muss cool sein, machen ja alle. Typisches Massenverhalten. Was bringt das? Natürlich will man Anerkennung dafür, warum wohl? ☺ Überhaupt lachst du nur noch über die Komiker, die sich im TV über andere lustig machen, die nur Stumpfsinn ohne Inhalt erzählen. Der Inhalt ist fast immer derselbe. Hauptsache über andere herziehen, genau wie du es machst, deswegen lachst du ja mit! Ist das nicht vielleicht eine Art, um von sich und seinen Problemen, denen du dich ja nicht stellst, abzulenken? Du rennst auch ins Kino, weil die Werbung so ansprechend war, und merkst dann, dass genau diese Szenen die besten im Film waren, ansonsten war Leerlauf ohne viel Inhalt. Die guten Filme finden meist wenig Beachtung und werden auch nicht beworben, da du dort ja was „mitnehmen“ könntest. Beispiele für inhaltslose Filme werde ich keine nennen. Die meisten haben sogar Fortsetzungen, die genauso wenig hergeben und trotzdem erflogreich sind, weil du sie „geil“ findest. Und warum? Weil man bei denen auch nicht denken muss, das hast du ja sowieso verlernt. Du willst ja nur unterhalten werden! Eine große Ausnahme macht hier die „Matrix-Trilogie“. Wer die versteht, versteht eigentlich auch, was auf der Welt abgeht! Das ist das System der sogenannten Blockbuster. Sie brechen alle Besucherrekorde, obwohl sie außer viel Effekten und Kabumm nichts inhaltlich hergeben, außer wie so oft, dass am Ende immer der Hero gewinnt. Wärst du nicht lieber selbst ein Held? Dann ändere etwas an dir! Wer macht eigentlich diese Filme? Natürlich Hollywood, die Traumfrabrik! Übersetzt heißt das übrigens etwa: „Heiliges Holz“, du wirst zwei Stunden verzaubert und kannst dich nicht um deine Sachen kümmern. Klar, willst ja auch vom harten Alltag Spaß haben und abgelenkt sein. Funktioniert wunderbar! Wobei ich so etwa ab

Mitte 2017 verstanden habe, das sehr viele Filme vollgespickt sind mit Wahrheiten. Diese erkennt man aber erst wenn man sein bewusstsein geöffnet hat dafür, das ist echt fantastisch! Warum ist fast alles „veramerkanisiert“ in Deutschland? Kinofilme, Fast-Food-Ketten, Mode, unsere Sprache etc.?

Hast du schon einmal von folgenden Filmen gehört:

1984 (1984)

Sie leben! (1988)

12:01 (1993)

Wie im Himmel (2006)

8 Blickwinkel (2008)

The Man from Earth (2009)

Cube (2000)

Another Earth (2011)

Source Code (2011)

Harodim (2012)

The Remaining (2014)

Interstellar (2014)

Hüter der Erinnerung (2015)

A World beyond (2015)

Krieg der Götter (2015)

Diese Filme, es sind nur Beispiele, haben alle Botschaften für uns und sind unterhaltsam, aber halt meist keine Blockbuster.

Der Fußball und du!

Unsere Lieblingsfreizeitbeschäftigung, unser Hobby, unsere Religion! Bist du Fußballfan? Ja, ich auch. Sieben Menschen von zehn sind es. Also ich rede jetzt nur mal von den Deutschen. Eine ordentliche Zahl! Natürlich hast du einen Verein, der dir heilig ist. Und wehe einer vom anderen Verein sagt dir, dass seiner besser ist. Dann gibt es sofort Reibereien und Diskussionen. Ich habe auch einen Verein, klar, und das schon seit Kindesbeinen. Mein Opa ging und mein Vater geht auch zum FSV Frankfurt, also wurde es mir in die Wiege gelegt. Ich habe in der Kindheit da gespielt und in den letzten 25 Jahren höchstens 20 Heimspiele verpasst. Ich wurde immer „belächelt“, warum ich denn zu so einem kleinen „Kackverein“ gehe, die spielen ja nur Oberliga (früher). Warum nicht zur „großen“ Eintracht? Da war ich früher auch des Öfteren mal, aber meine Heimat war und blieb der FSV. Mir war egal, ob da 15.000 oder 300 Zschauer waren, weil ich wegen des FUßBALLS hin bin und nicht wie du, der wegen der „Megastimmung“ hingeht! Aber genau das, so sehe ich das heute, passte zu mir. Da ich unbewusst nie zur Masse gehört habe. Für dich muss es natürlich einer der „großen“ Vereine sein. Bayern, Dortmund, Schalke oder der größte deiner Heimatstadt! Die kleinen sind fürs „Fußvolk“. Ich fragte mich lange, warum ist das so? Die Antwort ist so einfach. Du willst auch zu „ihnen“ gehören. Ein Teil vom großen Kuchen sein. Deine Freunde sind es ja auch. Da kannst du immer mitreden! Du bezahlst Unsummen für deine Eintrittskarte/Dauerkarte. Bei der Eintracht (3. Platz im Ranking) kostet der Stehplatz 159 Euro (wobei es hier gar keine im freien Verkauf gibt, haben alle die Ultras in Beschlag, musst also Sitzplatz nehmen!), der beste Sitzplatz ohne VIP 790 Euro. In der Saison 2014/2015, als Paderborn (1. Platz im Ranking) aufstieg, waren die richtig clever und nahmen 255 Euro Stehplatz und 850 Euro für den Sitzplatz. Clever, weil sie wussten, dass sie ein kleines Stadion haben und es sowieso immer ausverkauft sein wird. Der FSV (Platz 11 im Ranking 2. Liga) hingegen nahm in derselben Saison 125 Euro für Stehplatz und 462 Euro für den teuersten Sitzplatz. Ja sie sind nur 2. Liga, aber das ist Fortuna Düsseldorf (Platz 2 im Ranking) auch, die nehmen aber z. B. 195 Euro/Stehplatz und 690 Euro für einen Sitzplatz. Was berechtigt einen Verein, viel mehr Eintrittsgeld zu nehmen? Natürlich die hohen Spielergehälter. Von wem reden wir da? Von Menschen, die ihr Hobby zum Beruf gemacht haben. Bis, sagen wir mal, Ende der 1990er-Jahre blieben Spieler oft Jahre bei „ihrem“ Verein. Dort wurden sie zu "Idolen“. Das fand ich soweit auch ok. Damals war Fußball ja auch noch bezahlbar. Aber heute? Da wechseln Spieler pausenlos den Verein, oft sogar mitten in der Saison, obwohl sie nicht einmal eine halbe Saison da waren. „Fehleinkauf“ nennt man das im Fachjargon. Die Spieler müssen für das viele Geld sofort funktionieren, die Integration im Verein muss bei jedem sofort klappen, ansonsten kann er gehen. Hallo? Das sind Menschen wie du und ich, na ja außer, dass sie nicht wissen, wohin mit ihrem vielen Geld. Das wird in die teuersten Autos und Villen gesteckt. Schließlich arbeiten sie ja dafür. Und du gönnst es ihnen! Und unterstützt sie, wo es nur geht! Du nimmst die weitesten Auswärtsfahrten auf dich, egal, was es kostet. Du wunderst dich, warum im Stadion alles so teuer ist, kaufst aber alles, was es dort gibt. Vor allem völlig überteuerte Getränke und Essen (was meist nicht schmeckt). Am schlimmsten am „Fußballfan-Sein“ finde ich die geschürte Agressivität, gegen welchen Gegner auch immer. Hassgesänge, Provokationen aller Art. Spieler werden beschimpft und beworfen. Es wird sich mit den gegnerischen Fans gekloppt und sich im Stadion benommen wie im Irrenhaus. Nach jedem Spiel sieht es auf den Rängen aus wie auf einem Schlachtfeld... Solltest du auswärts deinem Verein nachreisen, benimmst du dich noch schlimmer. Egal, ob auf Raststätten, im Bus oder im gegnerischen Stadion. Jeder muss sehen und hören, dass du und deine Meute da sind! Das meiste hat mit anfeuern nichts zu tun, sondern mit provozieren. Alle machen es, also du auch. Das sind übrigens genau die Fans, mit denen du, wenn die Nationalmannschaft spielt, Arm in Arm die Hymne auf den Rängen singst. Oder nach dem Gewinn eines WM-Spiels hupend durch die Stadt fährst oder mit ihnen einen säufst. Es sind aber genau dieselben Leute, gegen die du wetterst, weil sie sonst immer zum „falschen“ Verein halten. Paradox oder? Sollte das bedeuten, dass man nur so ein richtiger Fußball-Fan ist, möchte ich keiner mehr sein. Manuel Neuer z. B. wird überall ausgepfiffen. Spielt er aber im DFB-Dress ist er Gott für dich. Total verdrehte Welt. ALLE sollten nur aus einem Grund in das Stadion gehen, und zwar um seinen Verein spielen zu sehen und nur ihn zu unterstützen. Respektvoller Umgang mit den gegnerischen Fans, immerhin bringen die ja DEINEM Verein gerade auch Geld. Auch hier zählt:

„Miteinander, nicht gegeneinander!“

Ihr benehmt euch teilweise wie wilde Tiere und vergesst dabei, dass ihr Menschen seid. Und woher kommt das? Weil du im Leben unzufrieden bist und das der perfekte Ort ist, mal Dampf abzulassen. Aber dein Scheißleben beginnt ab Montag jede Woche wieder von vorn. Derselbe Scheiß wie in einem Film, der immer wieder anfängt. Der Unterschied ist aber, dass die Akteure im Film vorgesagt bekommen, was sie machen müssen, und du machst es freiwillig. Gebe nicht mehr deinen letzten Cent für die Millionäre auf dem Platz aus, die danken es dir niemals. Du himmelst die Falschen an! Der Fußball generell ist zu einer Geldverbrennungsmaschine geworden. Das Spiel auf dem Platz ist teilweise so schlecht geworden. Andauernd wird zum Tormann zurückgespielt und noch mal quer und zurück. LANGWEILIG! Systemfußball nennt sich das heute. Ich besaß auch eine Dauerkarte für 95 Euro. Was machen wir im Stadion? Fachsimpeln, da wir ja alle Trainer sind und teures Bier saufen, und die „Nichtleistung“ mancher Profis beklatschen, die sowieso nur „weiterziehen“ wollen auf ihrer Karriereleiter. Nicht vergessen wollen wir hier natürlich, dass der Fußball auch einem dient, der Ablenkung. ☺ „Brot und Spiele“ nannte man das im alten Rom, lenke die Menschen ab und sie können sich nicht mehr auf das Wesentliche, was im Leben wichtig ist, konzentrieren. Der Grund, warum du ins Stadion gehst, ist zum einen die Masse, nach der du süchtig bist. Da kannst du dich so richtig gehen lassen, ohne dass es groß auffällt. Zum anderen, weil du dieses geile Gefühl immer wieder haben willst, wenn ein Tor für deine Mannschaft fällt, na was ist das? Ein Glücksgefühl! Genau das, dass du sonst meist vergeblich suchst. Schießt deine Mannschaft kein Tor, verliert möglicherweise noch, schlägt sich das natürlich genau ins Gegenteil um, da du heute kein Glücksgefühl hattest. Meist äußert sich es in Pöbeleien gegen Spieler, Schiedsrichter und gegnerische Fans, am besten noch als Schlägerei. Dann war es ein Scheißtag!

Die Spieler

Am liebsten sind mir die Spieler, die „ihr" Vereinslogo auf der Brust küssen und kurz darauf zum Konkurrenten oder ins Ausland wechseln, weil es da ja noch mehr zu verdienen gibt. Klar, der Beruf Fußballer wird ja etwa mit 33,34 Jahren an den Nagel gehängt. Früher konnte man locker bis 38 spielen. Heute zählt nur noch Erfolg und da passt ein Spieler ab 33 Jahren nicht mehr rein, ist zu langsam geworden. Oder er nimmt das Angebot aus Katar an, da sahnt er noch einmal so richtig ab. Macht aber auch nichts, da er, sollte er das Glück haben, und höherklassig gespielt haben, genug Kohle verdient hat, um dann was Eigenes zu machen. Hast du, mit sagen wir 35 Jahren, so viel verdient, dass du dich selbstständig machen kannst? Hast du dabei die letzten Jahre noch mehr als über deine Verhältnisse gelebt? Nein, aber die schon. Auch durch dein Geld, also von deinem jämmerlichen Gehalt. Bei „meinem" Verein nervt mich seit 2008, dem Aufstieg in die 2. Liga, dass die Spieler, die den Aufstieg möglich machten, größtenteils ausgetauscht wurden, weil sie als „zu schwach" für die 2. Liga befunden wurden. (Und so ist es ja bei fast allen Vereinen, die aufsteigen. Diejenigen, die geholfen haben, werden in die Wüste geschickt und durch irgendwelche Spieler ersetzt, die angeblich besser sind.) Dass es so ist, sieht man allein daran, dass in den letzten acht Jahren mehr als 100 Spieler das FSV-Wappen trugen. Ja, der Abstieg wurde jedes Mal vermieden, einmal sogar Platz 4 in der Abschlusstabelle erreicht. Sobald aber ein überdurchschnittlicher Spieler dabei war, wurde dieser von gewitzten „Spielerberatern" weiterverscherbelt. Ich nenne keine Namen, aber es waren einige. Viele von denen saßen dann auf der Bank, auf der Tribüne oder verschwanden ganz in der Versenkung. Alle nur dem Ruf der Kohle gefolgt. Tja, Pech gehabt. Welcher Nachwuchsspieler aus den eigenen Reihen hat es denn in die erste Elf beim FSV geschafft in den letzten acht Jahren? Antwort: Keiner! Obwohl die Jugendarbeit vom Feinsten ist. Die jungen Spieler werden jahrelang ausgebildet, um mal oben zu „schnuppern". Dann werden sie verhökert. Die bekommen überhaupt keine Chance, werden als zu schlecht eingestuft. Die Jungs tun mir echt leid. Traum zerplatzt, bei „seinem" Verein aufzulaufen. Aber genau diese wollen wir doch sehen! Die rackern, damit sie genau diese Chance bekommen. Und sie haben sie verdient, verdammt! Daran sieht man, es geht NUR ums Geld, nicht um die ach so tolle Jugendarbeit! Ja, jetzt sagen die Fuzzis aus dem Vorstand, die werden ja alle von Scouts abgeworben, da können wir ja nicht mithalten: Ich sage DOCH, bringt ihnen die RICHTIGEN Werte bei. Aber Stopp, stimmt, das geht nicht, weil die „richtigen" Werte heutzutage heißen: Wo es das meiste Geld gibt, da gehe ich hin! Versteht mich nicht falsch, natürlich muss jeder Verein immer daran denken, finanziell nicht über dem Limit zu leben (was aber genug Vereine immer noch machen und immer wieder von irgendwoher neues Geld bekommen). Und das macht mein Verein zweifelsohne. Aber welche Opfer dafür gebracht werden müssen, finde ich grausam. Den Sinn, warum wir jedes Jahr so viele neue Spieler bekommen, nur damit „wir" nicht absteigen, verstehe ich nicht. Das ist purer Überlebenskampf und wisst ihr für wen? Für die Angestellten neben dem Platz. Genau die verdienen am allerwenigsten im Verein, obwohl sie teilweise rund um die Uhr für ihn tätig sind. Egal, ob der Geschäftsstellenleiter, die Leute aus dem Ticketing, im Fanshop oder der Platzwart. Um diese Menschen geht es, nicht um die Spieler. Abstieg bedeutet, dass Arbeitsplätze flöten gehen. Die Spieler finden sofort einen neuen Verein, die sind auf der sicheren Seite. Die wenigsten bleiben beim Abstieg, es sei denn, es möchte sie wirklich kein anderer Verein haben oder sie besitzen mal wirklich so etwas wie „Vereinstreue“. Aber das sind die Ausnahmen. Das ist auch wieder ein schönes Beispiel für verdrehte Tatsachen. Diejenigen, die sich den Arsch aufreißen, obwohl sie beim Spiel keinen Einfluss haben, verdienen wenig, und diejenigen, die ihr Hobby zum Beruf gemacht haben (die Spieler), verdienen massig. Das ist auch der Grund, warum wir beim FSV vergleichsweise wenig Fans haben. Zum einen will die Masse keinen Verein spielen sehen, der Jahr für Jahr gegen den Abstieg spielt, und zum andern jedes Jahr neue Spieler holt. Ein Hauptgrund gegen den Verein ist für die Masse: Die Stimmung ist ihnen hier zu „dünn“. Viele kommen einmal im Jahr, wenn ein attraktiver Gegner kommt, meckern und gehen wieder. Genau denen sage ich immer, dass ich wegen des SPIELS hingehe, aber darum geht es ja schon lange nicht mehr. Obwohl bei einigen, sollte ihr Verein verloren haben, das Wochenende im Arsch ist, entweder frustsaufen oder schlechte Laune über Tage. Merken die es noch? Mein Verein ist und bleibt der FSV, aber diese enorme Fluktuation an Spielern, nur um zu überleben, kotzt mich so an, dass ich mich sogar nicht mal mehr ärgere, wenn sie verlieren. Eine ganz tolle Ausnahme im Profifußball ist hier der SV Darmstadt 98. Marschiert von der Regionalliga in die Bundesliga 2015 und rockt die richtig! Ist es ein Wunder gewesen? Nein, und warum nicht? Sie verfolgen meiner Meinung nach einfach nur alte Tugenden. Die Mannschaft wurde über drei Jahre nur punktuell verstärkt, das Hauptgerüst ist geblieben. Das ist meiner Meinung nach der Schlüssel zum Erfolg. Das Kollektiv, der Mannschaftsgeist muss stimmen. Und ein junger hungriger Trainer. Das alles mit vergleichsweise wenig Geld! Zu vergleichen ist das mit einer Firma. Ein eingespieltes Team arbeitet besser, die Dinge laufen fast von selbst. Werden aber andauernd Mitarbeiter ausgetauscht und bekommen womöglich noch einen besseren Posten als derjenige, der schon jahrelang buckelt, ist die Unruhe vorprogrammiert und die Unzufriedenheit steigt. Vor allem sinkt dadurch die „Arbeitsleistung". Zufriedene Arbeiter = gute Arbeit. Im Fußball bedeutet das: Der Stammspieler, der mitverantwortlich war für den Erfolg, wird nach dem Aufstieg durch jemanden ersetzt, der angeblich besser ist. Der etablierte Spieler muss gehen oder landet auf der Bank, wenn er Glück hat. Da ist sie wieder, die gewollte Unruhe. Und wenns nicht läuft, muss der Trainer gehen. Derjenige also, der versucht, aus dem zusammengewürfelten Haufen auf schnellstem Wege ein „eingeschworenes" Team zu bilden. Das kann doch nicht funktionieren! Bei den großen Vereinen funktioniert das übrigens genauso wie bei Darmstadt. Bayern, Dortmund, Barcelona oder Madrid spielen über Jahre mit denselben Spielern, werden nur gezielt verstärkt. Der Unterschied zu Darmstadt ist, dass die es sich leisten können. Wer da spielt, geht ja auch nicht freiwillig, die haben den Jackpot, mehr geht nicht. Wolfsburg kauft mal so nebenbei für 40 Mio. einen Schürrle, der dann auf der Bank sitzt. Das zeigt mir nur, dass sie gern den „Großen" raushängen lassen. Die können sich das leisten... Wie viele Autos müssen dafür von VW gebaut und verkauft werden? Mit diesem Geld hätte ich sämtlichen Bettlern auf Frankfurts Straßen ein neues Heim verschafft! Wie wäre es denn mal, wenn an einem Wochenende nur einmal alle Stadien leer bleiben und alle Fans gemeinsam auf die Straße gehen und gegen die Atombomben demonstrieren, die hier mitten unter uns gelagert werden? Aber das ist ja unwichtig, würde aber alle, wortwörtlich ALLE be-TREFFEN! Zum Abschluß, wusstest du das dass Spielfeld exakt genauso aussieht wie eine Freimaurerloge, doch warum, und wer sind denn Freimaurer? Dazu später mehr..

Ich habe fertig!

Unsere täglichen Nachrichten, die Medien & die Kriegspropaganda

Zum nächsten Kapitel möchte ich gern Folgendes vorher sagen. Ich muss es leider voranstellen, da ja unsere Vergangenheit an uns haftet und wir uns immer wieder dafür rechtfertigen müssen. Ich bin kein NAZI! Ich bin auch nicht links oder sonst etwas. Ich bin ein Mensch! Ich recherchiere gern selbst und bilde mir aus den Puzzleteilen eine eigene Meinung. Warum heißen Nachrichten eigentlich so? Weil sie „nach-gerichtet" werden. Da werden Interviews völlig aus dem Zusammenhang gerissen und so zusammengeschnitten, dass sie besser ins Weltbild passen.

„Krieg wird von ein paar Schlipsträgern ausgerufen, die sich niemals die Finger dreckig machen würden, und alle folgen dem, was sie sagen, weil sie nicht nachdenken, lassen sich blind für die umbringen. Wenn niemand die Welt zerstört, muss sie auch niemand retten. Wenn niemand andere Länder wirtschaftlich ausbeutet, gibt es überall eine lebenswerte Zukunft!"

„Ich bin für eine Verabschiedungskultur für verantwortungslose Politiker. Fluchtursachen bekämpfen – nicht Flüchtlinge!"

Sara Wagenknecht

Wir sehen Bilder aus Kriegsgebieten, die damit gar nicht zu tun haben. So mehrfach geschehen im Irak, in Afghanistan oder im Syrienkrieg. Es waren teilweise identische Bilder mit anderen Kommentaren. Nachzuschauen auf dem größten Videoportal. Wobei wir gerade bei Syrien sind. Warum flüchten so viele Menschen gezielt nach Deutschland? Marschieren durch drei Länder, nur um genau hierherzukommen. Viele erzählen, dass Frau Merkel ihnen hier Wohlstand und Häuser versprochen hat. Und was passiert? Sie müssen in Turnhalllen ausharren. Wie lange soll das gutgehen? In Österreich beispielsweise kommen die „Flüchtlinge" in einen Raum, in dem kein Polizist anwesend sein darf. Nach einer gewissen Zeit kommen sie wieder mit Handys heraus, die übrigens von einer amerikanischen Gesellschaft stammen. Was hat das zu bedeuten? Von den ganzen Unruhen, die in den Unterkünften ausbrechen, hört und liest man nur sehr wenig. Und es sollen ja angeblich 2015 noch 3 Mio. Flüchtlinge nach Deutschland kommen. Was an Sylvester 2014/2015 in vielen Großstädten abging, nicht nur in Köln, war erst der Anfang. Es sollte ja sogar zuerst vertuscht werden. Aber nach der Masse der Anzeigen konnte es nicht mehr geheimgehalten werden! Am meisten beschäftigte mich, dass man da nur vereinzelte Polizeipräsenz sah. Bei jeder Demonstration oder bei jedem Fußballspiel sind mehr präsent! Die Situation ist jetzt schon brisant und ich denke, es wird bald Bürgerkrieg geben. Alles spricht dafür. Ich sage das ganz offen! Es gibt Länder, die nehmen keinen einzigen Flüchtling auf. Wer bringt sie überhaupt dazu, dass sie flüchten müssen? Wer stellt die Riesenboote bereit? Die stehen ja sonst nicht am Ufer. Warum stammt nur ein geringer Teil aus Syrien, der Rest aus umliegenden Ländern? Die Flüchtlinge sorgen für massenhaft Unruhe bei uns und schon kommen die Rechten wieder und wollen zeigen, wer Herr im Haus ist. Die Linken springen sofort dagegen. Und Putin ist es egal, ob er im TV oder in den Medien der Böse ist. Alle sagen es, aber stimmt es auch? Hast du dir nur einmal diese Frage gestellt? Warum wird hier schon wieder gezielt Hass geschürt? Oder noch besser, warum machst du da mit? Wer sagt dir, dass du das musst? Wäre es nicht besser, wir würden alle gemeinsam gegen die Kriegstreiber und Abzocker auf die Straße gehen? Wir sind 97 % und lassen uns vom Rest erzählen, was richtig und was falsch ist? Ich verstehe nicht, dass du da mit machst. Oder noch besser, du machst gar nix, hältst dich aus allem raus, hast ja deine heile Welt, unglaublich! Wer finanziert eigentlich den Krieg in Syrien? Waffenlieferungen kommen jedenfalls nachweislich aus Deutschland. Also wir liefern Waffen, schicken unsere Soldaten dorthin und nehmen Menschen aus genau diesem Land auf. Unsere Männer werden in einen Krieg geschickt und Syrier (und viele andere aus „Krisengebieten") wohnen dafür bei uns. Paradox, oder? Weißt du auch, warum in einer total vernetzten Welt wie heute der „Krieg gegen den Terror" NIE gewonnen werden kann? Weil die „Terroristen" von genau denselben Arschlöchern finanziert werden, die sie auch bekämpfen! Es wird dir jeden Tag in den Medien eingetrichert, von morgens bis abends, dass man sie vernichten muss. Komischerweise sterben fast nur Zivilisten. Merkst du es nicht? Immer noch nicht? Die armen „Flüchtlinge" werden als Waffen von „denen" bezahlt und benutzt, um noch mehr Feindbilder zu erschaffen. Checkst du das nicht? Da ich deutscher (mit Migrationshintergrund, meine Vorfahren kommen aus Polen und Holland!) bin und mich „meine" Geschichte aus dem Land, in dem ich groß geworden bin, nun einmal interessiert, habe ich einiges recherchiert und bin auf unglaubliche Berichte, Interviews und Videos gestoßen. Sollte davon auch nur ein Prozent stimmen (und ich vermute, es sind viel mehr), muss die Geschichte sofort umgeschrieben werden!

Deutschland und seine „schlimme" Vergangenheit

Eins vorneweg: Mir geht dieses fast schon tägliche Geheuchel um die „Nazikeule" sowas von auf den Sack! Ich kann es nicht mehr hören, dass wir alle immer darauf beschränkt werden! Ich, ja wir haben mit dem Mist nichts, aber auch gar nichts zu tun! Sollte ich ein „Verschwörungstheoretiker“ sein, dann sind die „anderen“ eben „Nazitheoretiker“. ☺ Zwei absolute Scheißwörter! Warum laufen tagtäglich irgendwelche Dokumentationen über Hitler? Um uns immer wieder zu sagen, welch schlimmes Volk wir sind oder waren? Es ist sogar gesetzlich verboten, über die deutsche (Kriegs-)Vergangenheit zu sprechen, zumindest wenn man über ein paar Ungereimtheiten anderer Meinung ist. Das passt doch alles nicht zusammen. Warum wird Xavier Naidoo auf einmal als Nazi abgestempelt, nur weil er auf einer Friedenswache gesagt hat, Deutschland sei kein freies Land und dass es bitte keinen Krieg mehr geben soll. Hallo? Er ist irisch-südafrikanischer Herkunft! Setzt sich für uns ein und soll ein Rechter sein? Sämtliche Sender sowie Printmedien haben auf ihn eingeprügelt. Haben die nicht richtig zugehört? Oder hat es einen anderen Grund? Zum Beispiel, dass da einer ist, der die Wahrheit sagt? Und zuletzt erst ein- dann wieder ausgeladen zum ESC. Eine Farce! Stefan Kretzschmar verteidigte ihn bei Markus Lanz und wurde ebenfalls gleich abgestempelt. Er sagte auch dort, dass die Medien uns nicht die Wahrheit sagen... Was war denn mit Eva Herman? Jahrelang Tagesschausprecherin. Sie sagte im TV ein paar unbequeme Sachen, die aber (wie immer) vollkommen aus dem Zusammenhang gerissen wurden. Sie wurde bei Erklärungen andauernd unterbrochen und schließlich rausgeschmissen bei Herrn Johannes Kerner. Dort waren übrigens auch Mario Barth, Senta Berger und Margarethe Schreinemakers zugegen, die auch Sturm gegen sie liefen. Tja, halt keine eigene Meinung. Ist das freie Meinungsäußerung? Warum hat Eva Herman eigentlich den NDR verlassen müssen? Sie sagte, sie möchte gewisse Nachrichten nicht mehr verlesen, da sie nicht mehr bewusst lügen möchte. Sie bekommt Texte vorgelegt, die sie nicht mehr mit reinem Gewissen verlesen kann. Sie wurde im Privatleben oft auf „ihre“ Nachrichten angesprochen und da es ja nicht „ihre“ waren, sondern sie darauf abgestempelt wurde, wollte sie das nicht mehr. Das nenne ich ehrlich! Höre dir mal ihre Interviews an, vor allem die mit Andreas Popp. Dann mache dir dein eigenes Bild von ihr. Eine hochintelligente Frau mit Aussagen, die selbst für mich neu, aber einleuchtend waren! Und nach ihrem Buch „Das Eva Prinzip“ erhielt sie die Kündigüng vom Sender. Solche „Eklats“ passieren häufiger. Man erkennt sie immer leicht daran, wenn einer in der „Talkrunde“ etwas, nennen wir es mal, „nicht massentaugliches“ sagt, immer unterbrochen sowie von den anderen „Gästen“ belächelt oder beleidigt wird. Da wird das Gespräch sofort in eine andere Richtung gelenkt und der unbequeme Talkgast kommt dann so gut wie gar nicht mehr zu Wort oder wird vorzeitig entlassen. Merkst du, dass genau das mit Meinungsfreiheit mal überhaupt nichts zu tun hat? Diffamierung, sage ich dazu!

Die „vergessenen Toten“

Warum ich folgendes Thema in dieses Buch einbringe? Weil ich die Vermutung habe, dass „unsere“ Geschichte auf vielen Lügen basiert und wir oft auf unsere Vergangenheit reduziert werden! Genau das habe ich satt! Ich nenne hier ein paar abscheuliche Gräueltaten, die NACH Kriegsende geschahen, bei denen Abermillionen deutsche Zivilisten auf unmenschlichste Weise ums Leben kamen. Darüber spricht aber KEINER. Ich betone es noch einmal, es war NACH KRIEGSENDE!

Deutschland nach 1945

Der Krieg gegen Deutschland begann im Rahmen des Imperialismus gegen Ende des 19. Jahrhunderts. Der bösartigsten Vertrag der Menschheitsgeschichte, wurde im Juni 1919 besiegelt,- der Vertrag von Versaille. Um was es dort genau ging, kann jeder selbst im Netz nachlesen. Deutschland befindet sich seit 100 Jahren im Krieg! Deutschland besitzt immer noch keinen Friedensvertrag. Wir unterstehen seit Kriegsende 1945 den Alliierten. Das sprechen auch des Öfteren unsere Politiker mal so nebenbei aus, so wie zuletzt Herr Schäuble. Der sogenannte Zwei-plus-Vier-Vertrag ist übrigens juristisch gesehen auch kein Friedensvertrag! Das beantwortet vielleicht auch die Frage, warum in Deutschland so viele Amerikaner stationiert waren oder sind. Warum sind die hier? Mir unerklärlich. Wer zettelt denn fast alle Kriege weltweit an? Der ach so böse Russe, der in den Medien als absolutes Feindbild gezeigt wird, oder doch eher die anderen? Warum müssen Menschen aus ihrem Land fliehen? Weil genau diejenigen dort einfallen, die als die „Guten“ bezeichnet werden. Verdrehte Welt, oder? Krieg führen also die Guten und Putin, der nichts gegen diese Länder macht, ist böse, wie kürzlich wieder auf dem Spiegel-Cover zu sehen war?Alle, die ich kenne, sagen es auch genauso. Weil sie es ja gelesen und in den Nachrichten so gehört haben. Ich sage eher, wir bekommen (mal wieder) Feindbilder geschaffen.

http://www.vice.com/de/read/deutschland-hat-also-keinen-friedensvertrag-brd-gmbh-reichsbuerger-110

Ich verurteile aufs Schärfste, was damals in Deutschland an Grausamkeiten stattfanden. Doch vieles davon stimmt nachweislich nicht so, wie es erzählt wird, oder geschrieben steht. Denke über die folgenden Beispiele nach und du wirst vielleicht auch nachdenklich...

Ein paar Dinge, die du in Geschichtsbüchern komischerweise nicht findest, da sie eine ganz andere Seite oder soll ich sagen vielleicht die„Wahrheit“ zeigen? Ich muss hier noch einmal in aller Deutlichkeit sagen, dass ich die Gräueltaten der Nazis (wenn es denn alles so war...) aufs Übelste verurteile, aber mit der ganzen Geschichte des Zweiten Weltkrieges stimmt etwas gewaltig nicht. Wir alle leiden aber trotzdem heute noch enorm darunter. Es geht mir auch nicht um die unglaubliche Zahl von 6 Mio. ermordeten Juden, die eigentlich so auch nicht haltbar ist. Ich finde es einfach nur traurig, dass man alles, was damals passiert sein soll, nicht hinterfragen darf oder soll, ohne gleich Angst haben zu müssen, verurteilt zu werden. Es ist unser Recht (oder auch nicht) und unsere Pflicht, die Wahrheit herauszufinden. Auch wenn man an der Vergangenheit nichts mehr ändern kann. Aber das schlechte Gewissen, das uns Tag für Tag immer wieder eingebleut wird, muss ein Ende haben! Du und ich, wir haben damit, was geschah, nichts zu tun. Wir müssen uns also auch nicht mehr Tag für Tag diese Nazikeule geben, oder? Übrigens ist das Hakenkreuz schon Jahrhunderte alt und bedeutet eigentlich „Swastika“. Schau mal nach, was die ursprüngliche Bedeutung davon ist... Adolf Hitler sprach 1940 im Berliner Sportpalast schon von der „Neuen Weltordnung“, bei der er auf keinen Fall mitmachen wollte. Genau diese ist übrigens heute schon sehr weit fortgeschritten. Wie kann davor schon vor über 70 Jahren gewarnt worden sein, wenn es die NWO nicht gibt? Warum ist es überhaupt verboten, nein, sogar unter Strafe gestellt, bestimmte Dinge zu hinterfragen? Ich denke hier herrscht Meinungsfreiheit? Genau das ist nämlich NICHT der Fall!

Winston Churchill sagte NACH Kriegsende:

> ***„Marschiert in Deutschland ein und macht mit dem Volk, was ihr wollt!"***

Und das taten sie, und wie! Zuvor wurde aber noch Hamburg und Desden tagelang bombardiert, und zwar die Zivilbevölkerung! Nach dem 8. Mai 1945, also der „Befreiung der Sieger", folgte für die Deutschen eine Zeit der puren Unterdrückung und Ermordung. Das Schicksal in den Besatzungszonen der Franzosen, Engländer und Amerikaner war schlicht unmenschlich. Nach dieser Zeit starben mindestens sechs bis zwölf Millionen (was für eine Zahl!) Deutsche an den Folgen der Verbrechen der Siegermächte! Frauen und Kinder wurden oftmals mehrfach vergewaltigt, bevor sie umgebracht wurden. Es herrschten bestialische Zustände, die ich hier nicht weiter ausführen möchte. Dafür gibt es das Internet! Millionen Deutsche flohen aus Ostdeutschland, wurden systematisch mit brutaler Grausamkeit vertrieben oder ermordet. Viele wurden in Zügen und Transportern nach Belgien gefahren, wo es ein Mahnmal gibt. Keiner weiß genau, was mit ihnen dort passiert ist. Es gibt auch keine Dokumente darüber, es passierte alles ohne. Aber es tauchen immer mehr Videos davon auf! Die genauen Zahlen der Opfer sind nicht zu ermitteln, die oben genannten sind nur Vermutungen

Höllensturm (dieser Film ist nur für starke Nerven!):

https://www.youtube.com/watch?v=0N77iKJgy10

Die Rheinwiesenlager

Wusstest du eigentlich von den sogenannten Rheinwiesen-Lagern? Millionen Deutsche wurden auf den Rheinwiesen zusammengepfercht, nur mit ihrer Kleidung, jeder 50. hatte vielleicht Glück und ein Zelt, alle anderen schliefen wochenlang im Dreck, dem eigenen Kot und Schlamm bei Wind und Wetter. Dem Roten Kreuz wurde es verboten, vor Ort zu sein. Von der umliegenden Bevölkerung durften weder Nahrung noch andere Hilfsgegenstände gebracht werden. Bei Nichtachtung wurde man sofort erschossen. Wenn man einen Becher Wasser ergattern konnte, stand man dafür bis zu zehn Stunden an. Fast alle starben dort.

Die Rheinwiesen:

https://www.youtube.com/watch?v=rJvdQgMTcx0

Andere, die bei Schauprozessen vor Gericht aussagen mussten, wurden aufs Unmenschlichste gefoltert, um sie dadurch zu Falschaussagen zu zwingen. Ein gutes Beispiel dafür ist der sogenannte Malmedy-Prozess. Mit monatelangem Psycho-Terror und ständigen Misshandlungen wurden falsche Geständnisse erpresst, dann folgte ein Schauprozess, in dem es Todesstrafen und Verurteilungen zu lebenslangen Haftstrafen kam. Eine spätere US-Untersuchungskommission erkannte anhand der umfangreichen Akten binnen von sechs Wochen, dass absolut nichts bewiesen war!

Der Fall Malmedy:

https://www.youtube.com/watch?v=MA1BX7jPPMo

Nichts anderes war es auch bei den Bekanntesten, den „Nürnberger Prozessen". Es gibt sehr viele Beweisvideos und Zeitzeugen. Die sind nicht von der Hand zu weisen! Es ist im Übrigen verboten, auf den Rheinwiesen zu graben. Eigentlich auch überhaupt darüber zu sprechen, ich mache es trotzdem, weil die Wahrheit für mich oberstes Gebot ist! Warum ich genau diese Grausamkeiten hier erwähne? Weil sie im „Friedenszustand" geschehen sind, also nach Kriegsende! Das Heißt: Millionen Tote Deutsche NACH Kriegsende durch die „Sieger". Ist das normal? Ich muss auch nicht erwähnen, dass ALLES, was im Krieg, eigentlich in jedem, passiert, unmenschlich ist und ich nichts davon gutheiße. Aber ich sage es hier öffentlich: Die Geschichtsbücher stimmen nicht, so wie sie geschrieben sind. Waren die Deutschen wirklich solche Monster, so wie sie dargestellt werden? Und was ist mit den Gegnern? Es gibt so viele Dinge, die vermehrt ans Tageslicht kommen, und uns genau das Gegenteil von dem zeigen, was in Büchern geschrieben steht. Deutschland war ein, sagen wir mal, glückliches Land in der Zeit vor dem Zweiten Weltkrieg. Es gab Arbeit für alle, Familie wurde großgeschrieben. Die Miete durfte damals nur ein Achtel des Verdienstes betragen. Made in Germany war sehr gefragt, weil es zweifelsfrei fast weltweit die besten Produkte und Erfindungen gab. Das rief natürlich Neid hervor...Ich sage hier öffentlich: „Ich habe mit unserer Vergangenheit nichts zu tun, bin kein Nazi, hasse Krieg und werde weitermachen, damit die Wahrheit verbreitet wird. Die Zeit der

Lügen muss irgendwann vorbei sein! Lass dich nicht ins rechte oder linke Eck drängen, da gehören wir nicht hin!"

Hat sich eigentlich noch keiner gefragt, warum nur deutsche bestraft wurden? Es war doch ein Weltkrieg? Und der wurde auch nicht von Deutschen begonnen. Na merkst du was?

„Die Sieger schreiben die Geschichte, aber so wie sie es sagten, war es keinesfalls!"

Deutschland ist übrigens viertgößter Waffenexporteur auf der Welt, natürlich von deinen Steuern. Willst du dafür gern Steuern bezahlen?

Ich sage hier noch etwas öffentlich:

„Ich bin jemand, der mit aller Macht den Frieden anzettelt!"

Was haben unsere Soldaten in Afghanistan oder Syrien zu suchen? Unterstützt durch unsere Steuern? Ich fordere jeden einzelnen Soldaten auf: „Legt eure Uniformen und Waffen ab!" Kämpft nicht gegen Menschen, die euch nichts tun, die ihr nicht einmal kennt! Nur weil ein paar Schlipsträger euch sagen, dass ihr das müsst. Ihr müsst gar nichts! Wir müssen alle dafür sorgen, dass sich keiner von uns am Krieg beteiligt. Für die WM könnt ihr doch auch zu Hunderttausenden auf die Straße gehen und voller Stolz unser Fähnchen wedeln, aber für uns selbst? Solange es einen selbst (noch) nicht betrifft, ist es auch egal, oder? Nein, ist es nicht, und du kannst es ändern! Ich werde niemals gegen einen „Feind" kämpfen! Ich werde meine Familie beschützen, sollte es soweit kommen, aber niemals mit Waffen töten. Nach dem Niedergang des Dritten Reiches am Ende des Zweiten Weltkriegs wurden deutsche Kriegsgefangene, und zwar Wissenschaftler und Techniker und deren militärtechnisches Können, nach Amerika rekrutiert, um am „Geheimprojekt Paperclip“ zu arbeiten. Man spricht von etwa 350 Menschen, die gezwungen wurden, ihr Wissen für Projekte der Amerikaner zu missbrauchen. Die Russen standen dem in Nichts nach, dort soll die Zahl sogar bei 15.000 gelegen haben, die zum „Dienst“ nach Russland „transportiert“ wurden.

Operation Paperclip, Jagd auf die Gehirne:

http://www.kriegsreisende.de/relikte/paperclip.htm

Hast du schon einmal von den Morgenthau/Kaufmann/Hooton Plänen gehört? Als **Hooton-Plan** werden in den 1940er Jahren veröffentlichte Gedanken des Harvard-Anthropologen Earnest Hooton bezeichnet, die die rassischen Eigenschaften der Deutschen in den Mittelpunkt stellen und statt der psycho-sozialen Umerziehung eine biologische „Umzüchtung“ und Umvolkung als notwendige Maßnahme zu ihrer erfolgreichen und dauerhaften Unterwerfung propagieren.

https://www.youtube.com/watch?v=3W2i_8izzjM

Was denkst du? Fiktion oder Wirklichkeit? Ja, Fragen über Fragen.

Ich habe es so satt, dass wir „Deutsche“ immer wieder mit dem Dreck von damals beworfen werden. Es gibt Länder, die so schlimme Kriegsverbrechen in de Jahrhunderte alten Geschichte verbrochen haben. Nur „WIR“ werden immer wieder damit unter Druck gesetzt bzw. unterdrückt. Scheiß Propaganda!

Öffentliche Darstellungen vonTerroranschlägen

9/11 2001 – Ground Zero

„Nichts ist, wie es scheint!“

„Ground Zero (Bodennullpunkt) bezeichnet in der Militärsprache die Explosionsstelle einer nuklearen Bombe oder Rakete über oder unter dem Boden!“

Gerade über dieses Thema, zu dem ich wirklich alle Bücher gelesen, jeden Film, jeden Schnipsel aufgesaugt habe, könnte ich allein ein Buch schreiben. Da es darüber aber schon genug gibt, stelle ich nur ein paar Fragen, die so noch nicht gestellt worden sind, auf die du selbst – einen klar denkenden Menschenverstand vorausgesetzt – Antworten finden sollst. Warum glauben alle, dass der 11. September 2001 genau so geschehen ist, wie wir es live am TV verfolgt haben? Weil du es mit eigenen Augen gesehen hast? Warum berichtete die BBC, lange bevor WTC 7 einstürzte (Anmerkung: Viele wissen ja noch nicht einmal, dass es einen dritten Einsturz gab!), schon davon? Bei dem „Livebild“ konnte man das Gebäude im Hintergrund noch sehen, obwohl es doch hätte weg sein müssen! Wie geht das? Wieso ist es überhaupt eingestürzt, obwohl es doch gar nicht getroffen wurde. Im offiziellen Abschlussbericht wird dieses Gebäude nicht einmal erwähnt, ein Hochhaus mit 47 Stockwerken wird nicht erwähnt! Einfach „vergessen“ worden im Bericht. Was befand sich überhaupt in WTC7? Unter anderem CIA und FBI. Interessant, findest du nicht? Hunderte von Piloten bestätigten, dass man in dieser Höhe und bei der Luftdichte NIEMALS 600 Meilen/Std. fliegen kann, was ja laut Videoauswertung die Geschwindigkeit der „entführten" Flugzeuge gewesen sein soll. Nicht einmal ein Pilot mit jahrzehntelanger Erfahrung könnte das! Aber ein Mann (Atta), der ein paar Flugstündchen auf einer Propellermaschine absolviert hatte, und dabei noch schlecht war, der konnte das! Warum haben alle Fernsehbilder der „Einstürze" von den Twin Towers einen anderen Hintergrund? Manchmal bräunlich, milchig, hellblau oder dunkelblau? Sogar der Rauch ist weiß oder in anderen Bildern plötzlich schwarz. Auch die Häuser rund um die Türme stimmen so nicht in Wirklichkeit und waren meist schwarz. Eines der schönsten „Live"-Bilder war jenes, bei dem sich im Hintergrund die Verrazano Narrows Brücke bewegt, obwohl die Kamera stillhält, ja sie fährt förmlich weg...

https://www.youtube.com/watch?v=2hyvcxYXRTA

Diese Brücke befindet sich übrigens nicht, wie im Video zu sehen, direkt hinter den Türmen, sondern viel weiter weg. Zudem gibt es kein Gebäude in New York, das auch nur annähernd die Höhe der WTCs hatte. Die Livebilder sind aber genau von gegenüber gefilmt. Teilweise sieht man sogar das Dach von oben! Vom Hubschrauber können die Aufnahmen nicht stammen, da sich die Bilder nicht bewegen. Warum berichten alle Feuerwehrleute von Explosionen im Keller der Gebäude? Warum waren die Männer staubbedeckt, als sie das Haus verließen, obwohl die Türme erst kurze Zeit brannten und noch standen? Warum wurden schon Sekunden vor dem Einsturz bei den Seismologen heftige

Erschütterungen auf der Richterskala aufgezeichnet? Wie ist es möglich, dass im Dezember immer noch glühendes flüssiges Metall im Boden war? Was macht es eigentlich möglich, dass zweihunderttausend Tonnen von Metall in Sekunden pulverisieren? Nicht zu vergessen die über dreiundvierzigtausend Fenster sowie fast das gesamte Mobiliar und fast fünfundzwanzigtausend Kubikmeter Marmor! Und wieso berichten alle, dass der Staub so heiß war und auf der Haut brannte? Es war auf jeden Fall das erste Mal in der Geschichte, dass ein Hochhaus nach einem Brand einstürzte. In diesem Fall sogar drei! Und das noch in Fallgeschwindigkeit! Was bedeutet Fallgeschwindigkeit? Stell dir vor, du springst vom 10-Meter-Brett ins Wasser. Diese Geschwindigkeit IST Fallgeschwindigkeit. Du hast kein Hindernis unter dir, also keine hunderte von Stockwerken. Es gab mehrere Gebäude bzw. Hochhäuser weltweit, die teilweise Stunden brannten. Keines stürzte ein oder pulverisierte gar zu Staub! Wie konnten Menschen aus Flugzeugen bei Verwandten anrufen und sagen, dass sie entführt werden, obwohl es da oben gar keinen Empfang gibt? Viele der vorgespielten Anrufe klangen etwa so: „Hallo Mutter, ich bin es, dein Sohn James Richter. Wir werden gerade entführt und ich wollte mich von dir verabschieden, falls wir abstürzen!“ Wer meldet sich denn bei vollem Namen? Und das noch ganz ruhig und deutlich, anstatt in Panik? Ich sprach mit einem befreundeten Stewart, der mir bestätigte: Da oben hast du definitiv keinen Empfang. Es soll sogar bei mindestens einer der Maschinen nicht einmal ein Bordtelefon für Passagiere gegeben haben. Die nächste Frage wäre: Wer hat eigentlich die Gespräche aufgenommen? Also wenn du telefonierst, müsste ja auch jedes Gespräch aufgezeichnet sein, oder? Oder ruft man vor jedem Flug bei seinem Anbieter an und bittet darum, die Gespräche aufzunehmen, falls etwas passiert? Passt doch irgendwie alles nicht zusammen. Wie kann ein Flugzeug komplett im Pentagon verschwinden und mehrere Betonwände durchbrechen? Oder die Absturzstelle des vierten Flugzeugs in Pennsylvania. Dort wurden keine Flugzeugteile, geschweige den Koffer oder Leichenteile gefunden. Übrigens sollen an diesem Tag auch Bomben am Capitol und am Weißen Haus explodiert sein. Wie, nie davon gehört? Dann schau mal die Tagesschau vom 09.11.2001 auf deinem Videoportal an. Komischerweise kam diese Meldung nur an diesem Tag. Später war davon nie mehr die Rede. Nichts Besonderes halt. In den Öffentlich-Rechtlichen und deren Zweitsendern wird übrigens jedes Jahr zur gleichen Zeit immer noch der alte „offizielle“ Unsinn verzapft. Was ist eigentlich nach dem 11. September passiert? Die Sicherheitsbestimmungen wurden angezogen. Es wurde verboten, Flüssigkeiten in bestimmter Menge mit an Bord zu nehmen. Wieso denn das? Die „Entführer“ hatten doch angeblich Teppichmesser? Und wo wir gerade bei denen sind. Da ja schon ein Tag später jeder wusste, wer für die Anschläge verantwortlich war, also Bin Laden und seine 17 Schergen, meldeten sich mehrere von denen, die auf den Fotos zu sehen waren, und beteuerten, dass sie noch am Leben seien. Sogar Osama sagte gleich darauf, dass er mit dem Anschlag nichts zu tun habe. Reaktion darauf: Keine! Unwichtig. (Bin Laden war früher übrigens selbst in der CIA. Und die Taliban werden nachweislich von Amerika finanziert.) Osama bin Laden war bei diesem Jahrhundertereignis genau so ein Bauernopfer, wie Lee Harvey Oswalt beim Kennedy Attentat. Ach ja, von einem

„Terrorist" fand man ja einen Tag später schon den Reisepass im Trümmerfeld. Keine Flugzeugteile, keine Bürostühle, aber der unversehrte Pass, klaro! Übrigens waren die „offiziellen" Amateurvideos von Menschen gefilmt, die komischerweise alle etwas mit Film- und Videotechnik zu tun hatten! Nur mal so nebenbei: Es sind ganz viele Helfer und Hunde von Ground Zero alsbald schwer erkrankt oder schon verstorben. Alles durch Betonstaub? Ach ja, Afghanistan wurde ja auch noch überfallen. Ich kann gerade zu diesem Thema über hunderte Umgereimtheiten schreiben, aber ich will, dass du es selbst herausfindest – sofern du es willst.

Meine Video-Tipps:

Robert Stein: Das Megaritual

Robert Stein: Nuke into reality

Loose Change 2nd Edition

11. September 2001 – September Clues – Keine Flugzeuge – komplett

Daniele Ganser: Medial vermittelte Feindbilder und die Anschläge vom 11. September 2001

9/11 erklärt von Dr.Judy Wood

In der „Sexaffäre" Lewinski/Clinton wurde 1998 mehr Geld zur Aufdeckung ausgegeben als bei dieser Katastrophe hier! Allein das macht es schon mehr als verdächtig, dass da einiges nicht stimmt! Ich finde, dass es einfach zu viele Ungereimtheiten sind und dass man die offizielle Version ruhig in die Tonne kloppen kann. Wobei ich hier nur einen Bruchteil der fragwürdigen Fakten nenne. Es gibt hunderte davon. Aber ich will, dass ihr euch selbst überzeugt, sonst würdet ihr mich für verrückt halten, wenn ich euch zum Schluss noch sage, dass es gar keine Flugzeuge waren, die da einschlugen/explodierten. Wo waren da immense Luftverwirbelungen, als sie „eintrafen“? Was passiert denn, wenn eine U-Bahn an dir vorbeifährt? Richtig, sie zieht eine enorme Luftverwirbelung hinter sich her. So etwas gab es bei den Fliegern, die mit 600 km/Std eingeschlagen haben sollen, nicht. Nein, im Gegenteil! Da ging sogar das Feuer in die Richtung, ohne diese „Gegenwehr“, die diese Luft hätte verursachen müssen durch die Wirbelschleppen. ☺

Keine Flugzeuge:

https://www.youtube.com/watch?v=uyaLQkOuByq

Zufällig fanden an diesem Tag Militärübungen für genau so einen Fall statt. Falls Amerika von Attentätern angegriffen werden würde. Noch etwas: Nein, ich glaube nicht alles, was ich sehe. Da aber gerade in diesem Fall so viel gegen die „offizielle“ Version spricht und nichts zusammenpasst, wäre es wünschenswert, dass auch du in Zukunft sofort alles hinterfragst, wenn du denkst oder merkst, dass etwas merkwürdig ist!

Noch ein Zahlenspiel zum Schluss:

11.09.2001 11+9+2+1= 23!

Warum ein Zahlenspiel? Merke dir bitte immer genau die Zahlen, es folgen noch mehr...

Die Medien und die „echten“ Nachrichten

Unsere größte Tageszeitung Bild, wurde damals mit sieben Mio. Dollar von der CIA gegründet. Und genau diese ist nichts anderes als ein Propagandablatt, das immer nur am Hetzen ist. Bestes Beispiel: die Griechen. Die Verantwortlichen hetzen und drucken Menschen mit „Kein Geld für Griechenland“-Zettelchen in der Hand. Was hat das für einen Zweck? Wissen die Leute eigentlich, was sie da machen? Das Titelblatt ist generell immer mit einer großen „Hetzüberschrift“ versehen, damit du die Zeitung schnell kaufst und dir KEINE eigene Meinung bildest. Das Schöne ist, dass sie enorme Umsatzeinbrüche hat, das aber natürlich nicht öffentlich meldet. Wäre sie ja blöd! Das bedeutet für mich, dass immer mehr aufhören, diesen Bullshit zu lesen und zu glauben. ☺ Die wissen immer als erstes Bescheid, wo etwas passiert. Die schreiben auch so lange gegen einen Trainer, bis er endlich auf dem Schleudersitz Platz nimmt und vom Verein herausgeworfen wird. Bravo, gut gemacht! Damit sie sich später auf die Schultern klopfen können: „Prima wir haben es zuerst geschrieben!“ Sollte es nicht so sein, verschwindet das Thema einfach wieder unter dem Tisch, weil es sich vermutlich um eine Falschmeldung handelte, der sogenannten Zeitungsente. Übrigens ist es verboten das Reporter oder Redakteure dieser Zeitung Anti-amerikanisch schreiben bzw. berichten dürfen. Na warum wohl nicht?

Hier noch ein paar schöne Beispiele, bei denen die offizielle Berichterstattung auch voller Lücken war, oder aus erfundenen

Berichten bestand. Ich möchte zunächst auf einen Fall eingehen, der nicht so große Beachtung fand.

„Das Sandy Hook Massaker“

Die Amerikaner nenne es „The Sandy Hook Hoax“, also „Der Sandy Hook Scherz“. Sehr merkwürdig war das angebliche Massaker mit 27 Toten an der Sandy Hook Schule am 14. Dezember 2012 im US-Bundesstaat Connecticut in der Kleinstadt Newtown, das von einem gewissen Adama Lanza begangen worden ist bzw. sein soll. Aber nehmen wir an, die offizielle Story stimmt. Wenn wirklich 27 Menschen von Adama Lanza ermordet wurden, dann müsste dieses Verbrechen in der Kriminalstatistik erscheinen, müsste man jedenfalls meinen. Ich habe mir die Kriminalstatistik des FBI für den Bundesstaat Connecticut und für das Jahr 2012 angeschaut. Sehr erstaunlich, die Zahl der Morde in der Stadt Newtown liegt bei null. Einfach kein Eintrag! Das wurde bestimmt in der Hektik vergessen! Mal ein paar Fragen: Warum musste die nach dem ersten Notruf eintreffende Polizei eine Viertelmeile vom Haupteingang der Schule entfernt parken, statt umgehend einzugreifen? Wo waren eigentlich die Rettungshubschrauber? Es wurde doch behauptet, dass etwa 20 Kinder und sechs Lehrer angeschossen beziehungsweise erschossen worden waren und niemand holte einen Rettungshubschrauber? Warum durften die Sanitäter, die sich in der etwa 500 Meter entfernten Feuerwache aufgehalten hatten, nicht in das Gebäude? Wer hatte eigentlich all die 26 Menschen innerhalb der ersten elf Minuten für tot erklärt? Laut Gesetz dürften dies nur Ärzte tun, waren aber noch gar keine vor Ort!

Warum gab es eigentlich nur Tote und keinen einzigen Verletzten? In die Schule gingen 600 Kinder, aber nur eine Handvoll berichtete danach vom Geschehen. Selbst deren Geschichten wichen extrem vom „offiziellen" Geschehen ab. Ein „Vater" namens Robbie Parker gab ein paar Tage später ein „Interview" für das TV, merkte wohl noch nicht, dass die Kamera lief und lacht! Als er dann anfing, zu reden, wurde er ganz bedrückt und erzählte „seinen" Text. Als das Gespräch beendet war, lachte er übrigens wieder. Oder ein Interview mit der ganzen Familie einer gewissen Vicki Soto. Die drei Geschwister grinsten ständig... Auch andere „Eltern" taten genau dasselbe in diversen Interviews. Schau dir mal „The Happy Sandy Hook Actors" an. Interviews, die 48 Stunden nach dem „Unglück" geführt wurden. Keine Tränen, nur glückliche Verwandte. Eine „heult" sogar und lacht kurz darauf wieder. Eine „Augenzeugin" sagte vor laufender Kamera während eines Interviews zu einem Reporter der CBS: „I got another Text from CBS." Das wurde natürlich sofort ausgeblendet. Der Nachteil, wenn es halt mal wirklich „Live" ist. Was soll das bedeuten, sie habe einen anderen Text von CBS bekommen? Also sollte sie etwas ganz anderes in die Kamera sagen?

Aussage in CBS:

https://www.youtube.com/watch?v=YBa2NqfqTMA

Reporter berichten von Kindern, die blutüberströmt aus der Lobby rannten. Polizeivideos aus dem Inneren des Gebäudes zeigen leider keinen Tropfen Blut. Vielleicht war der Tatortreiniger schon da...

Angeblich wurde 150-mal vom „Täter“ geschossen. Eine „Krankenschwester“ spricht aber von nur etwa fünf Schüssen. Der Täter richtete sich (natürlich) selbst hin. Lt. Vance behauptet, er lag im Flur. Im offiziellen Report steht, er lag in Zimmer 10. Das Ganze soll sich in drei Minuten abgespielt haben, also von 9:30 Uhr bis 9:33 Uhr, da der „Notruf“ schon um 9:35 Uhr bei der Polizei einging.

Hier das gefundene Waffenarsenal. Wie man bei einigen sieht, sind die Magazine noch voll. Da hat er wohl noch kurz vor seinem Selbstmord, nachdem er 150 Schuss abgegeben hatte, nachgeladen. Kinder, die bei der „Tragödie“ ums Leben kamen, sangen 2013 beim Superbowl Finale mitten auf dem Rasen, auf der NFL Flagge.

Die Kinder sind quicklebendig und sangen:

https://www.youtube.com/watch?v=v1wsMJ7VyFc

Und zu guter Letzt: Die Schule soll zu diesem Zeitpunkt geschlossen gewesen sein und das sogar schon fünf Jahre! Was passierte nach dem „Massaker" wieder einmal als erstes? Genau, das Waffengesetz wurde verschärft. ☺ Für mich übrigens unbegreiflich, dass man überhaupt eine Waffe besitzen darf. Für was denn bitteschön? Sie dient doch nur einem Zweck und jeder, der eine hat, wird sie auch irgendwann benutzen. Ansonsten könnte er sie ja abgeben, oder? Außerdem frage ich mich, wie eigentlich ein junger, schmächtiger Mann wie Adam Lanza, der unter Autismus und/oder dem Asperger-Syndrom gelitten hat, mehrere Waffen, Handgranaten und Munition schleppen und auch noch Präzisionsleistungen in der Bedienung von Waffen vollbringen konnte. Ich verstehe nicht, wie er, bevor er sich selbst erschoss, sein Arsenal noch fleißig nachlud... alles in drei Minuten. Nur Ungereimtheiten, nie klingt es plausibel und verständlich, merkst du das nicht? Sandy Hoax actors:

https://www.youtube.com/watch?v=bhTqMoccVmY

Hier wieder ein Zahlenspiel:

14.12.2012 1+4+1+2+2+1+2= 13!

Der Germanwingsabsturz

Was war mit dem Flugeug"absturz" der Germanwings? Da schreibt unsere Tageszeitung nach kurzer Zeit, sie habe in den Trümmern ein Handy gefunden. Darauf sei ein Video gespeichert, das den Absturz filmte. Zu sehen und zu hören war genau das, was vermutet wird, von wegen Pilot klopft an die Tür bla bla... Diese Nachricht stand so in dieser Zeitung. Es war kein Helfer, der es gefunden hat, nein, ein Reporter der Zeitung! (Anmerkung: Einen Link hierzu kann ich leider nicht setzen, da man sich dort anmelden muss, um es zu lesen, aber es ist noch online.) Der darf das einfach so mitnehmen? Und auswerten? Darf im Trümmerfeld spazieren gehen? Sieht etwas, was sonst keiner gesehen hat? Kurz danach war davon nichts mehr zu hören oder zu lesen. Wie kann man so eine Meldung überhaupt bringen? Wenn ich Hinterbliebener wäre, würde ich das Blatt verklagen! Wieso hieß es eigentlich immer, der Kapitän verließ das Cockpit? Wurde er dabei live via Satellit gefilmt? Wer hat so eine Nachricht vor dem Absturz nach „unten" gebracht? Wer sagt denn, dass man genau ihn auf dem Voice Rekorder klopfen hört? Wieso war genau er das? Es kann doch keiner gesehen haben und Funkverkehr gab es ja auch keinen. Auch dass der Co-Pilot ja so schwer krank gewesen sein soll, wurde von einigen dementiert. Davon liest du aber komischerweise nichts. Klar, die lügen bestimmt, lohnt sich nicht, abzudrucken. Auch genau diese Zeitung schrieb schon kurz nach dem Absturz, der zweite Voice Rekorder sei gefunden worden, aber leer. Über eine Woche später fand man den zweiten noch einmal und es war etwas aufgenommen worden. Ja was denn nun? Erstens ist eine Black Box nie leer (hätte ja auch keinen Sinn!) und zweitens gibt es den Zweiten nicht zweimal. Geiles Wortspiel! Das Trümmerfeld zog sich über mehrere Kilometer, was bei einem „Absturz" auch nicht der Norm entspricht. Ebenso wenig ist es typisch, dass das Hauptfeld ausah, als hätte einer alles in winzige Konfettiteilchen zerrissen. Warum fragt denn da keiner nach? Alle nehmen es so hin. Wie im Fall 9/11 gibt es auch hier so viele Ungereimtheiten, dass die offizielle Version für mich nicht plausibel klingt.

Nette Doku zum „Absturz":

https://www.youtube.com/watch?v=76smk0E0Ew4

Hier wieder ein Zahlenspiel:

24.03.2015 24-3-2-1-5= 13!

Unplausible Erklärungen auch bei folgenden Ereignissen:

Bombenanschlag vom Bostonmarathon im April 2013

Abschuss der Maschine MH17 in der Ukraine Juli 2014

Charlie Hebdo im Januar 2015

Oregon Attentat im Oktober 2015

Aurora im Juli 2012 bei der Batman-Premiere, als ein Mann ins Kino stürmte

Ganz aktuell Oktober 2015, die russiche Maschine, die über Ägypten abgeschossen wurde, sorry, abgestürzt ist. Dort überall sieht es ja ähnlich aus, es bleiben immer mehr Fragen übrig als Antworten.

Am folgenden Beispiel möchte ich dich einmal prüfen:

Die Challenger-Katastrophe

1986 waren wir alle, soweit wir es schon wahrnehmen konnten, bei der Katastrophe der Challenger dabei, als die Rakete kurz nach dem Start explodierte. Alle trauerten um die Crew. Doch einer Nachricht, die vor Kurzem im Netz kursierte, musste ich nachgehen und heraus kam Folgendes:

https://www.youtube.com/watch?v=4TJVhdPtEkE

Sie tragen angeblich heute noch dieselben Namen:

https://www.youtube.com/watch?v=PxqhU6nEy6c

Die haben wahrscheinlich alle Doppelgänger. ☺ Einer, vielleicht zwei könnten sich ähnlich sehen, aber gleich sechs? Ich habe das Beispiel in das Buch aufgenommen, weil man ja heute NIEMALS weiß, was echt oder fake ist. Ist es nicht aber meistens so, dass alles, was zu unglaubwürdig klingt, erstmal als Fake festgemacht wird? Warum ist das so? Weil es nicht in die öffentlichen Medien kam. Also muss es falsch sein. Das ist genau das, was wir glauben sollen. Aber es macht unglaublichen Spaß, danach zu recherchieren. Und meist stößt man auf Ungereimtheiten. Damit möchte ich dir nur aufzeigen, dass du nicht alles gleich als echt oder falsch „abstempeln" sollst, sondern einfach mal selbst nachschauen solltest, was an einer Geschichte dran ist. Also SELBSTinitiative ergreifen. Es ist vollkommen irrelevant, ob das hier stimmt oder nicht. Wenn in der B...zeitung steht, dass Impfen gesund ist, glaubst du es komischerweise. Warum dann das hier nicht? Natürlich ist das Internet voller Fakes, was aber, wenn es stimmen würde?

Und wieder ein Zahlenspiel:

28.01.1986 2+8+1+1+9+8-6= 23

Freitag der 13./Paris „je suis paris"

Da das Ereignis noch zu viele Spekulationen zulässt, da es erst vor Kurzem passiert ist, solltest du folgende Zeilen einfach lesen und nachdenken. Als ich gerade in den letzten Zügen dieses Buches saß, passierte der „Terrorakt" während des Fußballspiels Frankreich vs. Deutschland. Sofort war ich hellwach und beobachtete und hörte genau hin, was da passierte. Ich finde, die ersten Meldungen sind immer die wichtigsten während so eines Großereignisses, da oft Nachrichten an die Öffentlichkeit gelangen, die man danach nicht mehr hört. So wie beim Germanwingsabsturz mit den zwei zweiten Blackboxen oder dem gefundenen Handy. Bei 9/11 waren es am selben Tag ja die Bomben, die angeblich am Capitol und am weißen Haus explodierten. Ich fange mal mit der Berichterstattung des zeitgleich (welch Zu-Fall) stattfindenen Länderspiels an. Den Anstoß machten Müller (13) und Gomez (23). Spielminute 16:23 erster Knall. Reporter sagt nach langem Schweigen: „Ich weiß nicht, ob Sie das laute Geräusch gehört haben, da wird einem mal kurz anders, klang wie eine Explosion, die Leute schauen sich um hier, nichts zu erkennen, nach einer Bombendrohung gegen DIE (korrigiert sich schnell) DAS Hotel der deutschen Mannschaft heute, wird einem dann schnell mal mulmig." Dann wird wieder folgende Spielszene kommentiert: „Khedira versuchts, zu genau, mit vollem Risko" (genau das hat er im Spiel nicht, sollte eine Flanke werden!) Gomez (23) wird eingeblendet, um sofort wieder auf die Bombendrohung mittags einzugehen. Dann wieder: „Sicherheitsstufe ist enorm hoch hier... es sind hochrangige Politiker im Stadion und zwar Hollande und Frank Walter Steinmeier, der Platz ist nicht so gut wie es den Anschein haben könnte." Meinte er das Spielfeld oder deren Plätze? Dann Einblendung der genannten zwei Politiker, die sich angeregt unterhalten. Warum wurde dann nicht schon sofort abgebrochen? 19:34 zweiter Knall. Beim Knall johlt die Meute, die Spieler scheinen unbeeindruckt. Da sagte der Reporter: „Der nächste laute Knall und viele Menschen, die sich ängstlich umschauen!“ Dann wieder Stille, nächste Szene Gomez (23) kommt Zu-Fall. Und genau die Szene wird als nächstes kommentiert.

Erste Halbzeit. Wichtig! Nicht auf die Timeline schauen, sondern auf die richtige Spielzeit oben.

http://www.ardmediathek.de/tv/Sportschau-live/Frankreich-gegen-Deutschland-die-erste/Das-Erste/Video?documentId=31648840&bcastId=723230

Minute 55:08. Vom Reporter: „23 Spieler auf der Bank...“ Danach wird Gomez mit der 23 eingeblendet. Dann erstmal sekundenlang Stille. Dann spricht der Reporter weiter: „Ja, bei 23 Spielern auf der Bank, bei dem Satz hat mich unsere Redakteurin unterbrochen, ähm, bei den Nachrichten, die jetzt bekannt werden, fällts schwer über Fußball zu sprechen, ganz ehrlich. Es soll Explosionen in der Nähe des Stadions gegeben haben, ... dazu soll es eine Schießerei gegeben haben, auch mit mehreren Toten. AUCH aus dem Grund ist Hollande aus dem Stadion gebracht worden... wie lapidar und wie unwichtig erscheint da ein Fußballländerspiel hier in Paris...“ Direkt das nächste war das Foul an natürlich Gomez (23). Es wird unendlich wiederholt und war auch sofort wieder das Wichtigste für den Reporter. „Gomez klar ZU-FALL gebracht... guter Einsatz von Gomez... Frankreich hat großes Glück, dass es hier keinen Elfmeter gegen sich bekommt...“ Und genau danach geht er wieder auf die Schreckensmeldungen ein. Aber diese eine Szene scheint trotzdem so wichtig gewesen zu sein, dass sie ausgeschlachtet wurde, aber warum? Nach kurzer Zeit ist wieder nur noch das Spiel wichtig. Zwischendurch kommen wieder Meldungen von drei Explosionen in der Nähe des Stadions. Hier wieder die Frage: Wenn ER es alles wusste, wussten es wohl fast alle im Stadion, trotzdem kein Abbruch, warum nicht? Die Politiker sind doch auch schon „evakuiert“ worden. Auch komisch erscheint, dass die Zuschauer so ruhig blieben. Da müsste doch mindestens bei jedem zweiten das Handy gebimmelt haben. So ab der 75. Minute leerten sich auch die Ränge, aber ganz entspannt, keine Panik. Ich finde das äußerst merkwürdig. Was würdest du machen, wenn du davon erfährst? Sitzen bleiben und Fußball schauen oder schnellstmöglichst raus da?

Die zweite Halbzeit:

http://www.ardmediathek.de/tv/Sportschau-live/Frankreich-gegen-Deutschland-die-zweit/Das-Erste/Video?documentId=31650662&bcastId=723230

Danach ist High-Life auf allen Fernsehsendern, endlich wieder ein Großereignis, wo alle einschalten! Wer spricht zuerst, noch vor Hollande? Natürlich Barack Obama! Ruckzuck war er parat. Überall wird dasselbe berichtet. Bilder gibt's nur von Polizisten, Krankenwagen und aus dem Stadion. Ansonsten nur larifari. Bis ein paar selbstgefilmte Handyvideos auftauchen und (nach Bearbeitung) pausenlos gezeigt werden. Auch am nächsten und übernächsten Tag ist die Berichterstattung ähnlich, wird nur noch getoppt von langweiligen „Experten“, die ihre professionelle Meinung zum Besten geben. Langsam kommt ja ans Licht, „Wer“ es war, obwohl (angeblich) alle Terroristen ums Leben kamen oder erschossen wurden. Tote können nicht mehr sprechen! Und der erste Pass wird gefunden (also beides genau wie bei 9/11 und

Charlie Hebdo...). Irgendwie wiederholt sich die Geschichte, alle gleich dumm, machen alle dieselben Fehler. Wer genau die Attentäter waren, erfährt man natürlich nicht bildlich. Es wird dir im TV gesagt, wer es war, es wird also nur ausgeprochen, mehr nicht. Mir erscheint das fast unglaublich, einfach in ein Konzert zu spazieren, um sich zu schießen und sich danach selbst in die Luft zu sprengen. Wer hat eigentlich GESEHEN, dass sie Sprenstoffgürtel trugen? Ich habe keinen Zeugen gehört, der so etwas gesagt hat. Und WENN es wer auch immer gesehen hätte, dann wahrscheinlich kurz bevor er gezündet wurde. Das hätte derjenige wohl nicht überlebt, oder?

Hier sind übrigens „Attentäter" zu sehen, die (ebenfalls wie bei 9/11) widersprechen dafür zuständig zu sein, da sie noch leben:

http://brd-schwindel.org/terror-in-paris-selbstmordattentaeter-sind-quicklebendig/

Warum kommt darüber nichts in den Nachrichten? Die Band „Eagles of Death Metal" spielte übrigens zu dem besagten Zeitpunkt den Song: „Kiss the Devil". Nur zwei Monate zuvor hatten die Eigentümer das Theater verkauft (ähnlich wie die Twin Towers bei 9/11, dort wurden sie extrem hoch versichert gegen Terroranschläge!). Frankreich ist übrigens vorher UND direkt nach dem Attentat Einsätze über Syrien geflogen. Wahrscheinlich werden jetzt (wie immer nach Attentaten) wieder die Sicherheitsmaßnahmen verschärft, zu Lasten der Bürger. Übrigens fanden genau an jenem Tag Militärübungen gegen Terrorismus statt, Parallelen zu 9/11 sind zu-fällig. Vieles ist nur eine Annahme meinerseits, aber es ist echt zum Verrücktwerden, dass bei solchen Ereignissen immer Zahlen und Daten eine große Rolle zu spielen scheinen. Was das alles mit dem Fußballspiel zu tun hat? Das weiß ich leider nicht, aber es tauchen immer die bestimmten Zahlen auf, und zwar immer zum „richtigen" Zeitpunkt. Immer wieder die Zahlen 13 und 23. Freitag der 13. war übrigens ein bedeutender Tag vor 700 Jahren und zwar genau in Paris! Dort wurden alle Tempelritter festgenommen, finde raus warum!

http://de.verschwoerungstheorien.wikia.com/wiki/Tempelritter

13.11.2015 Hier muss man etwas anders vorgehen 13x11+2=145 2015:145= 13!

Kurz zuvor, am 31. September, stürzte eine russische Passagiermaschine über Ägypten ab. Der russische Inlandsgeheimdient gab danach eine Meldung heraus, dass es durch eine Bombe verursacht worden sein muss, allein schon weil das Trümmerfeld (wie bei Germanwings) über mehrere Quadratkilomter verteilt war. So etwas kann nur passieren, wie auch Augenzeugen berichten, wenn eine Maschine in der Luft explodiert. Wo stand davon etwas in den Zeitungen oder wurde im TV darüber berichtet? Warum gab es da keine Anteilnahme, ob Bombe oder Absturz? Wo waren da die netten „Gesichtsfahnen" mit russischer Flagge auf Facebook? Dort sind doch sogar 224 Menschen umgekommen, also erheblich mehr als in Paris. Warum wird da nicht getrauert? Es wurde sogar nicht einmal groß von den Medien wahrgenommen. Fassungslos machte mich am nächstes Tag, wie alle ihr Gesicht auf Facebook in den Landesfarben Frankreichs einhüllten. Ich dachte echt, mich tritt ein Pferd. Das waren auch genau diejenigen, die immer nur Langweiliges aus ihrem noch langweiligeren Leben posten. Eine Frage: Warum? Antwort: Weil ALLE es machen und du so dein Mitgefühl zeigst! Ich mache das nicht, weil ich AKTIV etwas unternehme, um Menschen zu helfen. Ein Bild verändern und ein Kerzenbild posten kann jeder. Oder halt, noch besser, das „Peace-Zeichen" als Eifelturm. Du weißt ja nicht einmal, was das bedeutet. Aber egal, alle haben es, es muss gut sein! Diese Kreuzform wurde in aufrechter und umgekehrter Stellung verwendet. Aufrecht symbolisiert es Leben und umgekehrt das Böse und den Tod. Dr. Gerhard Encausse bezeichnet es in Traité de Science Occulte (Wissenschaft des Okkultismus) als das beliebteste Symbol der Anhänger aller Jahrhunderte. **Es verhöhnt den allmächtigen Gott und setzt das Vertrauen auf den Teufel.**

http://www.shadees-lichtportal.de/wichtige-aufklärende-themen/neu-achtung-beim-auf-dem-kopf-stehenden-ypsilon-y/

http://www.gott-ist-gut.com/willst-du-es-wissen/2727-was-steckt-hinter-dem-peacezeichen.html

Ich weiß nicht, wer für den Anschlag verantwortlich ist, jedoch können nicht alle dazugehören, die öffentlich benannt wurden, da mindestens einer sich (wie damals an 9/11) lebend meldete und zwar Brahim Ouanda aus Belgien. Davon nimmt aber keiner Notiz. Eigentlich ist mir scheißegal, wer es war. Tatsache ist: Es sind wahrscheinlich unschuldige Menschen gestorben. Die Konsequenz daraus wird sein, dass noch viel mehr Unbeteiligte in Syrien sterben werden. Das ist genau das, was die da oben wollen. Vor allem Angst schüren und du folgst denen. Da siehst du, wie sie dich

„im Griff" haben. Machst du das auch für Syrien, Irak oder Afghanistan? Nein, weil das wird ja nicht so ausgeschlachtet in den Medien, da bekommt man NICHT dieses Gefühl, mitzutrauern. Das ist ja außerdem unser Feind, stimmts? Nein, die syrischen Menschen sind nicht unser Feind, aber deine Medien sagen es dir und du sagst es auch, plapperst es sozusagen nach! Es sind genauso Menschen aus Fleisch und Blut. Wenn du spätestens jetzt immer noch nicht gemerkt hast, dass du Teil der Masse bist, hast du aber auch rein gar nichts verstanden. Fazit: Dieser Anschlag wird wieder dazu benutzt, um „zurückzuschlagen mit aller Härte". Es wird wieder ein Krieg legitimiert, natürlich gegen den Terror, sowie erneut verschärfte Überwachungen gerechtfertigt.

Die ewig gleichen Meldungen

Ist dir nicht aufgefallen, dass die Nachrichten im jedem Sender gleich sind, obwohl doch alle eigene Reporter rund um die Welt haben? Aber die Nachrichten, die gesendet werden, kommen immer aus ein und derselben Quelle. Es steht immer darunter: Quelle „Reuters" oder „dpa". Schauen wir doch nur einmal auf „Reuters". Die größte Nachrichtenagentur weltweit mit Sitz in London. Mit Hauptschwerpunkt Wirtschaftsthemen, ach wie überraschend... Und eine Londoner „Firma" ist also auch für den deutschen Markt zuständig? Was machen unsere heimischen Reporter eigentlich, also außer über Fußball und ein paar regionale, unwichtige Sachen zu schreiben? Da sind doch immer Bilder mit Reportern vor Ort in z. B. Krisengebieten zu sehen, wobei der Hintergrund meist auch aus dem Studio kommt... Aber die schreiben genau das gleiche wie diejenigen, die von hier berichten. Also lautet das Motto da auch: „Einer für alle, alle für einen?“ Die Message ist auf allen Sendern immer dieselbe. Sind da keine Reporter dabei, die vielleicht etwas ganz anderes zu sagen hätten, es aber nicht machen. Warum? Weil sie dann sofort ihren Job los wären. Also Karriere vor Wahrheit! Das alles hat mit seriöser Berichterstattung nichts zu tun. Einer, der aus dem System ausgestiegen ist, und seitdem auf dem Videportal für enormes Aufsehen sorgt und Hundertausenfach angeklickt wird, ist Ken Jebsen. Ken war selbst für einige TV-Sender tätig, bevor er sich sagte: „Da mache ich nicht mehr mit!“ Als Einstieg, damit ihr wisst, was er weiß, und es nur allzu gern sagt, schaut euch „Wie wir von den Medien manipuliert werden“ an. Eine Stunde und 18 Minuten, die sich lohnen. Verzichte mal auf deine gewohnten Mittagssendungen und höre dir das an. Danach verstehst du ganz genau, um was es geht. Im Moment haben es schon über 244.000 gesehen und ich hoffe, du bist einer der nächsten. Auch alles von Andreas Popp ist anschauenswert. Bitte prügelt jetzt nicht mit dem unmöglichen Wort „Verschwörungstheoretiker“ auf mich ein. Jede Aussage beruht nämlich auf einer Theorie. Also wäre ja dann jede Aussage eine. Auch die von Reportern. Wenn nämlich das alles Fakt wäre, was sie sagen, bräuchte man es nicht hinterfragen. Einfache Antwort. Hast du dich eigentlich schon einmal gefragt, warum Edward Snowden zum Staatsfeind Nr.1 ausgerufen wurde? Was weiß er, was auf gar keinen Fall an die Öffentlichkeit darf? Wir werden es leider wohl nie erfahren, aber es hat bestimmt etwas mit der Wahrheit, die wir nicht wissen dürfen, zu tun.

Der Klimawandel

Auf dieses Thema möchte ich nur kurz eingehen, denn es kommen auch immer mehr Ungereimtheiten ans Tageslicht, natürlich nicht an das öffentliche. Ein deutscher Insider berichtet im Internet, wie Regierungsstellen ihn zwingen, seine Messdaten und Studien zum Klimawandel zu manipulieren, damit sie die offizielle Klimapolitik stützen. Man berichtet „öffentlich", dass die Polkappen schmelzen, was in der Evolution übrigens ein normaler Prozess ist. Man berichtet aber nicht von den Stellen, an denen das Eis extrem zugenommen hat. Grönland war früher sogar eisfrei! Klimawandel gab es schon immer. Über Jahrtausende! Der CO_2-Ausstoß beträgt gerade mal 0,038%. Er soll also nur unwesentlich dafür verantwortlich sein. Treibhausgase, die wirklich gefährlich sind, sind Methan und Stickoxide und nicht CO_2! Darüber sollte man sich mehr Gedanken machen. Bitte nicht falsch verstehen: Ich bin auch für saubere Luft, Vorreiter sind ja fast immer die Deutschen. Wenn ich beispielsweise die Dunstglocke, die täglich über Peking hängt, wo man nur noch mit Mundschutz vor die Tür geht, sieht, bin ich froh, dass es hier nicht so ist. Es ist aber trotzdem ein Milliardengeschäft bei uns mit dem Klima. Die CO_2-Theorie ist übrigens nirgendwo wissenschaftlich belegt, deshalb heißt es ja auch Theorie. ☺

Klima:

http://www.wahrheiten.org/blog/klimaluege/

Und wenn du glaubst, dass, wie so oft behauptet wird, Erdöl langsam knapp wird, liegst du auch falsch. Es wird nur behauptet, damit sie es noch teurer machen können. Wer sagt eigentlich, dass es den „Ölscheichs" gehört? Es gehört, wenn überhaupt, der Erde oder uns allen, oder? Diese Penner haben Milliarden und machen nichts dafür, außer ihren Kittel spazieren zu tragen. Und wir zahlen teuer dafür, sehr teuer! Es hört sich natürlich auch alles schön an, wenn etwas „klimaneutral" hergestellt wurde, oder? Außerdem ist damit natürlich eine Unmenge von Geld zu verdienen, Beispiel „Umweltplakette" in Großstädten. Sorgt ein Aufkleber für bessere Luft? Nein! Er kostet aber jedes mal fünf Euro. Aber Halt! Der Wagen hat doch schon so eine grüne Plakette? Ja, egal, war vom Vorbesitzer, und da steht noch dessen Nummernschild drauf. Das bekommt man auch nicht ab, um eventuell nur das andere Nummernschild einzutragen, clever oder? Das Auto ist dasselbe, nur der Halter verändert sich, kostet aber jedes Mal einen Fünfer, obwohl das Fahrzeug doch schon als „umweltfreundlich" eingestuft wurde. Lass so einen Aufkleber mal 2 Cent in der Herstellung kosten, macht 4,98 Euro Reibach. Und das mehrmals pro Auto. Die Stadtkasse freut sich! Die Abgaswerte sind dadurch in den Großstädten trotzdem gleichbleibend schlecht geblieben. Mir braucht niemand etwas von Klimaschutz erzählen, solange „unser" (oder gehört der denen?) Regenwald unaufhaltsam abgeholzt wird. Alles nur für den Profit. Das könnte eigentlich sofort gestoppt werden, denn den Regenwald brauchen wir wirklich für das Klima. Da hilft auch dein Kasten Bier mit ein Euro Spende für den Regenwald nichts, oder glaubst du das wirklich? Fährt da einer hin und beschützt ihn, weil du sein Bier trinkst? Lächerlich. Viel schlimmer: An bestimmten Gasen, die in die Atmosphäre kommen, ist die Viehzucht verantwortlich, damit du etwas zu Essen hast! Und viel kostbares Wasser kostet es außerdem! Ebenso die immense Strahlung, die uns überall widerfährt. Egal ob im Kaufhaus, wo es mittlerweile für jeden WLAN for free gibt, oder auf der Straße, wo es so unendlich viele „Handymasten“ auf Häusern gibt (welche ja in Wirklichkeit gar keine sind!). Dann noch Radiowellen, Mikrowellen, Handys, Rauchmelder oder alle elektrischen Geräte in deinem Haushalt. Schaltest du sie wenigstens nachts komplett aus? Nicht vergessen, dass die Strahlung vor allem deinem Hirn nicht besonders guttut. Aber du hast ja mittlerweile mitbekommen, dass wir „kleingehalten“ werden sollen. Natürlich gehören da auch die bereits beschrieben „Chemtrails“ dazu.

Die Abzocke der Autofahrer

Da du Klimafreund bist, fährst du ja auch ein umweltfreundliches Auto. Reicht ja, oder? Dass deine Karre aber bei jedem Neukauf größer wird und mehr verbraucht, teilweise sogar nicht einmal mehr mit einem Auspuff, sondern zwei auskommt, ist unwichtig. Nach dir die Sintflut! Wir werden ja nicht nur beim Tanken abgezockt, sondern auch von der Steuer. In Amerika gibt es komischerweise keinen TÜV, da kannst du dein Auto aufpimpen, wie du willst. Und genau die sagen, dass bei VW Abgaswerte gefälscht wurden. Ich lach mich schlapp! Dort bekommst du für das, was bei uns ein Liter kostet, vier Liter! Das Barrel Öl liegt zurzeit (Stand Januar 2016) bei 30 Dollar! Also einem Viertel von dem, was es noch vor kurzem kostete. Alle freuen sich, dass der Liter Super im Moment „nur“ 1,20 Euro kostet. Moment, wenn das Barrel jetzt nur noch bei einem Viertel des vorherigen Wertes liegt, müsste dann der Liter Sprit nicht bei 0,40 Cent liegen? Wahrscheinlich kann ich nicht rechnen. Geht aber auch gar nicht, da alleine auf einen Liter Sprit mindestens 0,79 Cent Steuern kommen, Übrigens gibt es im Moment einen absoluten „Ölüberschuss“, sodass die vollen Öltanker kilometerweit auf verschiedenen Meeren still liegen, weil sie keine Abnehmer finden. Komisch ist außerdem, dass unzählige Blitzer, die ja angeblich nur in Zonen, die in der Nähe von Schulen sind, aufgestellt werden, genau da nicht mehr sind, sondern an Straßen, die zum „Heizen" förmlich einladen und wo auch eigentlich keiner groß Gefahr läuft, überfahren zu werden. Die grüne Plakette hatte ich ja schon zuvor genannt. Abzocke nenne ich das. „Normale" Parkplätze gibt es ja in Großstädten auch so gut wie keine mehr. Entweder Anwohnerparken (was natürlich auch einen jährlichen Betrag kostet) oder total überteuerte Parkzonen und Parkhäuser. Wenn du in einen Freizeitpark oder zum Konzert fährst, kostet der Parkplatz natürlich auch extra, meistens 5 Euro, ebenso beim Fußballspiel. Fährst du in Urlaub, kostet das in anderen Ländern „Mautgebühr". Also du zahlst für Straßen, die schon hundertausendfach bezahlt wurden, nur um darauf zu fahren. Geht nicht anders? Doch, mach doch Urlaub in Deutschland. ☺ Egal, ob ummelden, abmelden, TÜV & ASU und natürlich Steuer, du musst jeden Furz extra bezahlen. Ja der Autofahrer wird gemolken, wo es nur geht. Ist nun mal so und KEINER macht etwas dagegen. Solltest du zu irgendeinem Thema mal recherchieren wollen, schau bitte NICHT bei Wikipedia nach, der modernen Enzyklopädie des Internets. Wenn es nämlich um unbequeme Themen geht, wird alles oder jeder, der politisch unkorrekt handelt, ins Lächerliche gezogen. Ganz vorn Dr. Daniele Ganser, der für die ein „Verschwörungstheoretiker" erster Güte ist. Eigentlich alle, die sich einmal „unbequem" geäußert haben. Solche „Vermutungen" dürften überhaupt nicht in einem „Nachschlagewerk" vorkommen.

Der Fortschritt der Technik und der Einfluss auf dich

Smartphones

Dein Handy, Moment, das heißt ja jetzt Smartphone, ist dein Heiligtum! Nichts geht mehr ohne, da zähle ich mich natürlich auch dazu! Mittlerweile verdrängt es ja schon fast das Auto als Statussymbol. Nicht zu vergessen, es MUSS teuer sein, die anderen taugen nichts. Nur mal so nebenbei: Wusstest du, dass gerade für die größten Hersteller Kinder in Bergen vor allem Coltan (welches in jedem Handy enthalten ist) abbauen müssen und sehr oft unter unmenschlichen Bedingungen arbeiten müssen. Dass dabei viele Kinder sterben? Nein? Woher auch! Im Kongo ist es besonders schlimm.

Kinderarbeit:

http://www.aktiv-gegen-kinderarbeit.de/produkte/bodenschatze/coltan

Eines zu besitzen, ist einer der größten Gefallen. Aber für wen? Natürlich hilft es erst einmal deinen Freunden und Bekannten wahnsinnig. Du bist immer erreichbar und wehe, du antwortest nicht binnen einer Stunde, wo dein gegenüber doch schon mit den Hufen scharrt und denkt, du kannst ihn nicht mehr leiden. Dann ist oft der Ärger schon vorprogrammiert. Aber vor allem dient es denen, die einmal in Auftrag gaben, bestimmte Dinge einzubauen. Und zwar um dich zu überwachen. „Spitzenreiter" sind die zwei größten Anbieter. Die überwachen dich total. Diese kleinen intelligenten Dinger wissen und senden es, wo immer du dich aufhälst. Oder was du gerade machst oder auf welchen Seiten im Netz du dich herumtreibst. Gerade „die“ können „dein“ Handy anschalten, wann sie wollen, und dich dabei sogar beobachten. Hast du das gewusst? Ach so, du hast ja nichts zu verbergen. Ja, ich auch nicht. Aber die Frage ist doch: „Warum wollen die es wissen?“ Im Übrigen sind Smartphones auch extrem gesundheitsschädlich, wenn man sie lange direkt am Ohr hat. Sie strahlen extrem. Vor allem zu Hause, wenn du noch WLAN angeschaltet hast. Dass es besonders schädlich für Kleinkinder ist, erwähnte ich bereits. Normalerweise sollen sie nur in zehn Meter Entfernung von einem Baby benutzt werden. Ihr wollt nur das beste für euer Kind? Scheinbar nicht. Warum gehen die meisten eigentlich schon nach dem ersten Sturz kaputt? Vor allem die teuren. Es fällt hin, Display kaputt. Es gibt doch Panzerglas und Konsorten? Warum wird das nicht gleich mit verbaut? Na dann geh es mal auswechseln und warte auf die Rechnung. Dann weißt du warum. Ich kann sowieso absolut nicht verstehen, warum es unbedingt eines von den zwei größten Marken sein muss. Die, die dich am meisten überwachen und dazu noch am teuersten sind, genau das willst du und holst es dir. 600 bis 700 Euro für ein Telefon, das eigentlich nicht mehr kann wie eins für 100 Euro. Aber alle haben es, also muss es das beste sein. Die anderen können ja nichts taugen, sind auch zu billig. Übrigens verpflichtet sich man bei einem Kauf des neuen I Phones automatisch Organspender zu werden. Wie krank soll es denn noch werden??? Ist das wirklich Fortschritt?

Der RFID-Chip

Übrigens gibt es einen Rfid-Chip in jedem Handy, meist im Akku versteckt. Was der so alles kann? Mach dich schlau..

Es gibt viele verschiedene Arten von Rfid-Chips. Diesen hier findest du in Handys, meist im Akku. Auch in Textilien. Chips, welche implantiert werden, sind etwa so groß wie zwei Reiskörner. Auf dieses Thema ging ich ja schon im vorderen Teil des Buches ein. Das wird dann der „moderne" Ausweis. Wenn du glaubst, ich spinne, dann sage ich dir, dass ihn sogar schon Menschen tragen! In Schweden gibt es eine Firma, bei der die Angestellten ihn sich schon freiwillig in den Finger implantieren haben lassen. Sie sind angeblich begeistert. Stört ja nicht weiter, ist klein, hat aber einen immensen Datenspeicher. Ich will nicht wissen, wie viel diese Menschen bekommen haben, um die „Versuchskaninchen" zu sein. Egal, wo du du hin- oder reingehst, du wirst sofort registriert. Der Chip enthält all deine Daten, u. a Krankenversicherung, Arbeitgeber oder Kontostand. Da kann man uns per Mausklick sogar zahlungsunfähig machen, oder dein ganzes Leben „abschalten“. Das wird ein Spaß. Aber ist dir ja egal, betrifft dich ja (noch) nicht. Hunde haben ihn schon. Und weißt du genau, das bei Impfungen zb. keiner in deinen Körper gelangt? Nein, die meinen es doch alle gut mit uns ☺

Rfid Chip in Schweden:

http://www.neopresse.com/gesellschaft/schweden-lassen-sich-rfid-chips-in-die-hand-einpflanzen/

Rfid Chip in der Zukunft:

http://freiraum-magazin.com/2015/12/01/per-rfid-technologie-auf-dem-weg-in-den-totalen-staat

Einer ist übrigens auch in deinem Personalausweis und Reisepass. Glaubst du nicht? Legst du ihn in die Mikrowelle, explodiert dieser.

Smart TV & Spielekonsolen

Dein Smart TV und deine Spielkonsole können auch alles, außer kochen vielleicht, aber vor allem überwachen, beobachten und für jedes Extra musst du deine Daten irgendwo neu eingeben. Daraufhin bekommst dann noch mehr Werbung. Du wusstest aber nie, woher die alle deine Adresse haben. Das gilt auch für sämtliche Mitgliedskarten, bei denen du Treuepunkte oder so einen Quatsch beim Einkaufen sammeln kannst. Am besten fährst du mit Payback. Da bekommt man die besten Gutscheine, sogar Geldgutscheine, allerdings nur zum Verrechnen an der Kasse. Dafür wissen die genau, was du immer kaufst und wo. Da bekommst du dann die nächste Werbeattacke. Egal ob per Post,

E-Mail oder womöglich sogar mit einem persönlichen Abo am Telefon. Bei diesem ganzen Mist, der nur einem Zweck dient, deine Daten zu verkaufen, machst du mit, weil es ja etwas umsonst dafür gibt (was ja gar nicht stimmt, aber du merkst es nicht). Aber bei deinem teuren Smartphone, da schaust du nicht auf den Euro, teurer = besser für dich. Du machst auch gern bei Gewinnspielen im Internet mit, bei denen komischerweise nie gewonnen wird, aber die Werbung vermehrt sich schon wieder. Auch wenn der nächste Superstar oder das Supertalent gesucht wird, rufst du fleißig an. Für 49 Cent bist du im Datentopf, sorry im Lostopf. Wenn du zu denen gehörst, die sogar bei den Rätselchen auf Sport1 mitmachen, hast du es ganz geschafft. Da steht immer „Live“ in der Ecke, obwohl die Sendungen manchmal schon Jahre alt sind. Oder kennst du einen, der da schon einmal gewonnen hat? Ach, du rufst da nicht an? Aber irgendjemand muss doch da anrufen, sonst würden die Sendungen ja nicht mehr laufen. Du bist so weit von der Realität entfernt, dass du nur noch am Zappen bist, wo denn etwas Gutes für dich läuft. Du bleibst aber nie lange irgendwo hängen, weil da ja auch schon wieder Werbung kommt. Merkst du nicht, dass es immer derselbe Kreislauf ist? Merke dir, das alles hat nur einen Zweck: Du sollst weiter abgelenkt sein, du sollst konsumieren (es laufen sogar tatsächlich Leute herum mit Klamotten, auf denen „Obey“ steht. Ihr wisst gar nicht, was das heißt ☺). Du bekommst nur die Informationen vom Fernseher, die du haben sollst. Alle wollen deine Daten und du gibst sie ihnen. Hier kurz ein kleiner Filmtipp zum Thema: „Sie leben“ von John Carpenter aus dem Jahr 1988. Warum postest du andauernd Bilder deines Essens auf Facebook oder von Orten, an denen du dich gerade aufhältst? Noch schlimmer, Bilder deiner Kinder! Dir ist echt nicht klar, dass du in dem Moment, in dem dein Bild online geht, der ganzen Welt Einblick in dein Privatleben gibst! Völlig freiwillig! Jeder kann sehen, was du machst und wo du bist. Dann folgst du genau dem Prinzip der Plattform. Wir werden doch schon genug überwacht und du schickst dazu noch die Bilder in die Welt. Glückwunsch! Dein Wohnort, dein Geburtstag, deine Familie, dein Auto, dein Arbeitsplatz, deine Freizeitvergnügen. Oder du lässt dich „runtastig" beim Laufen anfeuern. Ja sogar wenn du im Urlaub bist, zeigst du es allen. Cool, dann wissen bestimmte Leute, die genau das interessiert, dass niemand zu Hause ist. Ein Freifahrtsschein sozusagen! Ist dir eigentlich bewusst, dass es fast egal ist, was gepostet wird, sollten es öffentliche Themen sein? Wichtig sind deine Kommentare, die darunter geschrieben werden. Genau diese sind für die Betreiber von Bedeutung, denn daraus kann man ganz schnell ableiten, wie du tickst! Oder spielst du womöglich eines der tollen Games wie „Candy Crush", Quizduell oder baust deine eigenen Welten in Farmville? Frag dich mal wozu? Ist dein Leben so langweilig? Ich sage ja! Der Grund, warum ich auch auf Facebook war, ist einfach. Um in den RICHTIGEN Gruppen zu sein! Dort erfährt man alles, was du in den Nachrichten NICHT siehst und liest. Dafür ist die Plattform einfach ideal, wobei da gerade die Zensur Einzug hält, weil angeblich zu viele Hetze stattfindet. Wie war das mit der Meinungsfreiheit nochmal? (Mittlerweile bin ich nicht mehr dort, weil ich weiß, zu welchem Zweck es dient). Aber wozu machst du den Quatsch? Weil du Aufmerksamkeit möchtest, aber wofür? Hat das vielleicht auch mit dieser inneren Unzufriedenheit zu tun, die immer allgegenwärtig ist, aber durch den ganzen Mist verdrängt wird?

Du glaubst, dass sie durch mehr Aufmerksamkeit oder zehn Daumen nach oben besser wird? Du tust es ja am nächsten Tag wieder, hat also nicht lange angehalten der Spaß. Bei fast allen Nutzern kann man das ganze Leben auf ihrer Seite „sehen". Überleg doch mal. Früher hast du deine privaten Bilder nur bestimmten Leuten gezeigt, heute allen! Was stimmt hier nicht? Oder machst du es, damit du nicht darüber nachdenken musst, warum es so ist? Und das jeden Tag aufs Neue. Du lebst in deiner eigenen Matrix, in der es die rote oder die blaue Pille gibt. Ich habe mich schon lange für die blaue entschieden und das Leben hat plötzlich einen völlig neuen Sinn! Jeder Tag wird intensiver genutzt, mit mehr Spaß am Leben. Und das ohne TV? Ich schaue lieber auf dem Videoportal nach: Da findest du alles, was einen interessiert. Aber was das ist, weißt du ja gerade nicht. Die meisten glauben immer noch, dass es für Musikvideos erfunden wurde. Nein!. Da findest du ebenfalls die „richtigen" Nachrichten und Dokus und zwar (teilweise) unzensiert! In allen möglichen Variationen, unendlich einfach. Da nimmt man sogar etwas mit, da bleibt etwas hängen. Und dazu noch (fast) umsonst! Dein Notebook/Laptop hat ja übrigens auch eine Frontkamera. Glaubst du allen Ernstes, dass die da eingebaut ist, nur damit du „skypen" kannst oder Selfies knipsen sollst? Das neue Windows 10 soll ja das beste Betriebssystem sein, das je auf den Markt kam. Das stimmt! Überwachungstechnisch ist es das auf jeden Fall. ☺ Aber du sagst ja selbst, du hast nichts zu verbergen, richtig? Dann mach so weiter, es geht nämlich gar nicht darum, dass du das nicht hast, sondern ganz einfach um die totale Überwachung, der du ja voll zustimmst…

Abschaffung des Bargeldes

Da du ja gern jeden noch so kleinen Betrag mit Bankkarte bezahlst, weil es ja so einfach ist, brauchst du dich auch nicht wundern, dass in naher Zukunft die Abschaffung des Bargeldes kommen wird. Aber ich höre sogar aus dem Bekanntenkreis, dass es ihnen recht ist, weil ja dann alles noch einfacher geht... Hast du dich schon einmal gefragt, was du denn dann mit deiner Kohle machst, die du zu Hause oder sonst irgendwo bunkerst, weil du den Banken nicht vertraust? Sollte es dann so weit sein, dass Bargeld abgeschafft wird, willst du es wahrscheinlich noch schnell einzahlen. Und was passiert dann? Da wird der nette Angestellte der Bank deines Vertrauens, dich erst einmal fragen, wo es denn herkommt. Der sagt dir sogar, dass das womöglich Schwarzgeld ist und dann nimmt dir die Steuer erst einmal die Hälfte weg. Dann kann man auch keine Geschäftchen mehr „hintenrum", sprich unter der Hand, Flohmarkt oder ähnliches machen. Und warum? Weil es ja so bequem ist, bargeldlos zu zahlen. Da hast du dich aber mitschuldig gemacht, weil du es jahrelang unterstützt hast. Also sage nicht, da war niemand, der dich gewarnt hat. ☺ Sogar Gesellschaftsspiele funktionieren nur noch mit „Karte". Monopoly oder Spiel des Lebens. Wir werden ganz langsam darauf vorbereitet. 500er Scheine sind ja soeben aus dem Verkehr gezogen worden, angeblich um die Kriminalität einzudämmen. Ich lach mich schlapp.

Freie Technologien

Interessant ist, dass es seit Jahrzehnten Erfindungen gibt, die man auch „Freie Technologien" nennt. Diese Technologien können

Erstaunliches. Jeder kann seinen eigenen Strom produzieren, wenn es denn zugelassen wäre. Nikola Tesla war wohl der Bekannteste von ihnen. Seine Erfindungen waren geradezu bahnbrechend und wurden auch „offiziell“ vorgestellt. Aber die Reaktion der „Oberen“ war alles andere als erfreulich. Da merkten diese nämlich, was passieren wird, sollten sie diese „erlauben“. Es gab eine Reihe Erfinder, die gerade auf Teslas Forschungen basierend Innovationen entwickelten, die alle funktionierten. Viele dieser Erfinder wurden mundtot gemacht oder umgebracht. Wegen etwas, das der Menschheit nützlich ist? Elektroautos gibt es auch schon seit Ewigkeiten oder Fahrzeuge, die mit Wasser angetrieben werden. Aber warum geht so etwas nicht in Produktion? Man könnte so viele Rohstoffe sparen, vor allem Öl und Gase. Aber genau das wollen „die“ nicht. Überlege dir mal, wo die Rohstoffe herkommen. Schau mal, wo Krieg stattfindet und warum! Das Milliardengeschäft wäre am Ende! Dann kennst du die Antwort. Wieder einmal alles verdreht, oder? Merkel, Bush, Obama und Konsorten sprechen schon lange über die sogenannte Neue Weltordnung oder wie sie auch genannt wird. „Eine Weltordnung!“. Genau in diesem neuen Konzept spielt Überwachung eine ganz wichtige Rolle.

Der Beitragsservice von ARD & ZDF, ehemals GEZ

Ich schaue, seit ich das System der Medien durchschaut habe, fast kein öffentliches Fernsehen mehr (Zeitung lesen war schon vorher tabu), weil ich deren Meinung nicht vertrete und mich nicht mehr dadurch beeinflussen lassen möchte. Zahlst du deinen Beitrag brav? Sehr gut, ist ja deine Pflicht! Oder nicht? Natürlich, machen doch alle. Nein, ich nicht mehr. Ich kämpfe gegen die bis aufs

Äußerste. Und weißt du warum? Ich zitiere mal aus dem Impressum der Website:

„ARD ZDF Deutschlandradio Beitragsservice ist eine öffentlich rechtliche, nicht rechtsfähige Gemeinschaftseinrichtung... und dient zum Zwecke des Einzugs der Rundfunkbeiträge nach dem Rundfunkbeitragsstaatsvertrag."

Und genau in diesem steht: Im privaten Bereich ist für jede Wohnung von deren Inhaber (Beitragsschuldner) ein Rundfunkbeitrag zu entrichten. Warum soll ich für etwas zahlen, was ich nicht nutze? Ich werde also gezwungen, mich falsch zu informieren und Werbung zu schauen oder zu hören? Wusstest du, dass es dafür überhaupt keine gesetzliche Grundlage gibt? Deswegen steht auch in deren Impressum: Nicht rechtsfähig! Das ist sozusagen eine Privatfirma, die dich anschreibt. Du füllst das Formular brav aus und schickst es zurück, weil es alle machen, und machst Angaben zu deiner Person (die juristische, das bist nicht du, du bist ein Mensch, der sich aber als Person dummerweise ausgibt) Füllst du es nicht aus, bekommst du erst einmal ein paar Tage später die nächste Aufforderung. Dann flattern die erste Mahnung mit Drohung von Pfändung ins Haus und ein total überhöhter Gebührenbescheid. Angst macht sich breit, du überlegst: Zahl ich lieber, bevor sie mir etwas pfänden? Tust du es nicht, bekommst du Bescheid, dass zu einem bestimmten Zeitpunkt ein Beamter mit einem Vollstreckungsbescheid vorbeikommt. Diese Schreiben übrigens kommen alle ohne Unterschrift, was schon einmal rechtswidrig ist. Der kommt auch zum besagten Zeitpunkt. „ER" ist da! Frag ihn bitte als erstes nach seinem Ausweis. Den zeigt er dir auch. Doch was steht da drauf? Dienstausweis! Ja so etwas habe ich auch von der Firma. Also bedeutet das, er ist irgendwo privat angestellt. Er ist kein Beamter und einen richterlichen Beschluss, nachdem du ihn dann fragst, wird er auch nicht dabeihaben. Er wird dir irgendeinen Wisch zeigen, wo „im Auftrag von..." draufsteht. Wieder rechtswidrig! Sein „Dienstausweis" muss nach §126 BGB Absatz 1 mindestens von einem Beamten, sprich Richter unterschrieben sein. Das Gleiche gilt für den Pfändungsbeschluss, auf dem ein Richter mit Vor-und Zunamen zu unterschreiben hat. Er hat aber beides niemals dabei, da er wie gesagt „im Auftrag" handelt. Er wird dich fragen, ob du zahlen möchtest: Du wirst ihm natürlich zusagen. Ja du möchtest zahlen, sobald die rechtliche Grundlage dafür geklärt ist. Also auf Deutsch: Ein Vollstreckungsauftrag „im Name von..." ist ungültig. Außerdem müsste darin stehen die Landesrundfunkanstalten und nicht ARD und ZDF – also rechtswidrig. Seit 2013 gibt es außerdem keine Zwangsvollstreckungen mehr, also was will der von dir? Unterschreibe nichts, was er dir vorlegt! Du hast keine Unterschrift auf dem Wisch von ihm, also bekommt er erst recht keine von dir. Sag ihm, du möchtest Barzahlung, also keine Einzugsermächtigung erteilen, sondern brav bar einzahlen jeden Monat. Das geht bei denen gar nicht, schon wieder rechtswidrig. Es heißt aber im § 14 des Bundesbankgesetzes „... in Deutschland sind.... auf Euro lautende Banknoten das einzige unbeschränkte gesetzliche Zahlungsmittel." Also dürfen sie es nicht ablehnen! Rechtswidrig! Jetzt fragst du dich doch, wie so viele rechtswidrige Dinge sein können und wie sie dann noch darauf kommen, dass du bezahlen musst? Der Vertrag, auf den du ja ohnehin nicht eingehen willst, ist kriminell, das heißt, du machst dich damit eigentlich strafbar! Du kannst ihm natürlich auch sagen, dass du diese Programme sowieso nicht guckst und auch kein Radio hörst. Weißt du, was er dir antwortet? Du könntest aber! Das ist immer die Antwort von denen. Heißt das, dass ich, weil ich ein großes Messer habe, ein Mörder sein könnte? Schließlich könnte ich es ja benutzen. Würde ich für diese Option sogar angeklagt? Oder muss ich demnächst eine Eintrittskarte für ein Konzert bezahlen, weil ich ja hingehen könnte, es aber nicht will? Da könnte ich hunderte Beispiele anbringen. Sie kommen aber alle zum selben Ergebnis. Lustige Antwort, nicht? Übrigens, falls „ER" kommt, lass eine Kamera mit laufen. Wenn er sich beschwert, sage ihm, dass es ein nicht-öffentlicher Besuch ist und er dagegen keinen Einwand haben darf. ☺ Fazit: Für mich sind das moderne Mafiamethoden! Ich zahle doch nicht für ein Programm, das ich sowieso nicht schaue, nur weil ich es „könnte". Ich kenne auch sonst kein „Unternehmen", was nach kurzer Zeit schon vor der Tür steht und etwas pfänden will. Warum soll ich für nach-gerichtete Unwahrheiten bezahlen, wo ich die wichtigen, für mich relevanten Themen doch im Netz finde? Ich kann mir vorstellen, dass sehr viele eingeschüchtert freiwillig bezahlen. Würdest du dich aber informieren, statt weiter TV zu gucken, könntest du viel Geld sparen. Oder willst du eine kriminelle Organisation weiter unterstützen? Ich traue mich das hier, öffentlich zu schreiben, weil ich kriminelle Organisationen nicht unterstütze! Ich werde nicht für etwas bezahlen, was ich nicht in Anspruch nehmen möchte, basta! Wenn sie Geld wollen, sollen sie zu meinem Vermieter gehen, schließlich ist der Kabelanschluss von ihm. Ich besitze nicht einmal ein Kabel dafür! Zum Glück wehren sich immer mehr Menschen und ich hoffe, du gehörst auch bald dazu! Es gilt, glaube ich, immer noch das Prinzip: Geld für Leistung, und nicht Pfändung für etwas, was ich nicht nutze bzw. in Anspruch nehme. Ich fordere dich hiermit keinesfalls auf, dies zu tun. Denke nur mal darüber nach, ob du diese Abgabe wirklich zahlen musst. Deutschland ist doch angeblich ein Rechtsstaat, oder? Versteht mich nicht falsch, ich würde, sollte es unsere Pflicht sein, dafür bezahlen. Aber es gibt dafür keine gesetzliche Grundlage und deswegen sehe ich es sogar als meine Pflicht an, so eine „Organisation“ nicht zu unterstützen. Noch besser, ich kann ja mal bei denen anfragen, ob ich auch eine Zwangsabgabe von jedem einzelnen Bürger einfordern kann, weil mein Buch ja von jedem, auch der es nicht gekauft hat, gelesen werden KÖNNTE. ☺ Wie kann es sein, dass die Rechtswidrigkeiten sogar in deren Impressum steht. Gleichzeitig dürfen sie aber Konten pfänden? GEZ Impressum, NICHT RECHTSFÄHIG:

http://www.rundfunkbeitrag.de/impressum/index_ger.html

Falsche Beamte:

http://www.gez-abschaffen.de/Beamter/IchbinBeamter.ht

Eigentlich wollte ich das nächste Thema herausnehmen, da ich diesen Wesen hier in meinem Buch keine Plattform geben wollte. Ich habe es gekürzt, und Bilder entfernt. Ich bin der Meinung, sonst wäre hier eine große Lücke entstanden, und ihr müsst einfach davon wissen. Ich habe das Thema auf das Wesentlichste beschränkt. Bitte an solche Themen ohne Emotionen heran gehen, sondern einfach nur objektiv lesen, und versuchen zu verstehen!

Anmerkung des Autors

Wer ist eigentlich dafür zuständig, was auf der Welt passiert?

Ein Thema, was immer gern belächelt wird. Doch du weißt gar nicht, wie ernst es ist. Es betrifft uns alle und mit dieser Meinung stehe ich nicht allein da. Wer bestimmt eigentlich, was wir zu tun haben? Egal, um was es geht, es bestimmen NICHT unsere Politmarionetten, diese sind nur Befehlsempfänger. Meine persönliche Annahme ist, dass genau die folgenden bestimmen, was auf der Welt passiert:

Die Illuminaten und Freimaurer

„Gründer“ Albert Pike, 1809–1891, war Rechtsanwalt, Offizier in der US-Armee. Es finden sich Annahmen, Pike hätte den 1776 in Bayern von Adam Weishaupt gegründeten und 1785 durch Verbot wieder aufgelösten Illuminati-Orden in den Vereinigten Staaten repräsentiert. Es ist eigentlich eine Geheimgesellschaft, die es ja gar nicht geben dürfte. Viele glauben das auch nicht. Dann glaube mal weiter. Albert Pike:

http://www.theintelligence.de/index.php/wissen/geschichte/4152-drei-weltkriege-1871-von-hochgrad-maurer-albert-pike-vorhergesagt.html

Vor allem die Zahlen 13 und 23 hatte ich ja schon oft bei „Anschlägen“ angemerkt, warum? Weil sie immer wieder „zufällig“ auftauchen:

13: *http://www.davicii.com/illuminati-die-verschworung/*

23: http://www.die23er.de/

„In der Politik geschieht nichts zufällig! Wenn etwas geschieht, kann man sicher sein, dass es auf diese Weise geplant war!“

F. D. Roosevelt

„Novus Ordo Seclorum“ lateinisch für „Eine neue Ordnung der Zeitalter!“ steht auf jedem Dollarschein. Und über allem steht das allsehende Auge. Du findest das Symbol überall, in vielen Firmenlogos, auf Produkten, sogar der Frankfurter Messeturm überstrahlt alle, manchmal sogar in Grün, statt wie üblich in Rot.

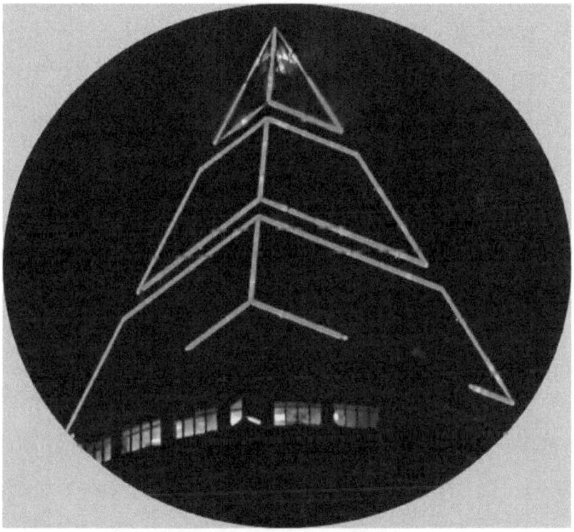

Es nennt sich das „Allsehende Auge“. Das heißt auf deutsch: Du wirst immer beobachtet. Schau dir nur mal die Dollarnote an, was man da noch alles entdeckt! Das ist alles definitiv kein Zu-fall! Man findet die Zeichen der „Gesellschaft“ vor allem auch in jeder

Großstadt, Neuss und Karlsruhe sind voll davon. Schau mal direkt nach. Wenn es diese Gesellschaft nicht gibt, warum sieht man dann überall ihre Zeichen? Im öffentlichen Leben, auf Produkten, in Kinofilmen und in der Musik? Warum machen sie das? Meine Annahme wäre, damit sie uns zeigen, wer hier wirklich herrscht. Hier setze ich KEINE Links, dazu gibt es einfach zu viele.

„Die Bilderberger Konferenz“

Die Illuminaten und das Bilderberger Treffen. Dazu gehören die wichtigsten Personen aus aller Welt. Die momentan Wichtigsten treffen sich einmal im Jahr unter Ausschluss der Öffentlichkeit. Rund 140 Spitzenpolitiker, Konzernchefs, Topvertreter von Finanzindustrie, Militärs sowie Geheimdienste. Das erste sogenannte Treffen dieser Leute fand 1954 im holländischen Oosterbeek statt, im Hotel de Bilderberg. Daher auch der Name „Bilderbergertreffen“ Es findet alljährlich an einem „geheimen“ Ort auf der Welt, der aber zum Glück niemals geheim bleibt, dank Internet. Das letzte fand vom 10. bis 14. Juni im österreichischen Telfs statt. Es dringen leider nur spärliche Informationen an die Öffentlichkeit, da Reporter und Filmteams dort verboten sind. Ich möchte dir ein paar aus der „Gästeliste“ nennen, die dort anwesend waren: Ursula von der Leyen, Beatrix von Niederlande, Deutsche Bank AG Aufsichtsratvorsitzender Paul Achleitner, Shell Chef Ben van Beurden, Henry Kissinger, Nato-Generalsekretär Jens Stoltenberg, Axel Springer Chef Mathias Döpfner und viele weitere der Mächtigsten der Welt. Was hat so ein gemischter Haufen sich denn gegenseitig zu sagen? So ein Treffen kostet roundabout 3 Millionen Euro, die wir, also der Steuerzahler, natürlich bezahlen. Man sagt, dass dort alle wichtigen politischen

Entscheidungen der nahen Zukunft getroffen werden. Man spekulierte schon, dass Ursula von der Leyen, die ja zuletzt auch zugegen war, unsere neue Bundeskanzlerin wird. Kurz darauf kommen Plagiatsvorwürfe in Bezug auf ihren Doktortitel ans Tageslicht, Parallelen zu Guttenberg (war auch schonmal zugegen) damals sind wahrscheinlich Zu-Fall. Diese Jahr findet das Treffen übrigens in Dresden am 12.06. Das es in Dresden stattfindet, ist übrigens kein Zufall, aber das kannst du ja selber herausfinden, warum gerade dort ☺

Der Bohemian Grove

Etwa genauso mysteriös wie das Bilderberger Treffen ist diese Zusammenkunft. Bohemian Grove, ein Waldgebiet in der Gegend um Monte Rio, Kalifornien, wo sich jährlich bis zu 2.000 der ausschließlich männlichen Mitglieder des „Bohemian Club“ seit 1899 treffen. An diesem Treffen nehmen natürlich auch viele Personen teil, die Rang und Namen haben. Clint Eastwood, Arnold Schwarzenegger, Dick Cheney, Henry Kissinger, (natürlich) Rockefeller und die Familie Bush sind auf der Gästeliste vertreten gewesen, um nur ein paar zu nennen. Ich habe von einem früheren Treffen ein geheim gedrehtes Video gesehen. Auf diesem sieht man eine verrückte Inszenierung. Eine Art Theaterstück der absurden Art.

Wie beim Bilderberger Treffen: Wer gerade populär ist, MUSS dabei sein. Selbst Helmut Schmidt war mindestens einmal anwesend, was er auch in seinem Buch von 1987 „Menschen und Mächte“ beschrieb. Helmut Schmidt über den Bohemian Grove:

https://www.youtube.com/watch?v=ZMZpqqWUysQ

Inside Bohemian Grove:

https://www.youtube.com/watch?v=rNL5y3IqaXU

Es dringen auch hier sehr wenige Informationen an die Öffentlichkeit. Dem Dokumentarfilmer Alex Jones gelang es jedoch im Jahre 2000, dort heimlich zu filmen. Diesen Link brauche ich hier nicht setzen, diesen Film gibt es mehrmals auf Youtube. Seht euch dieses bizarre Treiben an und urteilt selbst. Was haben hochrangige Personen da zu suchen? Alles nur Spaß bestimmt! Aber warum ist dann bei diesen Treffen ebenfalls keine Presse zugelassen? Fakt ist, dass davon sehr wenig ans Tageslicht kommt, also MUSS es etwas Besonderes sein. Ich versuche einfach immer eine Erklärung zu finden, warum solche Treffen und makabre Aufführungen sein müssen und was das mit Politik zu tun hat. Warum finden dort immer okkulte „Rituale“ statt? Würde man so etwas im privaten Bereich veranstalten, was würde passieren? Man wäre als Satanist verschrien oder als Irrer. Warum machen es dann die Mächtigen? Bei denen ist das also normal? Es steckt hinter allem ein Sinn, doch das hier übersteigt meine Vorstellungen. Vermutet wird, dass dort immer zukünftige Ereignisse „geplant“ werden. Glaubt ihr wirklich das diese „Menschen“ es mit uns gut meinen???

Die Musikindustrie/die Promis & ihre Aufgaben

Sehr viele Prominente „unterliegen“ meiner Vermutung nach den Illuminaten. Einige, die das wohl nicht wollten, kamen auch, sagen wir mal, sehr früh auf mysteriöse Weise ums Leben. An erster Stelle nenne ich hier Lady Diana, die ja auch nie ins Bild des Königshauses passte. Sie sagte übrigens ganz unbequeme Sachen über die britische Monarchie. Zum Beispiel, dass dort Kinder gefoltert werden, und mit der DNS von Charles etwas nicht stimme…

Diana und das Königshaus:

https://derhonigmannsagt.wordpress.com/tag/prinzessin-diana/

Michael Jackson sagte bei einem seiner letzte Auftritte:

„Die Musikindustrie benutzt viele Personen. Ich bin wirklich sehr, sehr traurig, und ich habe es satt, wie die Medien uns belügen, wie sie alles manipulieren. Alles, was um uns herum passiert. Sie sagen nicht die Wahrheit, sie lügen! Die gleichen Leute, die unsere Medien manipulieren, manipulieren auch unsere Geschichtsbücher. Unsere Geschichtsbücher sind nicht wahr! Sie sind alle eine Lüge! Das müsst ihr alle wissen! Alles, was passiert und passiert ist so, weil Verschwörer größerer Eliten die Macht besitzen. Es ist Zeit für einen Wandel."

Michael Jackson:

https://www.youtube.com/watch?v=sTndMWQGqNE

Hier ein angeblich letztes Telefongespräch mit Dieter Wiesner, seinem guten deutschen Freund. Auch Janet Jackson, seine Schwester, spricht darüber, dass Michael ermordet wurde:

https://www.youtube.com/watch?v=7iYpnjyz9Is

Ich denke, dass du ihnen mehr glaubst als mir. ☺ Deswegen habe ich es hier mitaufgeführt.

Man hat auch kurz vor seinen „This is it“ Konzerten (die ja nicht mehr zustande kamen) Doppelgänger aufs Podest geschickt:

https://www.youtube.com/watch?v=8bWdCOZV6-Q

Auch andere „Stars“ werden immer wieder mit den lluminaten in Verbindung gebracht, aber diese wollten wohl nicht „mitspielen“.

2Pac Shakur (starb 1996, kurz nachdem er diverse Interviews über Illuminaten gab). Sein letztes Album hatte übrigens das Wort „Killuminati“ im Text.

John Lennon

Notorius B.I.G

Whitney Houston & ihre Tochter

Jim Morrison (27)

Jimi Hendrix (27)

Janis Joplin (27)

Kurt Cobain (27)

Amy Winehouse (27)

Komischerweise starben ganz viele Künstler mit 27 Jahren und all diese Künstler hatten immer irgendwie mit Illuminaten zu tun. DieTodesursache war „offiziell“ entweder immer

Alkohol/Drogen/Tablettenmix, Autounfall, erhängt oder Ursache unbekannt... Im Moment ist übrigens der „Club 69“ „In“

Lemmy Kilmister von Motörhead

David Bowie

Alan Rickmann

Britney Spears rasierte sich 2007 eine Glatze und wurde als volkommen durchgedreht hingestellt. Ihre Antwort, warum sie das denn mache, war etwa folgende: „Ich lasse mir nicht mehr von diesen Leuten am Kopf herummanipulieren.“ Ein paar Beispiele für „Stars“, die „denen“ vollkommen unterworfen sind. Man erkennt sie sofort, wenn man auf die Zeichen, die sie auf ihren CD-Covern haben, ihre Fotos und Videos achtet.

Kate Perry, „Dark Horse“

Madonna, „Like a Prayer“ oder „Frozen“

Lady Gaga, “Bad Romance” oder “Pokerface”

Miley Cyrus, vorher Kinderstar, die bezaubernde Hannah Montana, sitzt jetzt nackt und kurzrasiert auf einer Abrisskugel und gibt sich als „geile Sau“. Schau mal, was sie auf dem Finger tätowiert hat (im Video zu „Wrecking Ball“).

Oder hier, ein aktuelles Bild, ich war baff:

Die Jugend soll bewusst versaut werden, hier ist der beste Beweis! Mittlerweile (2018) ist sie zur Besinnung gekommen, und auf dem richtigen Weg, genau wie Justin Bieber und die wunderbare Kesha! Das hat auch mit der heutigen gewollten Frühsexualisierung zu tun, das aber ist ein anderes Thema! Rihanna, Beyonce, JayZ & Niki Minaj, von denen kannst du dir alles diesbezüglich anschauen. Gerade in Amerika wird den „Künstlern" exakt vorgeschrieben, was sie in ihre Texte packen müssen, damit vor allem die Jugendlichen beeinflusst werden und danach leben. Gerade was Sex, Gewalt und Mode/Lifestyle angeht! Solche Texte wie z. B. Michael Jacksons „Heal the World" oder „Earth Song" gibt es heute nicht mehr. Die Musikindustrie: *https://www.youtube.com/watch?v=01taDAFwkes*

Ich sage mal „merkwürdig“ (für mich) war, als die (damals) Durchschnittshardrockband „Europe“ 1986 den Megaknaller „The Final Countdown“ veröffentlichte. Der passte überhaupt nicht zu allen anderen Liedern, die sie je herausgebracht hatten.

Was daran merkwürdig ist? Allein der Name der Band im Zusammenhang mit dem Songtitel!

Europa und der „Finale“ Countdown.

Ja klar ist das nur eine Vermutung von mir, aber warum steigt der Gitarrist John Norum, als der Erfolg am größten war, aus und nennt sein erstes Soloalbum „Total Control“ – „Totale Kontrolle“? Die große Kohle winkt, und er geht?

Seine Lieder hießen übersetzt in etwa: Liebe für die „Ewigkeit“, „Blind“, „Wir tun, was für ewig dauert“, „Verfolgung des Windes“, „Gesetz des Lebens“, „Ewige Flamme“ oder „Ist jemand anderes hier?“ Das nehme ich nur als Beispiel. Ob es nicht vielleicht „andere“ waren, die der Band zum Weltruhm verholfen haben und einer nicht mitspielen wollte? Der Song gehört, so glaube ich, zu den meistgespielten, bis heute.

Im Filmgeschäft

In der Filmbranche ist es genauso. Spurst du nicht, bist du ganz schnell weg…

Paul Walker

Bruce Lee

Brandon Lee

Marylin Monroe

Brittany Murphy, kurz darauf ihr Mann Simon

Lucy Gordon

Heath Ledger

Brad Renfro

River Phönix

Und so weiter...

Hier eine interessante Seite dazu:

Killed by Illuminati:

http://humansarefree.com/2015/03/16-famous-people-killed-by-illuminati.html

Johnny Depp z. B. sagt, er schaue sich seine Filme niemals an. Wenn seine „Arbeit" getan ist, will er damit nichts mehr zu tun haben, dann hat er seinen „Job" erledigt. Abgesehen davon, sind Hollywoodfilme gespickt mit „Zeichen", damit wir sie immer schön „unbewusst" aufnehmen. Ich nenne jetzt keine, denn es gibt unendlich viele. Es macht Spaß, nach ihnen zu suchen. Wusstest du, dass das Pentagramm, sorry Pentagon, Hollywoodfilme finanziell unterstützt, vor allem Kriegsfilme (natürlich☺). Bestes Beispiel dafür: **Top Gun**

Der Film mit Tom Cruise aus dem Jahr 1986 brach alle Rekorde. Er zeigte vor allem, wie toll es in der Army ist. Während der Film in den Kinos anlief, fand ein regelrechter Ansturm auf die Army statt, jeder wollte eintreteten. Es ging sogar soweit, dass in den Kinos Stände des Militärs mit Anmeldungen für diese aufgebaut wurden. Alles ausgelöst durch einen Film, der (fast) nur Helden in der Army zeigt. Krank, oder? Auch in der Industrie findest du „ihre" Zeichen überall, egal ob das Dreieck (Pyramide) oder das „allsehende Auge", die zwei bekanntesten. Oder jenes, das wie ein Adelszeichen vor allem auf Zigarettenpackungen oder Hochprozentigem aussieht. Meist mit Pferd und Löwe. Adelstiere! Es gibt noch viele mehr, aber falls dich dieses Thema interessiert, kannst du ja mal selbst recherchieren. Ja, es ist natürlich eine Vermutung, die dahintersteckt. Aber ganz viel spricht dafür. Wenn ein „Künstler" das machen muss, was gerade die Musik- oder Filmindustrie einem vorschreibt, und nicht das, was er möchte, muss etwas dahinterstecken.

Die große Hollywood Show:

https://www.youtube.com/watch?v=svoZFtddE-Q

Warum findet man gerade in der Musik- und Filmindustrie so viel davon? Meine Vermutung ist, weil es das wirkungsvollste Mittel ist, eine möglichst breite Masse zu erreichen. Ich denke, dass sie es tun, um zu demonstrieren, wie groß ihre Macht ist, und um uns aufzuzeigen, wie klein und beeinflussbar wir doch sind. Damit haben sie Recht. Ist mir eigentlich egal, ich will dir damit nur aufzeigen, wie das Spiel so läuft, und keinen interessiert es. Wir sind viele, „die" nur wenige – und trotzdem haben sie uns im Griff. Wieder verkehrte Welt!

Diese Doku zieht es ein wenig ins Lächerliche, wurde ja auch „offiziell" ausgestrahlt. Aber sie vermittelt trotzdem wichtige Fakten: Wer sind die Illuminaten?:

https://www.youtube.com/watch?v=6W1l1jma5Hw

Einen muss ich hier noch nennen, aber einen der ein positives Licht (für mich) auf dies alles wirft. Komischerweise habe ich seit Kindesbeinen einen „Narr" an ihm gefressen habe. Da wusste ich noch gar nicht genau, wer das überhaupt ist.

John F. Kennedy

Deswegen nenne ich ihn erst ziemlich am Schluss, wobei gerade mit ihm kurioserweise bei mir alles (unbewusst) anfing.

> ***„Die Menschheit muss dem Krieg ein Ende setzen oder der Krieg setzt der Menschheit ein Ende."***

John F. Kennedy

Diesen Teppich habe ich als Kind von meiner Mama bekommen und habe ihn immer noch.

„Frag nicht, was dein Land für dich tun kann, frag, was du für dein Land tun kannst."

John F. Kennedy

John F. Kennedy, ehemaliger Präsident der Vereinigten Staaten, wurde am 22.11.1963 ermordet und ist bis heute ein Mysterium. Ich möchte aber nicht groß darauf eingehen, weil über ihn auch schon fast alles gesagt bzw. geschrieben wurde, nur so viel: Sicher ist, dass die CIA und das FBI in dem Fall ganz tief mit drinstecken, aber wer hat sie involviert. Ob er auch von dieser „Elite" umgebracht worden ist, ist nur eine Vermutung. Auf jeden Fall stimmt die „Ein-Mörder"-Theorie hinten und vorn nicht. Mit einem Uraltgewehr kann man keinen Menschen aus so einer Entfernung (dem Haus, das 150 Meter entfernt war) treffen. Erst recht nicht, da das Gebäude, in dem ja Lee Harvey Oswalt angeblich war, seitlich der Straße war. Auf den vielen Videos sieht man nämlich eindeutig, dass Kennedy von vorn getroffen wird. Und zwar mehrmals! Der Film „JFK" von Oliver Stone lehnt sich schon weit aus dem Fenster mit seinen Vermutungen, aber meines Erachtens nicht weit genug. Auch führte Kennedy ein sehr frivoles Privatleben, aber so etwas interessiert mich bei niemandem. Was jeder privat macht, sollte privat bleiben. Viel interesannter wäre doch gewesen, zu hinterfragen, was er denn so vorhatte bzw. wie seine Politik aussah. 1962 spitzte sich die

Kubakrise zu, die kurz vor knapp abgewendet wurde. Da war es wirklich fünf vor zwölf. Meines Erachtens nach war das Kennedys Handeln zu verdanken. Kennedy wollte außerdem keinen Krieg in Vietnam. Aber sein Todesurteil, so vermute ich, unterschrieb er an dem Tag, als er das Geldmonopol wieder dem Staat unterordnen wollte, da dieses ja in „privater" Hand liegt.

Die Federeral Reserve Bank

Was viele nicht wissen, ist, dass in Amerika (und fast auf der ganzen Welt) die Banken die Macht haben. Den Anfang machte die PRIVAT gegründete Federale Reserve Bank von 1913. Lest mal, wie alles anfing und wer die Gründer waren. Das gilt bis heute.

http://wirsindeins.org/hinter-den-kulissen-der-macht/finanzen/federal-reserve-bank/das-kartell-der-federal-reserve-die-acht-familien/

Zu Kennedy wurde schon so viel geschrieben. Da warte ich lieber, bis seine Akten irgendwann einmal freigegeben werden, wenn sie denn wahrheitsgetreu sind. Schau außerdem mal, wie viele Mord- oder Todesfälle es in der Familie Kennedy gab. Dieser „berühmte" Mordfall wird mich einfach nie loslassen. Ich wollte dir bei Kennedy nur einen kleinen Einblick geben. Damit du erkennst, dass nicht alles so ist, wie es scheint und schon gar nicht alles Zufall ist und warum ich als Kind schon unbewusst fasziniert war von ihm.

„Es gibt einen Plan in diesem Land, alle Männer, Frauen und Kinder zu versklaven. Bevor ich dieses Amt verlasse, werde ich diesen Plan bloßstellen.

John F. Kennedy
Am 15.11.1963 sieben Tage vor dem Attentat

Über den Illuminaten steht noch eine kleine, aber feine „Elite", die weltweit die obersten Fäden zieht.

Die Zionisten, Oligarchen, Lobbyisten

Man kann sie nennen, wie man möchte, von mir aus auch Pupsnasen. Diese kleine, aber feine Elite besteht nur aus ein paar Wenigen, aber das sind die Mächtigsten der Mächtigen. Dabei u. a, (egal ob sie noch leben oder nicht) die Queen, J. P. Morgan, Warburg, Krupp, Rothschild und David Rockefeller. Um nur mal eine kleine Auswahl zu nennen. Zuletzt genannter hatte übrigens (angeblich) gerade die 5. Herztransplantation hinter sich, und feierte vor kurzem seinen 100. Geburtstag. Mann nennt sie auch Blaublütler. Diese Familien haben eine eine Blutlinie. Diese Wesen sind auch komischerweise nie groß krank. Diese Großfamilien machen das seit Jahrzehnten...Kennst du noch den Spruch, wenn du etwas nicht bezahlen konntest:

„Ich bin doch nicht Rockefeller!"

Jetzt weißt du, wo er herkommt.

Diese, und ein paar anderen Personen haben überall ihre Finger im Spiel. Bei sämtlichen Banken, Großkonzernen, Markenprodukten, egal ob Food oder Non Food. Ist das nicht ungerecht, dass da ein paar Leutchen sich an der Armut der Welt eine noch goldenere Nase verdienen, obwohl genau sie es ändern könnten? Kein Wunder, dass Kennedy das Geldmonopol wieder verstaatlichen wollte, verstehst du jetzt?

Mal angenommen, du nimmst einen Kredit von sagen wir mal 1000 Euro auf. Dann bekommst du 1000, musst aber, ich nenne mal eine Zahl, 1300 zurückzahlen. Diese 300 Euro Zinsen wurden aber nie gedruckt, da du ja auch nur 1000 Euro bekommen hast. Es ist also Geld, das es nie gegeben hat. Und da auch niemals so viel ausgezahlt wird, wie man „wirklich“ besitzt oder was Firmen auf ihren Konten haben, ist das doch ein gutes Geschäft. Es läuft ja alles heutzutage virtuell ab. Da werden Daten (Zahlen=Geld) von A nach B geschoben. Aber kein „reales“ Geld. Und selbst wenn das Geld knapp werden sollte, gehen die Mächtigen, überspitzt gesagt, in den Keller und drucken sich neues. Bitte nicht vergessen: Das sind PRIVATLEUTE, aber unglaublich einflussreich. Das Geldsystem mit seinem Zins und Zinseszinssystem ist gar nicht so schwer zu verstehen, dazu gibt es hervorragende Vorträge von Andreas Popp auf youtube. Ich habe das oben mit 1000 Euro erklärt, auf eine ganz simple Art. Wie aber aus deinem Kredit die fünffache Menge für die Bank rausspringt, erklärt Andreas viel besser.

Was ist eigenlich Geld?

Erfunden von PRIVATLEUTEN zuallererst. Stell dir vor, du spielst Monopoly und hast die Parkstraße sowie die Schloßallee. Wahrscheinlich gewinnst du das Spiel. Alle anderen sind zahlungsunfähig geworden, da sie so hohe Mieten auf „deiner" Straße bezahlen mussten. Was passiert dann? Das Geld, dass du gewonnen hast, geht wieder zurück zur Bank, weil ja keins mehr im Umlauf ist. Game over. Hat dir also eigentlich nichts gebracht. Im realen Leben kannst du es dir so vorstellen: Du bekommst dein Lohn/Gehalt, gibst davon fast alles aus, und das jeden Monat aufs Neue. Woher kommt das Geld? Von deinem Arbeitgeber? Nein, du holst es doch von der Bank, oder? Mal angenommen, du kaufst dir ein paar neue Schuhe. Wer bekommt dann das Geld? Der Schuhladen? Eigentlich ja, aber wo kommen abends die Einnahmen hin? Genau, zur Bank. Und so ist es eigentlich mit jedem Geschäft. Alle Einnahmen kommen zur Bank. Also ist es eine Art immerwährender Kreislauf. Diejenigen, die es herstellen, bekommen es immer wieder zurück. Ganz einfach, oder?

Hier gibt es auch einen schönen Spruch:

„Geld ist Macht, haste nix Macht nix!"

Passender geht es nicht.

Wenn alle nur mal in Deutschland, heute ihr Geld von der Bank holen würden, würde das System zusammenbrechen, da es niemals so viel Geld gibt und spätestens nach der Hälfte müssten sie die Bank erst einmal schließen, da das Bargeld alle wäre, verstehst du? Man nennt das Phänomen auch „Giralgeld". Wie kann es sein, dass private Leute bestimmen, und über dem Staat stehen. Wer lässt das zu? 62 Menschen auf der Welt besitzen so viel Geld, wie die Hälfte der Weltbevölkerung. Unglaublich, oder? Übrigens ist der Euroschein nichts anderes als ein Schuldschein. Ihm fehlen sämtliche Merkmale, welche eine Banknote haben muss, wie sie der D-Mark Schein noch hatte. Diese Merkmale findest du auch auf dem Dollar, aber wie gesagt nicht auf dem Euro.

Zwischen den Illuminaten und den Zionisten gibt es noch andere einzelne „Gruppen" wie die Freimaurer, Jesuiten, Johanniter oder Skull & Bones. Und du glaubst, du kannst wählen, sollten mal wieder Wahlen anstehen, und damit etwas verändern? Egal, welche „Partei" gewinnt, sie müssen nach dem sogenannten Parteibuch agieren. Und darin stehen die Regeln, welche die Oberen gemacht haben. Im aktuellen Geschehen auf der Welt sagen die, unsere Merkels und Gaucks, ebenfalls, was zu tun ist! Es ist ja auch so, da du daran glaubst, das die Politmarionetten uns nur Gutes wollen, sonst würdest du sie auch nicht wählen. Aber weißt du was? In dem Moment, wo du wählen gehst, gibst du DEINE Stimme ab, und „beerdigst" sie in einer Urne. Tschau, Tschüß, auf Wiedersehen. Und die gibst ihnen damit ddeine Macht! Eigentlich ganz einfach, oder? Es bleibt die Frage, warum gibt es eigentlich Geheimgesellschaften und warum sind sie erlaubt? Warum bestimmen sie, was gemacht wird?

„Wir stehen am Beginn eines weltweiten Umbruchs. Alles, was wir brauchen, ist die eine richtig große Krise, und die Nationen werden die neue Weltordnung akzeptieren."

David Rockefeller, 1994 vor dem Wirtschaftsausschuss der Vereinten Nationen.

Da dieses Thema so weitreichend ist, möchte ich, sollte es dich interessieren, dass du dich selbst informierst. Ich habe das Wichtigste dabei verstanden und versuche es, dir genauso einfach zu vermitteln. Ob du es glaubst oder dir dein eigenes Bild machst (was immer das Beste ist!), bleibt dir überlassen. Natürlich sind einige Dinge nur Vermutungen, aber im Ganzen gesehen ergibt das ein Bild für mich. Sollte ich absolut daneben liegen, weiß ich trotzdem eins: „Wir werden von vorn bis hinten verarscht, egal um was es geht."

Wir sollen arbeiten, krank werden, aber am wichtigsten ist: Viel Steuern für die Oberen erwirtschaften. Nur darum geht es. Das nennt man den modernen Sklaven!

Hier noch eine interessante Fiktion dazu:

https://derhonigmannsagt.wordpress.com/2014/10/18/die-300-jahres-verschworung/

Fazit

Gerade die zuletzt erwähnten Themen erforden eine immense Recherche und sind nicht leicht verdaulich. Darüber schreiben auch andere viel besser als ich. Ob die „Reihenfolge" in etwa so stimmt und welche „Geheimgesellschaften" wofür zuständig sind, dafür gebe ich natürlich keine Garantie. Fakt ist, sie existieren und haben ihre „Aufgaben". Es handelt sich hier um gerade einmal um 8 – 8500 Leute, die die Welt für sich beanspruchen, und alle anderen ihre Sklaven sind, wie deutlich muss es noch werden? Vielleicht liege ich komplett falsch, dann hattest du wenigstens ein paar amüsante Stunden, die du bei einem fiktiven Krimi auch gehabt hättest. Sollte es aber NICHT so sein, dann ist es erst recht deine verdammte Pflicht, die Augen geöffnet zu lassen und etwas zu ändern bzw. alles zu hinterfragen. Nehme es nicht mehr so hin, sondern bilde DICH selbst! Hast du schon mal EIGENINITATIVE ergriffen, zu einem „nicht gesellschaftsfähigen Thema"? Denke immer daran: Nichts passiert aus Zu-fall, nichts!

Ach ja, glaubst du also immer noch, das all das was ich hier aufgeführt habe, nicht krank macht? Sagst du immer noch, das du NICHT Schuld bist, an deinen Krankheiten, deinem Stress und natürlicher deiner Unzufriedenheit bist? Merkst du nicht, das nur DU es ändern kannst??? Und noch etwas, ich bitte ausdrücklich darum, dass ich in deinen Augen KEIN Verschwörungstheoretiker sein möchte. Dieses Un-Wort haben die „Oberen" und diejenigen die diese Wahrheit nicht sehen wollen, erfunden, um dich „bei ihnen" zu halten. Und das klappt ja hervorragend bis jetzt.

Du sollst dich mit diesem, ich nenne es mal, krankem Scheiß auch gar nicht weiter beschäftigen, schenke dem nicht mehr Aufmerksamkeit als nötig. Sei dir nur bewusst, dass wahrscheinlich ganz andere die Fäden ziehen, als du es dachtest. Und allein durch dein Handeln, nämlich denen nicht mehr zu folgen, sondern DEINEM Instinkt, wirst du merken, was sich alles verändert. Merkst du nicht, dass alle Menschen handeln, wie DIE es wollen, egal ob im Arbeitsleben oder in der Freizeit. Wofür gibt es denn dann den freien Willen? Da ich aber alles hinterfrage, habe ich die Erkenntnis aus allem gezogen. Und diese heißt für mich: Ich versuche, mich nicht beeinflussen zu lassen, sondern folge den schönen Dingen im Leben, die mir Kraft und Ausgeglichenheit geben. Man kann sowieso nicht ändern (oder doch?), wer auch immer was mit uns vorhat. Dinge, die von langer Hand geplant wurden, werden umgesetzt. Diese können trotz allem verhindert werden, und es wurden bereits einige verhindert. Ich konnte MICH dadurch ändern und kann gewisse Dinge beeinflussen, wenn auch nur im „kleinen Rahmen". Sollten aber immer mehr mitmachen, werden wir irgendwann ganz viele sein, und dann können wir GEMEINSAM viel bewegen! Du weißt gar nicht, dass wir Menschen ALLE EINS sind. Woran merkst du das? Egal, mit wem du dich unterhälst, jeder ist individuell und trotzdem wirst du bemerken, wieviel GEMEINSAMKEITEN ihr doch habt! Es werden Feindbilder von oben geschaffen, egal, ob in der Religion, mit Grenzen, mit der Hautfarbe, in der Politik oder wegen seiner Herkunft. Und zwar nur aus einem Grund: Damit wir NICHT zusammen handeln. Denke immer daran: Du tust es für dich, deine Familie und für die nachfolgenden Generationen. Wenn du dich änderst, änderst du alles folgende, und viele mehr werden es auch tun. Nur du kannst bestimmen, ob du weiterlebst wie bisher und die anderen „machen" lässt. Dann möchte ich aber nie mehr von dir irgendwelche Beschwerden hören, weil du zu bequem warst oder keine Lust dazu hattest! Ich wurde durch unangenehme Dinge ein besserer Mensch. Das klingt paradox, ist aber so! Ich folge nicht mehr dem Scheißspruch:

„Wie du mir, so ich dir."

Und nur darauf kommt es an.

Zeige, dass du es auch kannst, folge deinem Instinkt und du wirst deinen Weg gehen. Wie du das machst, bleibt dir überlassen.

„Wo ein Wille ist, ist auch ein Weg!“

Du konntest nichts auf dich reflektieren, was ich schrieb? War wirklich gar nichts dabei, was du falsch machst? Dann bist du entweder ignorant, oder hast das Buch nicht verstanden. Lauf weiter mit deiner Sonnenbrille durchs Leben (übrigens auch eine Erfindung der Modeindustrie, die Sonne spendet uns wichtige, ich nenne es mal Nährstoffe, unter anderem Vitamin D3). Oder du machst bereits vieles so? Bravo, dann hätte ich dich gern als besten Freund. ☺ Merkst du nicht spätestens jetzt, dass „die“ es NICHT gut mit uns meinen? Dieses Buch soll Menschen späterer Generationen schonungslos aufzeigen, wer wir waren und was wir alles falsch gemacht haben, dass wir mit Schuld daran waren, dass die Erde so geworden ist, wie sie ist. Ich spreche jetzt nur vom Großteil der Menschen in Deutschland. Würde ich die ganze Welt einbeziehen, wäre das eine „unendliche Geschichte“! Wenn du wirklich glaubst, alle alten Bauten wie z. B. Pyramiden, das Taj Mahal in Indien, die Inkastätten der Maya, das Kolloseum in Rom, die ganzen Megalythen oder was auch immer, wurden vor tausenden von Jahren mit Hammer und Meisel erbaut, weil es so in den Büchern steht, dann kannst du entweder nicht klar denken oder du zeigst mir, wie es geht und überzeugst mich. Des Weiteren sind diese Bauten präzise auf die Sterne ausgerichtet und nach der Zahl Pi (3,14...) gebaut worden. Wie kann man alles so präzise ohne technische Hilfsmittel bauen? Wie kann man tonnenschwere Steine oder Marmorplatten teilweise hunderte

Kilometer transportieren? Wie kann man sie exakt übereinander zusammenbauen? Von „Menschenhand"? Selbst heute mit Strom, Riesenfahrzeugen und allen Hilfsmitteln, die zur Verfügung stehen, ist es ja noch UNMÖGLICH. Aber damals, ohne diese Techniken ging das alles? Sehe dir die ganzen Inschriften und Zeichnungen in diesen „Kultstätten" an, dann wirst du es vielleicht verstehen. Der Mensch braucht für alles eine Erklärung und akzeptiert es so, wie es „erklärt" wird. Ob es stimmt, wird nicht hinterfragt, weil man es ja nicht widerlegen kann. Aber ein gesunder Menschenverstand sagt, dass es so NIE gewesen sein kann. Jeder versucht immer nur, das Beste für „SICH" herauszuziehen und geht dabei, wenn es sein muss, auch über Leichen – so, wie die Oberen es uns schön vormachen, machst du es auch, stimmts? Genau deswegen MUSS ich das alles niederschreiben, damit du auch mitmachst und dich nicht mehr verarschen lässt. Damit du dir dein eigenes Bild machst! Vergiss dabei nie, dass alle um dich herum davon profitieren werden. Aber du musst die „geliebte" Masse dabei verlassen. Du bist doch auch bestimmt mit irgendetwas an dir unzufrieden. Du färbst dir möglicherweise andauernd die Haare, jede Woche neue (unechte) Nägel oder hast möglicherweise schon an dir „rumwerkeln" lassen. Sollte es eine Schönheitsoperation gewesen sein, weil du entstellt warst, ist das vollkommen in Ordnung. Solltest du es aber gemacht haben, weil beispielsweise deine Lippen nicht „voll" genug waren, dein Bauch zu dick oder dein Busen zu klein ist, dann frage ich dich jetzt, gehts dir danach besser? Oder überlegst du schon, was du als nächstes an dir verändern kannst? Frag dich lieber, warum du es machen willst. Wenn du dein Äußeres veränderst, bleibt dein Inneres trotzdem das Alte! Du machst es, weil du mit dir nicht im Reinen bist, also wegen dieser Unzufriedenheit! Die musst du ändern, nicht dein Äußeres! Du bist einmalig, so wie du bist! Wenn du dich innen schlecht fühlst, „sieht“ man es auch von außen. Noch nie von dem Spruch:

„Wie innen, so außen!“

gehört? Er stimmt. So wie du dich fühlst, genau das strahlst du aus. Das hat mit deinem wirklichen Aussehen absolut nichts zu tun. Du bekommst doch manchmal bestimmt auch Komplimente wie: „Wow, siehst du gut aus heute!“ Ok, du weißt auch, dass dein Gegenüber es oftmals nur aus Symphatie sagt, leider. Aber diesen Moment solltest du nutzen und schauen, ob es dir gerade heute wirklich so gut geht, immerhin sehen es die anderen ja. Sollte dir aber mal jemand sagen, dass du heute schlecht aussiehst, dann höre in dich hinein, denn dein Gegenüber hat bestimmt Recht. Überlege genau, ob du in deiner „alten“ Haut bleiben willst oder doch lieber versuchst, es anzugehen, ein besserer Mensch zu werden. Tipps habe ich dir ja genug gegeben ☺. Stelle den Kommerz nicht mehr in den Vordergrund, kaufe bewusster ein, lasse den TV öfters aus (am besten ganz raus damit, ist Zeitverschwendung) und glaube nichts, nur weil es alle sagen. Du hast deinen eigenen Kopf, verwende ihn mal ohne die anderen. Wenn du die Gifte wie z. B. Fluorid, Aspartam oder zu viel Zucker weglässt, unterstützt du dich selbst dabei. Sei freundlich, dann ist man auch freundlich zu dir. Teile, dann teilt man auch mit dir. Solltest du aber beispielsweise beim nächsten „Terrorakt“ wie zuletzt im November in Paris dein Profilbild aus Mitgefühl in den Landesfarben ändern, hast du leider nichts verstanden von dem, was ich hier schrieb. Dein Bild ändert GAR NICHTS, nur dein zukünftiges TUN! Willst du dich für den Weg entscheiden, den ich hier vorschlage, der zweifelsohne auch anstrengend ist? Die Anstrengungen lassen mit der Zeit nach, danach machst du alles mit einem Lächeln und siehst alles entspannter, glaub mir. Schenke dem Negativen keine Gedanken mehr, sondern dem Positiven und du wirst es anziehen, versprochen! Da dann plötzlich andere Themen, die vor allem fürs Leben wichtig sind, an der Tagesordnung stehen werden, wirst du sehen, dass du dich auch von „guten“ Freunden trennen musst, da ihr nicht mehr EINER Meinung sein werdet. Dann siehst du, dass sie genau dieses NICHT waren. Aber es kommen neue, genau die richtigen, und die bleiben auch. Die zieht man dann förmlich „an“. Passt halt nicht zur heutigen chilligen Partygesellschaft, aber man kann auch beides gut miteinander vereinen. Nur die Gespräche werden interessanter! Ich bin übrigens bei einigen Themen bewusst nicht bis ins Detail gegangen oder habe die Antwort völlig offen gelassen, damit du es selbst herausfindest. Und glaube mir: Fängst du erst einmal damit an, hörst du nicht mehr auf. Hochspannende Themen, die täglich neues „Futter“ bekommen.

Der wichtigste Spruch ist und bleibt:

„Fang immer bei dir selbst an!“

Drück die „Reset“-Taste und starte „dich“ neu, sonst funktioniert es nicht.

Dieses Buch habe ich in vollkommener Eigenregie heraus gebracht. Und darum ist dieses Buch, oder gerade deshalb, anders wie „normale“ Bücher. Das nennt man auch komplette EIGENVERANTWORTUNG. Wenn du dich über Rechtschreibfehler aufregst, oder über die ganz eigene Schreibweise wunderst, dann hast du nicht verstanden dass es rein um die Informationen geht, welche ich dir mitteilen möchte. Es ist vollkommen unwichtig, ob die Satzstellung stimmt, die Kommasetzung, oder der Buchtitel, der eigentlich nichts über den Inhalt sagt, es ist egal, verstehst du? Dieses Buch wird auch so die richtigen Menschen erreichen, weil sie nach dieser Art von Büchern „suchen“, genau so wie du, du hast es ja auch gefunden ☺! Und das obwohl dieses Buch nirgendwo beworben wird, außer von mir selbst, auf meiner Homepage, oder in meinen Videos auf youtube. Auch so kann man Erfolg haben, weil ja viele Menschen glauben, man muss den „Weg“ gehen, den alle gehen. Genau das Gegenteil ist der Fall.

Ein Geschenk die Musik

„Musik ist Balsam für die Seele!“

Finde schnell heraus, welche Musik dich berührt. Damit meine ich nicht die schnell produzierten Lieder aus dem Radio, die nur für den schnellen Euro gemacht wurden und die sich immer wiederholen. Wir leben in einem Land, in dem ein Künstler wie Xavier Naidoo erst zum ESC fahren soll und dann aufgrund seiner (nicht mediengerechten) Aussagen wieder ausgeladen wird, obwohl er eigentlich auch nur über Liebe und Freiheit singt.

Meine Musik

Ich MUSS hier noch einmal kurz aufführen, welche Lieder mich unter anderem dazu inspiriert haben, dieses Buch zu schreiben: Es ist (fast) alles äußerst melodiöser Hard Rock, mit Texten die Bedeutung haben. Ich mag keine Musik ohne schöne Melodien, also bitte nicht mit Heavy Metal verwechseln. ☺ Der Hard Rock ist ja leider verschrieen als „laut und schlecht". Er ist aber genau das Gegenteil, nämlich voller Melodie und sehr gutem Gesang, natürlich nicht alles, aber vieles davon. Es ist schier unglaublich, dass man davon nichts in den öffentlichen Sendern hört oder sieht. Wir sollen ja auch keine guten Gefühle haben, hatte ich gerade kurz vergessen. Oder weil die Bands ihr eigenes Ding machen und keiner Vorschrift folgen? Vielleicht entdeckst du ja bei mir endlich das, was du schon immer suchst.☺ Diese Art von Musik berührt mich seit etwa 30 Jahren und ihre Faszination lässt mich nicht los. Ich habe so viel Wahrheit in den Texten erkannt. Du glaubst gar nicht, wie sehr man Musik „fühlen" kann. ☺ Hier meine Inspirationen zum Buch:

Mein absoluter Favorit seit einem Jahr sind:

H.e.a.t. aus Schweden. Ich lernte sie erst 2014, natürlich aus „Zu-Fall" kennen, die Texte haben soviel Wahrheit...

H.e.a.t.: The one and only (dieser Text verlieh mir Flügel, kam genau zur "richtigen" Zeit ☺)

H.e.a.t: Tearing down the Walls

H.e.a.t: Follow me

H.e.a.t: Shelter

H.e.a.t: Better off alone

H.e.a.t.: All the nights

H.e.a.t: Cry

H.e.a.t: Mannequin Show

Eigentlich LIEBE ich alles von H.e.a.t...

Außerdem:

House of Lords: Whats forever for

MSG: Follow the Night

Europe: The Final Countdown (ein All-Time Favorit, komisch oder?)

Gotthard: The Call

Hardline: Fever Dreams

Michael Kiske & Amanda Sommerville: City of Heroes

Shinedown: For my Sake

Shinedown: Second Chance

Shinedown: Call me

Stan Bush: This Moment

Stan Bush: In this Life

Eclipse: About to break

Eclipse: Unbreakable

W.E.T.: Learn to live again

Find Me: Midnight Memories

Find Me: Nowhere to hide

Find me: One Soul

Find Me: Road to nowhere

Palace – Path to Light

Palace – Part of Me

Das ließ ich mir stechen, als ich inspiriert wurde und anfing, zu schreiben.„Tearing down the Walls“. Ich habe meine alten Mauern „abgerissen“.

Eins noch:

Solltest du mit deiner rücksichtslosen, egoistischen Art weitermachen, kommt die Erde dem Untergang noch ein Stück schneller entgegen. Kaufen bedeutet, es muss mehr produziert werden. Und dafür sterben täglich Menschen und Tiere. Produktionen müssen vorangetrieben werden von Kindern, Arbeitern oder Maschinen. Alles zu Dumpingpreisen, nur weil auch du es einfach nicht gelernt hast, worum es hier eigentlich geht! Vergiftest du dich ab jetzt – da ich es dir ja gesagt habe – bewusst weiter mit Fluoriden, Light Getränken, chemischem Essen oder Medikamenten? Glaubst du weiterhin den Schrott aus der Tagesschau und der Blöd-Zeitung? Oder vertraust du weiter „deinem“ Staat, der so einen Dreck ja zulässt, und zwar mit voller Absicht, und dir deine schwer verdiente Kohle aus der Tasche zieht? Zahlst du weiter so immens viele Steuern, mit welchen Kriege finanziert werden? Mach das! Vergiss aber später bitte nicht, dass da jemand war, den du vielleicht für verrückt hieltest, der dir helfen wollte, damit du NICHT krank und weiter manipuliert wirst. Aber dann ist es zu spät, dann hast du genauso stur und egoistisch weiter gehandelt wie jetzt.

Du kannst (fast) nichts dafür, dass du so geworden bist, wie du bist. Das System läuft nun mal so. Es geht nur um eins: Es soll bzw. es gibt schon eine neue Weltordnung zum Zwecke der totalen Kontrolle der Menschheit. Wir stecken mittendrin, weil es ein schleichender Prozess ist. So etwas passiert langsam. Und jeder macht brav mit.

Mit welchen Tricks du manipuliert wirst:

https://www.youtube.com/watch?v=7aP7-lZ8PB8

Aber DU hast es in der Hand, deinen Weg zu gehen und jedem zu zeigen, was du wirklich drauf hast! Du kamst allein auf die Welt und genauso gehst du auch wieder, vergiss das nicht! Wobei du vielleicht gar nicht gehen musst ☺ Das Gefühl, wenn du frisch verliebt bist, wenn sich die Musik so schön anhört. Wenn du alles um dich herum anders, schöner wahrnimmst. Dieses Gefühl kannst du immer haben, jeden Tag. Du musst nur wollen! Es gibt so viel zwischen Himmel und Erde, was wir nicht verstehen. Man muss alles akzeptieren, so wie es ist. Aber wir können so viel beeinflussen. Verstehst du jetzt den Satz: „Was kann ich als Einzelner schon ändern?“ Es ist eine Menge und es liegt an jedem selbst!

Hier noch kurz die versprochenen Bilder:

18 Kilo in vier Monaten abgenommen, ohne viel Sport. Es war definitiv die Einstellung. (Mittlerweile sind wieder 3-4 draufgekommen).

Ich finde, dass ich ein lebendes Beispiel dafür bin, dass ich eben kein Guru, Esoterik-Spinner oder Öko bin. Das ist nicht negativ gemeint, nur werden sie immer so hingestellt. Mir soll keiner „folgen“ im herkömmlichen Sinn. Sondern für sich den Weg finden. Ich kann nur sagen dass es zu 100% funktioniert. Man darf es aber nicht halbherzig machen, dann funktioniert es nicht. Ich (war) bin einfach nur einer von euch. Und deswegen finde ich mich auch extrem glaubhaft. ☺ Ach ja, ich trinke immer noch gern mal ein, zwei Bierchen und rauche auch. Diese zwei Dinge kann ich einfach nicht lassen, zumindest noch nicht, alles zu seiner Zeit. Auch lasse ich bei meinem Sohn noch „zu viel durchgehen“, das ist mir alles bewusst. Aber was ich in einem Jahr alles geändert habe, schaffen andere ihr ganzes Leben nicht. ☺ Macht mich das unglaubwürdig? Daran siehst du nur, dass ich NICHT perfekt bin. Ich versuche, weitestgehend den anderen Dreck wegzulassen, und zwinge mich zum Sport. Ich habe seit über einem Jahr keine Kopfschmerzen mehr und fühle mich weitaus „jünger“, fitter und ausgeglichener.

Solltest du in Zukunft immer noch deine Meinung vor deinen Freunden „verschweigen“, weil du nicht unangenehm auffallen willst, dann hast du nichts verstanden. Hör endlich auf, anderen nach dem Mund zu reden. Sage DEINE Meinung offen, poste mal VERNÜNFTIGE Links auf Facebook, die auch Inhalt haben für Alle, statt deine Selfies, oder dein Essen. Wach endlich auf aus der beschissenen Scheinwelt, die uns vorgelogen wird. Schalte dein eigenes Hirn ein. Wenn sich deine „Freunde“ von dir abwenden, dann waren es keine! Sondern nur Bekannte! Auf die kannst du verzichten. Ich liebe dich, egal wo du gerade bist, und das meine ich ernst. Wir sind alle eins. Wenn du irgendwann verstanden hast, warum ich das zum Schluss zu dir sage, dann hast du es geschafft. Vergiß bitte nicht, dass ich dieses Buch genau für dich geschrieben habe! Und nun zu allerletzt drei Links, die euch erklären, wie die Welt etwa funktioniert.

Eine kurze Version findest du hier:

Die Lüge, die wir leben

https://www.youtube.com/watch?v=3nXu7pdcWfQ

Eine ausführliche Erklärung und meiner Meinung nach beste Dokumentation darüber überhaupt ist:

Thrive https://www.youtube.com/watch?v=-pRfGVHU_Qqnden

Hiervon gibt es drei Teile:

Zeitgeist https://www.youtube.com/watch?v=GgmLxQuPcNw

Solltest du natürlich gut finden, was ich mache, würde ich mich über Unterstützung freuen. Glaube mir, das Geld wird nur benutzt, um selbst zu leben und um anderen zu helfen. Ich kenne zum Beispiel einen Rollstuhlfahrer, der sich so abrackert mit seinem Uraltmodell. Ihm habe ich versprochen, einen Elektrischen zu kaufen, sollte ich mir das leisten können. Es gibt noch ein paar Menschen, die mir einfallen, denen ich gern helfen möchte, damit sie wieder zur Gesellschaft gehören können, aus der sie ausgeschlossen wurden. Vielleicht werde ich auch eine Einrichtung gründen, ich lasse alles auf mich zukommen

Näheres dazu findest du auf meiner Webseite:

www.freitv.wordpress.com

Youtube: Frei TV

So, Freunde, jetzt geht's nochmal richtig ab.....

(real) Breaking News

Eigentlich war hier das Ende des Buches vorgesehen, und ich wollte das folgend geschriebene, für mein nächstes Buch „aufheben". Sehe es wie bei einem Konzert, wenn das Publikum gut war, bekommt es eine Zugabe. Und da du bis hierhin gelesen hast, bist du unglaublich gut ☺ Da dieses Buch sowieso, anders wie alle anderen ist, bin ich der Meinung, ihr müsst es vorher wissen. Alles was ihr jetzt lesen werdet, erlebte ich erst, nachdem mein Buch eigentlich schon fertig war. Das ich schon lange auf dem richtigen

Weg war, wusste ich ja Intuitiv, aber was dann kurz danach folgte, daran hätte ich im Traum nicht gewagt zu glauben, so schön war es. Mir hatte das i-Tüpfelchen noch gefehlt, wobei ich nicht einmal wusste, dass es das überhaupt gibt.

Der Weg zur vollen Liebe, oder was ist das Geheimnis dahinter

Ich hatte zuvor geschrieben, wer dafür zuständig ist, das es uns schlecht gehen soll, und wir in Hass, Angst, Zweifel oder in Eifersucht leben sollen. Einige Kapitel habe ich herausgenommen, weil mein Buch keine Plattform für diese Personen bieten soll. Einiges habe ich jetzt doch im Buch behalten, weil ich trotz allem, es enorm wichtig finde, dass du es einfach Wissen musst. Wer meine Videos auf youtube kennt, oder meine Webseite schon besucht hat, der weiß dass es mir nur darum geht, dass alle Menschen glücklich sein sollen. Das geht nur, wenn du dich dafür entscheidest den Weg zur vollen Liebe zu suchen, und natürlich zu finden. Der Weg dahin ist so einfach, wenn man weiß wie. Ich gebe hier sehr gerne Denkanstöße dazu. Im vorderen Teil des Buches, beschreibe ich was uns vor allem daran hindert, das wir nicht selbstständig Denken oder Handeln sollen. Genau das ist der „Plan" derjenigen, welche dafür zuständig sind. Wenn man diesen Jahrtausende alten Plan durschaut hat, versteht man warum sie es machen. Der Grund ist so einfach, ja fast schon zu einfach...Wenn jeder Mensch wüsste, wie mächtig er in Wirklichkeit ist, würde er sofort alles hinschmeißen, und den „richtigen" Weg gehen. Wir werden vor allem mit Arbeit „versklavt"! Das dies seit einer so langen Zeit funktioniert, und die Menschen langsam merken, dass hier gewaltig etwas nicht stimmt auf der Erde, ist kein Zufall! Wir Menschen waren seit Ewigkeiten im „Dornröschenschlaf". Die

Mächte über uns, wissen dass jetzt die Zeit gekommen ist, und die Menschen langsam, aber sicher erwachen, genau jetzt! Deswegen werden wir in den letzten Jahren mit Technologien „zugeballert", um bloß nicht ins selbstständige Denken zu kommen. Smart-TVs, 3D-Brillen, - jetzt sogar als Zubehör der neuesten Smartphones. Spielkonsolen, kostenlose Spiele zum Downloaden, Veranstaltungen ohne Ende (und oft ohne Inhalt). Werbung überall, damit wir kaufen, kaufen, kaufen sollen. Im TV Gewalt, Mord, Beziehungsprobleme, nichtssagende Sendungen unterster Haltung (Unterhaltung). Beispiele? Nein, da brauchst du nur einmal alle Programme durchzappen. Ich schaue fast kein TV. Ich besitze keinen! Und bezahle dafür auch keine Gebühr! Das ist Willkür, dass sie es einziehen. Es gibt aber genug Wege, denen klar zu machen, das man es eben nicht muss. Übrigens gibt es ein wunderschönes Gerichtsurteil dazu:

http://lrbw.juris.de/cgi-bin/laender_rechtsprechung/document.py?Gericht=bw&nr=19803

Versteht ihr den wahrhaften Sinn, der so offensichtlich ist, der dahinter steckt? Wir sollen nicht selbstständig Denken, und Handeln schon gar nicht. Sollte man sich nämlich mal mit Dingen, welche hinter diesem „System" stecken beschäftigen, kommt man ganz schnell zu dem Ergebnis, wie groß die Verarsche am Menschen ist. Wenn du verstehst dass wir hier als Personen, und nicht als Menschen be-, und gehandelt werden, durchschaust du es ganz leicht. Mit unserer Geburt beginnt es. Ein Baby wird gewogen und gemessen. Das wird aber nur bei „Waren" gemacht. Das Original der Geburtsurkunde bekommst du auch nicht, nur eine Kopie davon, richtig? Mit dem Original wird seit deiner Geburt gehandelt. Dies ist dein sogenanntes Strohmannkonto. Deine Sozialversicherungsnummer ist der Schlüssel zu deinem Konto. Es ist ganz leicht heraus zu finden wo denn dein Konto existiert. Das sollst du aber selbst heraus bekommenVon nun an (außer das du sofort durch Impfungen vergiftest wirst), wird mit deiner „Person" gehandelt. Und zwar dein Leben lang bis zum Tod (der uns vorgegaukelt wird). Du bist ein Teil der Börse, Handelsware, verstehst du? Du beantragst einen Personalausweis, also bist du freiwillig, mit deiner Unterschrift, Personal der Firma BRD (ja eine Firma, kein Staat, siehe mal im Handelsregister nach...). Übrigens gibt es auch die Nationalität „Deutsch" nicht, korrekt wäre. „Deutschland" An einem Menschen dürften keine Gesetze gelten, an deiner Person schon, da du dich für „Sie", also als Person ausgibst. Ein Mensch ist frei, und zwar schon immer. Die meisten Sachen beschließen wir freiwillig mit unserer Unterschrift. Bei denen geht es aber so gut wie immer um unsere Person. Du unterschreibst, also bist DU die Person. Ist doch ganz einfach. Wenn ich mal zur Polizei, oder einer anderen Dienststelle muss, meinen Ausweis hinlege und gefragt werde: „Sind sie das?", sage ich: „Nein, das da liegt, ist die Person, welche von euch eine Einladung (richtig wäre hier: Vorladung!) bekommen hat, ich bin ein Mensch!" Was glaubt ihr wie die glotzen ☺. Die „Beamten" dort haben auch nur einen Dienstausweis. Den hatte ich auch 20 Jahre lang. Sind sie deswegen, etwas „Höheres" wie ich? Nein sind sie nicht. Sogar unser lieber Herr Gabriel hat es (unbewusst?) ausgesprochen: „Wir haben gar keine Bundesregierung, Angela Merkel ist eine Geschäftsführerin einer neuen Nicht-Regierungs Organisation!"

https://www.youtube.com/watch?v=GHb4gjhTyPQ

Interessant ist auch, wenn du mal mit dem Gericht zu tun hast, heißt es ja immer „In der Sache Max Mustermann…“. Sind wir eine Sache? Da ich selbst vor kurzem eine Scheidung hinter mich gebracht habe, achtete ich auf die genauen Wortlaute…Einmal ganz schnell und kurz, wurde ich als „Person“ genannt, aber nicht einmal als Mensch. Da es auch keine Beamten mehr gibt, sondern Personen mit einem Dienstausweis, welche aber darauf beharren, das sie einen Beamtenstatus haben. Was ist denn ein Status? Status kommt aus dem lateinischen und bedeutet: Status Quo= Im vorherigen Zustand. Verstanden? Wenn du gerade bei der deutschen Schrift, genau hinterfragst, oder das Wort auseinandernimmst, wirst du auch zb. verstehen, warum es bei uns ein „FinanzWESEN“ gibt. Wenn du dies alles nachforschst im Netz, wirst du ganz viele Seiten finden, wobei dir (natürlich) das alles sofort als Verschwörungstheorie entgegenschleudert. Ist ja klar, auch diese Personen haben ihre Leute im Internet. Wir sollen genau das alles nicht glauben. Wir sollen weiterhin klein gehalten werden. Suche nach der Wahrheit, die für dich stimmig ist, und nicht was alle anderen sagen. Das ist DEIN Leben

Die Zeit ist gekommen, jetzt!

Die Zeit des Erwachens ist gekommen. Deswegen sind wir genau zu diesem Zeitpunkt hier auf der Welt. Ich habe das System, welches extra installiert wurde, um uns klein zu halten, zu versklaven, und zu kontrollieren schon lange verstanden. Unsere Seele hat sich genau unseren Körper ausgesucht, um sozusagen „dabei zu sein“ wenn wir die Welt wieder zurück zu ihrem Ursprung bringen. Was bedeutet das? Schnell erklärt. Das alle Menschen, so wie es der Schöpfer immer vorgesehen hat, zusammen wieder in Liebe und Harmonie miteinander leben. Was hier im Moment auf der Erde passiert, ist das genaue Gegenteil. Das war aber nie so vorgesehen! Der Schöpfer kennt keinen Hass, nur Harmonie und

Liebe. Wir sind ein Ebenbild von ihm, jeder einzelne Mensch! Umgeformt worden durch eine Macht, welche es früher irgendwie geschafft hat, von uns allen Besitz zu ergreifen, und uns zu leiten (und wir es Jahrtausende nicht gemerkt haben). Um Kriege zu führen, uns zu hassen, uns gegenseitig zu vernichten. Und natürlich um uns zu totalen Egoisten zu machen. Das hat bis heute funktioniert, und wie! Aber jetzt geschieht der große Umbruch! Es gibt immer mehr Menschen, welche in ihre wahre Kraft kommen. Und diese Kraft ist so unermesslich groß und stark, das bald die Welt zu ihrem Ursprung zurück findet. Dank genau uns! Wir alle sind das mächtigste was es im Universum gibt. Wir wurden einstmals in voller Liebe erschaffen. Und da wir das komplette Ebenbild des Schöpfers sind, sind wir alle wie Er. Genau diese Kraft, ist uns abhandengekommen. Die Mächtigen hatten lange genug die Macht über die Menschen. Das Spiel geht langsam, aber dafür ganz sicher dem Ende zu. Wir werden bald wieder alle frei sein. Dann wird es keine Armut, kein Geldsystem, keinen Hass, und keine Mächtigen mehr über uns mehr geben. Weil wir alle gleichmächtig sind! Da muss aber JEDER Mensch seinen Teil dazu beitragen, und gerade deswegen versuchen immer mehr, die Menschen zum Umdenken zu bewegen.

Wenn es verstanden wird, wird jeder einzelne von uns Menschen, seine eigene Begabung, die jeder hat, leben! Jeder macht das zu seinem, nennen wir es meinetwegen Beruf, was genau Er, am besten kann. Keiner macht mehr eine Arbeit, welche ihn krank und kaputt macht. Keiner lässt sich mehr erniedrigen. Wenn jeder einzelne Mensch erst einmal herausbekommt, das er das gesamte Wissen in sich trägt, und weiß, wie er es „aktiviert", gibt es nur noch eins: Bedingungslose Liebe! Dann müssen Kinder nicht mehr in die Schule und falsches Wissen, was mit dem wahren Leben NICHTS zu tun hat, lernen. Unsere Natur wird wieder zu ihrem Ursprung finden. Tiere leben wieder MIT uns zusammen, und werden nicht mehr gefangen gehalten, umgebracht oder gefoltert. Wie findest du den Gedanken daran? Wie ist es heute auf der Welt? Was hättest du lieber? Denke auch immer daran: Umso kranker du bist, umso gesünder ist die Pharmaindustrie! Da ist noch so viel mehr, glaube mir. Aber erst einmal müssen wir ALLE Menschen vom Hass, und alles was man sich darunter vorstellen kann, wegbringen. Wir müssen wieder zusammen finden. Ich bin ein Mensch, der alles dafür tut, so viele zu erreichen wie nur irgend möglich. Und zwar werde ich damit NIE aufhören. Wie findet man in die bedingungslose Liebe? Das muss zuerst mal jeder für sich entscheiden, willst du das wirklich? Dann trenne dich von allen Gedanken, welche dir Kummer machen. Das alles sind Glaubensmuster, welche uns immer wieder indoktriniert werden, aber nicht stimmen. Versuche nur noch positiv zu denken. Tue dir viel Gutes. Gehe in die Natur und spüre Sie. Versuche mal eine Liste aufzuschreiben. Auf der einen Seite alles was du unter Liebe schreiben könntest. Auf der anderen Seite, alles was zu dem Begriff Hass gehört. Versuche, danach zu leben, das du die Gefühle, oder Situationen, welche dich immer wieder auf die Seite des Hasses bringen, abzulegen, oder zu ignorieren. Immer wenn du glaubst, es geht dir schlecht, höre zb. Musik, welche dich glücklich macht, oder tue etwas was dir guttut. Suche das Glück und die Liebe NICHT darin, etwas Neues zu kaufen. Dieses Gefühl hält nur kurzzeitig. Wenn dein Partner dich nicht glücklich macht, ist das auch ein falsches Denken. Nur du kannst dich glücklich machen. Wenn du das in allen Facetten bist, dann kannst du Liebe geben. Und alles was du gibst, bekommst du doppelt und dreifach zurück. Das ist das Gesetz der Resonanz. Mache dich von Niemandem abhängig, dann bist du nämlich weg von dir selbst. Natürlich ist es wunderschön mit seinem Partner das Gefühl der Liebe zusammen zu (er)leben. Aber das geht nur, wenn sich beide so lieben, das man alles liebt und akzeptiert, was der jeweils andere macht. Und wenn du in der vollen Liebe bist, geht es auch gar nicht anders, dann hast du nämlich keine Zweifel mehr, oder schlechte Gefühle welche den Streit provozieren ☺. Verstehst du? Keine negativen Gefühle mehr? Wie sollt ihr dann noch streiten, wenn genau, die auslösenden Gefühle nicht mehr existieren? Schaue auch nicht andauernd, ob deine Kinder alles „richtig“ machen. Ihnen wird das freie Denken ja schon in der Schule abtrainiert. Sie brauchen auch ihren Freiraum, in dem sie sich entwickeln können. Wenn auch du deinem Kind alles vorschreibst (so wie du es willst), kann es keine eigene Meinung bilden, bzw. wird daran gehindert. Das bedeutet freies Leben für jeden einzelnen von uns. Das sich dass alles unglaublich anhört, ist mir bekannt. Aber ich lebe schon so, und viele andere auch. Wenn es bei uns funktioniert, warum soll es nicht bei dir funktionieren??? Ich war vorher auch ein ganz „normaler“ Mensch der gehasst hat, in Eifersucht gelebt hat, oder gekauft hat wie ein Verrückter. Warum konnte ich es abstellen, und du nicht?

Die (falsche) Kirche

Die Glaubenssätze der katholischen Kirche, sind komplett am Leben vorbei. Warum beten sie Maria, Mutter Gottes, und nicht Jesus an? Dort wird der falsche Gott angebetet. Warum machen sämtliche Päpste des Öfteren die Hand des Bösen? Oder warum sitzen die manchmal auf einem Stuhl, mit umgedrehtem Kreuz? Warum sprach zb. gerade Papst Franziskus andauernd vom Teufel? Macht dies jemand der an Gott glaubt? Oder gehört er zur „anderen“ Seite, und zieht alle in seinen (falschen) Bann? Glaubst du immer noch, dass dort der richtige Gott angebetet wird? Oder werden sämtliche Energien der anderen Seite zugewandt? Google es einmal und schau dir die Bilder ruhig an von Ihnen. Ich werde diese Drecksbilder hier nicht abdrucken. In der Kirche, oder gerade im Vatikan passieren Dinge, welche so unglaublich sind, dass ich sie hier niemals nenne werde, sowie in allen Königshäusern, da sie alle blutsverwand sind, und seit Jahrtausenden existieren und Rituale veranstalten welche du nicht glauben wirst. Wenn du da mal nachforschst, und heraus bekommst was ich meine, wirst du „diesen“ Glauben sehr schnell ablegen. Glaubst du die Spitze des Kirchturms wäre, das sich Bischöfe, Priester oder Pfarrer in christlichen Einrichtungen an Kindern vergehen? Warum machen dies ausgerechnet „Menschen“ die doch für das Gute stehen (sollen)? Wie gesagt, ich als Vegetarier würde NIEMALS im Schlachthaus arbeiten. Na, klingelt es immer noch nicht??? Und das, was ich hier erwähne ist gerade mal das Erdgeschoss. Wenn du die Stufen weiter hoch gehst, fällst du wortwörtlich vom Glauben ab, und wie! Dann wirst du die – ach so gute Kirche – mit ganz anderen Augen sehen! Fast keiner weiß das, deswegen MUSS ich es schreiben. Mir ist auch klar, dass dies sich alles so verrückt anhört, und man es keinesfalls glauben will. Aber die Realität sieht nun mal anders aus. Ich weiß auch, dass du denkst, der haut mir gerade ein Brett vor den Kopf. Aber da ich die Zusammenhänge auf der Welt einigermaßen verstehe, weiß ich warum dieses Spiel genauso gespielt wird. Sie (die Römer) haben Jesus gekreuzigt. Und die Pharisäer wussten dass er etwas Besonderes war, er war so gefährlich für sie, weil er die Worte des Schöpfers, also Gott verbreitete. Cäsar, Pontius Pilatus und die Pharisäer glaubten an „ihre“ Gesetze, was natürlich auch damals schon mit Steuern verbunden war, und das durfte auf keinen Fall aufhören. Das war wohl das größte Exempel, welches jemals an Menschen statuiert wurde. Und die Kirche verhöhnt Jesus (und damit auch uns) damit, weil er ja am Kreuz (und tot) in jeder Kirche hängt! Ja, das hast du noch nie so gehört, aber ich schreibe oben was die Kirche, oder der Vatikan anstellt. Die Kirche verbreitet seit damals eine falsche Lehre Gottes, und jeder der daran glaubt, unterstützt Satan damit, ohne das es ihm bewusst ist! Übrigens hat der Bibel-Jesus nichts mit der wahren Lehre Jesus zu tun. Dazu müsste man mal die Schriften aus Nag Hammadi, welche 1945 gefunden wurden, lesen. Dann wird der Bibel-Gläubige komplett vom (falschen) Glauben abfallen. Wusstest du, dass gerade unter jedem Altar der katholischen Kirche, Steine oder Statuen bewusst vergraben wurden, welche extrem negative Energien besitzen? Auch wurden auf bestimmten Energieplätzen bewusst „Denkmäler" oder andere Dinge platziert, um die „gute" Energie von uns fernzuhalten. Und diese negativen Energien halten die Menschen in ihrem (falschen) Bann. Und diese armen Menschen sind geblendet davon. Viel spricht dafür dass Jesus ein Indigo war! Ein Indigo ist nichts anderes als ein Mensch der von seinen ganzen Fähigkeiten Gebrauch macht. Diese Menschen lügen niemals, würden sich für jemand anderen opfern und besitzen Heilkräfte. Und davon gab es in den letzten Jahrhunderten sehr wenige. Viele die es auch konnten bzw können, benutz(t)en es als Magie, entweder weil sie nicht wussten (woher auch...) was sie damit alles können, oder nutz(t)en es zu ihrem persönlichen Vorteil. Alle dachten Jesus ist der große Erlöser. Warum sagt man nur zu ihm „Sohn Gottes"? Weil die Menschen bis vor kurzem nicht wussten, das (eigentlich) jeder von uns diese Fähigkeiten besitzt. Aber die Oberen wussten, was Jesus ist, deswegen musste er sterben. Hast du dich nie gefragt, warum so etwas nur ein einziges Mal, aus der uns bekannten Geschichte passiert ist? Es gab nichts Ähnliches. Der Schöpfer, welcher uns erschaffen hat mischt sich nicht ein, da wir sein Ebenbild sind. Die Mächtigen wissen das, genau deswegen werden wir tagtäglich mit Mord, Krieg, Totschlag und miesen Nachrichten bombardiert, damit wir bloß nicht auf die Seite der Liebe kommen. Ist dieser Trick nicht simpel, aber clever? Und fast alle Menschen „vertrauen" solchen Wesen, die dafür zuständig sind, das es uns mies gehen soll. Das sind herzlose Verbrecher, die uns alles andere als lieben. Genau DAS können sie nämlich nicht. Hast du dich nie gefragt, warum Frauen in der langen Geschichte immer nur eine untergeordnete Rolle gespielt haben? Die Frau stand früher für die Liebe. Der sogenannte gefallene Engel Lucifer, hat sich gegen die Gebote und Gesetze Gottes gestellt, und sein „Ding“ durchgezogen. Und dieses findet bis heute statt. Fast alle Menschen können nicht erlöst werden, da sie falschen Glauben haben, und vor allem Leben wie sie wollen. Das war von Gott nicht so gewollt. Und wer nach seinen eigenen Regeln sein Leben bestimmt, wird nicht ins Himmelreich kommen, egal was er meint für ein guter Mensch gewesen zu sein! Gotte erkennt JEDE Sünde, und wer dafür nicht Buße tut ist verloren! Die dunkle Seite ist (noch) so mächtig bei den Menschen, dass die Wahrheit nicht erkannt werden kann von Ihnen. Und darum glauben sie auch Menschen wie mir eben nicht, und ziehen weiterhin egoistisch „Ihr“ Ding durch. Warum heißt es wohl „Mutter Erde“? Warum sind wohl sämtliche Geschichtsbücher gefälscht, etwa zum Dienste der Machthaber? Deswegen glauben wir ja heute noch dass die Pyramiden mit Hammer und Meißel entstanden. Sehr, sehr viele Menschen stehen unter „Mind-Control“, und haben dämonische Besetzungen, ohne es zu merken. Du merkst es alleine daran, dass du vieles was ich hier schreibe, für den größten Bullshit hältst, den du je gelesen hast. Herzlichen Willkommen, du merkst auch nicht, das du diesen Pennern dienst. Du kannst es einfach nicht verstehen, weil du genau das nicht sollst. So läuft der Plan der Oberen nun mal. Wenn du aber einmal versuchst, dagegen zu steuern, und ins eigene, nicht ins vorgefertigte Wissen zu kommen, dann könnte es passieren, dass sich bei dir gewaltig etwas ändert. Alleine daran sieht man, wie verdreht die Welt ist. Man vertraut Wesen die uns nichts Gutes wollen, anstatt jemandem der nur Gutes möchte, nein, ganz im Gegenteil. Wusstest du überhaupt dass es Dämonen wirklich gibt? Nein kann nicht sein, richtig? FALSCH! Diese Wesenheiten sind für so gut wie alle Menschen nicht sichtbar, da sie physisch in einer anderen Dimension schwingen. Aber die Menschen welche in die Psychiatrie weggesperrt werden, die haben sie gesehen, und darum kommen sie da auch nicht mehr raus, sonst könnten es die Menschen ihnen ja glauben. Wobei der Mensch heute glaubt nur das was er und alle anderen sehen. Diese Wesenheiten „ernähren“ sich von unseren negativen Emotionen, und können uns dadurch „besetzen“, und dadurch handeln wir oft eben NICHT im Sinne aller, sondern bescheissen, betrügen, lügen und morden. Und der Mensch glaubt wirklich dass er für solche Taten persönlich verantwortlich ist. Woher soll er es auch wissen? Und diejenigen die hier an der Spitze der Pyramide stehen, also die 8-8500 Personen haben einen Pakt mit dem Teufel gemacht. Und die alle hassen uns, und darum lassen sie uns schon seit Jahrtausenden für uns arbeiten im Auftrag von Lucifer. Lucifer war eigentlich ein „Engel“, beauftragt von Gott, über die Menschen zu wachen. Dieser jedoch entschied sich gegen die Worte Gottes und kam somit an die Macht. Wenn es einer öffentlich aufdeckt, wird er entweder von ihnen umgebracht, oder sie holen sich ihre Medien gegen diese Menschen, damit sie medial fertiggemacht werden. Darum sind es Lügenmedien, weil sie alle unter einer Decke stecken, aber der deutsche Michel glaubt alles was er liest. Weil diese Wesenheiten die Meister der Illusion und der Täuschung sind. Sie können dir sogar Bilder projizieren, und du glaubst dass es echt ist. Jeder sollte sich ausgiebig mit der Menschheitsgeschichte befassen, und wird zu einem ganz anderen Ergebnis kommen. Die Offenbarung des Johannes ist sehr aufschlussreich. Es geht auch um die 4 apokalyptischen Reiter, sowie die 7 Siegel. Und die Endzeit, in der wir uns befinden, wird bald geschehen. Aber der Wandel wird anders geschehen. Mutter Erde wird sich schütteln, und durch extreme Wetterbedingungen, Vulkanausbrüche, Erdbeben, sowie Überschwemmungen. Sie muss sich reinigen von den negativen Energien, welche hier immer noch sind, auch durch die vielen Kriege in der Vergangenheit (abgesehen von den negativen Gedanken und Taten der Menschen jetzt).

Da kommt so ein „Depp“ wie ich daher, schreibt Dinge, die so unglaublich klingen, und wird als „Patient“ abgestempelt, der von dir aus in die Klapse gehört, und den paar Reichen, für die du dich krumm und buckelig schaffst, denen vertraust du weiter. Was ist aber, wenn ich Recht habe?

Das Wissen erlangen, oder was ist das Geheimnis in meine Kraft zu kommen?

Dieser Satz: „Wenn es Gott wirklich gäbe, würde er niemals zulassen was hier auf der Erde passiert!" – Wer hat sich Ihn nicht schon gestellt? Die Antwort darauf ist so simpel wie einfach. Weil Er das Prinzip des „Nichteinmischens" kennt. Jeder hat seinen freien Willen, und entscheidet welchen Weg er gehen will.

Der so lang gesuchte „heilige Gral", er steckt in jedem einzelnen von uns, der göttliche Funke. Es ist eine Art Leitfaden, mit dem der Mensch in seine eigene Kraft kommt! Das hat auch nichts mit Meditation oder ähnlichem zu tun, sondern es geht einzig und allein darum, um seine Ängste, Zweifel etc. gehen zu lassen, in die Liebe zu kommen, und reines Bewusstsein zu erlangen. Das geht etwa mit Konzentrationsübungen, oder vor allem dem Lernen der Selbstliebe. So einfach! Diese Menschen, die so etwas schreiben, sollen weiter „ihrer" satanischen Kirche folgen. Du brauchst dazu absolut kein Vorwissen, solltest dich aber wenigstens einigermaßen auskennen, von dem, was auf unserer Welt alles passiert. Du musst die gesamte Welt verstehen, um das Puzzle zusammen zu setzen. Wenn man diese Bewusstseinsöffnung, was in jedem von uns steckt, sich aneignen möchte, ist das wichtigste der Glaube. Wobei aneignen das falsche Wort ist. Aktivieren wäre das richtige Wort, da es ja in dir ist. Dieses „erkennen" der Wahrheit wird mit jedem Tag mehr. Und da ich so lange auf der Suche nach, nennen wir es mal „meinem wahren Ich" war, weiß ich, für mich, es gefunden zu haben. Ich bin zuvor auch schon etliche Male den falschen Weg gegangen, da es da draußen so viele Irrleitungen gibt. Du wirst wahrscheinlich, wie ich auch, erstmal den falschen Weg gehen, aber nur um es zu erkennen! Du wirst sehen, dass Wünsche wahr werden, aber du musst die Angst, den Hass, die Eifersucht gehen lassen, und zwar für immer. Wenn du auch nur ein wenig zweifelst daran, wird nichts passieren! Du musst die volle bedingungslose Liebe erlangen, dann wirst du sie auch verstehen. Solltest du auf deinem Weg aber Gott und Jesus Christus nicht vertrauen (so wie es bei mir auch lange Zeit war), wirst du viele Niederschläge erleben, und dich wundern warum so viel Leid bei dir passiert. Ich gönne jedem Menschen auf der ganzen Welt, genau dieses Glück, diesen (inneren) Wohlstand und diese Liebe. Deswegen schreibe ich das hier. Fragt mal jeden einzelnen, der sich mit diesem Bewusstsein und der Bekenntnis zur Urquelle aus der wir stammen, beschäftigt hat, und in seine Kraft kam, ob er jemals wieder in sein „altes" Leben zurück möchte. Du wirst keinen einzigen finden, versprochen!!! Es gibt wirklich verdammt viele Scharlatane und Magier da draußen, die genau dieses Wissen unter „falscher Flagge" verkaufen, und damit die Leute „verzaubern" um reichlich Kohle zu verdienen, und vor allem die Menschen komplett zu verwirren. Diese werde ich in meinem Buch bestimmt nicht namentlich nennen, da sie sich dann womöglich noch freuen werden. Sie dienen der bösen Seite, und haben ihre Seele (falls sie eine haben), an die Mächtigen verkauft und haben einen Vertrag mit den Archonten gemacht. Gerade dort, wo man es am wenigsten vermutet ist die Lüge am größten! Einige tun dies auch falsch, und wissen es nicht einmal. Da auch sie unter Mind-Control und fremdbestimmt werden. Mir ist es egal, ob du mir glaubst, oder nicht. Ich sage nur, was ich erlebe, und zwar jeden Tag. Dieses schöne Leben, welches sich so unglaublich gut anfühlt, gönne ich jedem einzelnen von euch. Vielleicht versteht ihr jetzt, warum ich meinem Herzenswunsch gefolgt bin, die Welt zu retten. Was bedeutet denn für mich die Welt zu retten? Mit allem in Einklang kommen, keinen zu verurteilen, altes loslassen und natürlich den

Menschen, welche auf der Suche sind, zu helfen. Was kann es denn schöneres geben, als die Liebe? Das hat überhaupt nichts mit der herkömmlichen, uns bekannten Liebe zu tun, sprich sich zu ver-lieben (verlieben=verlieren). Es ist mir egal ob ich im Moment mit meiner Berufung Geld verdiene, weil es nicht um Geld geht hier. Es wird immer genug zum Leben da sein, da man die ganze Unterstützung vom universum bekommt, er schützt uns in jeder Sekunde. Ich habe meinen Weg mit 45 angefangen, zu leben. Wann bist du bereit dazu? Es ist nie zu spät, verstehst du? Aber als kleinen Tipp vorweg, kann ich dir sagen, wenn du auch in dieses Bewusstsein kommst, und das Wissen erlangst, wirst du die Strukturen, welche uns gefangen halten auf der Welt erkennen. Und dann fällt dir vieles wie Schuppen von den Augen. Du wirst erkennen, wer es gut mit dir meint, und wer nicht. Das schreibt dir ein Hauptschüler ohne Abschluss. Das, was du dabei lernst, wirst du NIEMALS in einer Schule (oder sagen wir mal, noch nicht ☺) erfahren. Die Machthaber würden dies nie zulassen, weil sie dann noch früher ausgespielt hätten, da du sie genau erkennst, und weißt was sie mit dir (uns) vorhaben. Und das ist nichts Gutes. Solltest du darüber herziehen, was das für ein Blödsinn ist, was ich hier schreibe, gebe ich dir einen Tipp: Schreibe erst etwas, wenn du es selbst ausprobiert hast. Dann nämlich kann es nur positiv sein ☺ . Ich habe sehr viele Bücher gelesen, aus einigen habe ich wichtige Erkenntnisse für MICH heraus gezogen, weil man einfach die Wahrheiten erkennt. Mehr Hinweise und Tipps, für ein viel besseres Leben möchte ich im Moment nicht geben. Selbst wenn ich dich nur aufgeweckt habe, aus deinem langweiligen Alltag, und du zum Nachdenken kommst, dann habe ich schon etwas erreicht. Es sind meine Worte, und glaubt mir, Fehler, welche auch immer du finden wirst im Buch, sind so unwichtig, weil es nur rein um den Inhalt geht. Außerdem soll dieses Buch JEDER verstehen, gerade Menschen, welche sonst keine Bücher lesen, weil sie ihnen zu anstrengend geschrieben sind. Genau Das kann man von meinem

Buch nicht sagen. Versteht den Inhalt, die Message! Wenn wir alle gemeinsam soweit sind, das wir wieder EINS sind geht's ab, dann feiern wir alle eine riesige Party, ihr Lieben!!!!!

Xavier Naidoo: „Dieser Weg wird kein leichter sein....doch dieses Leben bietet so viel mehr....." „Was wir alleine nicht schaffen, das schaffen wir dann zusammen"

Mir geht es nach wie vor nur um eins: **Das du glücklich wirst!** Ich liebe alle Menschen, wenn du diesen Satz genau verstanden hast, Gratulation, dann bist du auch in der vollen Liebe.

Kein Hass, keine Eifersucht, keine Angst, kein Neid, keine Zweifel, keine Vorurteile, kein Streit, keine Toleranz, keine negativen Gedanken, und alles andere was du unter HASS schreiben könntest, ablegen!!! Ich weiß dass das Umsetzen am Anfang schwerfällt. Schließe mit deiner Vergangenheit ab. Sie hält dich gefangen. Lebe im JETZT! Wenn du merkst das Vergangenheit, Gegenwart und Zukunft unzertrennlich miteinander verbunden sind, wirst du verstehen was ich meine. Alles was du unter LIEBE schreiben kannst, das sollst du leben: (geistigen) Wohlstand, Gesundheit, Nächstenliebe, positive Gedanken, also nur schöne Dinge, die dir guttun. Aber am wichtigsten ist: Die Wahrheit leben und aussprechen! Diese Liste kannst du für dich endlos verlängern. Es gibt noch eine goldene Regel: Halte dich aus fremden Ereignissen heraus (Prinzip des Nichteinmischens). Was ist ein fremdes Ereignis? Wenn dich im Fernseher zb. wieder mal ein Terrorakt schockieren soll, oder ein Bekannter von dir krank ist. Du darfst dich nicht in Sachen hereinfühlen, welche dich selbst überhaupt nicht betreffen! Dadurch wirst du krank. Wieso das so ist? Wenn du dich dort reinfühlst, oder negative Informationen aus dem Außen in dich herein lässt, werden deine Zellen krank. Und irgendwann wenn sie zu schwach werden sich selbst zu produzieren, werden die Zellen

Energie aus den Organen „ziehen“, dadurch werden eben diese krank. Ist ja wohl klar dass man dies mit Medikamenten nicht regeln kann. Du musst zu dir finden, und in deine Kraft kommen. Dadurch darfst du dich nicht durch negative Einflüsse von außen ablenken lassen. Wenn du es schaffst, in die bedingungslose Liebe zu gelangen, wirst du vor Glücksgefühlen, und nennen wir es mal Wundern, ein ganz neuer Mensch, das kann ich dir versprechen. Nochmal: Wenn es bei ganz vielen gelingt, warum nicht bei dir? Wichtig ist auch, ***dankbar*** zu sein, bedanke dich für alles was du hast, sei es die Wohnung, deine Kleider, dein Auto, einfach alles. Wo soll man sich eigentlich bedanken? Beim Schöpfer, der Urquelle, und bei dir selbst. Ohne Selbstliebe funktioniert es natürlich auch nicht. Das hört sich verrückt an, oder? Versuche zu verstehen, dass alles was du dir wünschst, ab dem Moment wo du daran denkst und glaubst, frei ist. Also im Universum. Hast du dich nicht gewundert, dass in der Vergangenheit ganz viel geklappt hat, was du vorhattest? Dann kannst du dir vielleicht auch vorstellen, was noch alles wahr werden kann! Dazu musst du aber ein besserer Mensch werden. Alles was du denkst, ziehst du automatisch an! Da sind wir wieder bei der Resonanz. Gedanken manifestieren sich dadurch. Als Beispiel nenne ich jetzt mal dieses Buch. Ich hatte den Gedanken Eines zu schreiben. Also habe ich es in die Tat umgesetzt. Ich wollte unbedingt, dass ich den Menschen mitteile was alles möglich ist. Als ich aber angefangen habe zu schreiben, wusste ich noch gar nicht genau, was ich überhaupt schreiben werde. Ich habe das meiste einfach so aus der Intuition geschrieben. Da ich mich aber vor dem Buch schon geändert hatte, also ein positiver Mensch wurde, lief der Rest irgendwie von ganz alleine, verstehst du? Es kamen immer genau die richtigen Menschen, zur richtigen Zeit, welche mir weiterhalfen. Und was dabei herausgekommen ist, hältst du ja in deinen Händen. Verstehst du? Du könntest dieses Buch gar nicht lesen, wenn ich es nicht geschrieben hätte. Warum kauftest du genau dieses Buch? Weil du intuitiv wusstest, das dort Antworten auf deine Fragen sind, welche du vorher schon gedacht hast. Also waren die Gedanken dafür frei, und haben dich zu diesem Buch geführt. Oder glaubst du, ich wusste, was du lesen möchtest? Nein du alleine hast dies realisiert. So einfach kann man es erklären. Und so funktioniert es mit allem was man sich wünscht. Man erreicht sein Ziel, und auf dem Weg dorthin, findest du genau die Informationen und Menschen, welche dir weiterhelfen. Wenn man sich natürlich Wünsche aufschreibt, und wartet ab, was passiert, und dafür nichts tut, kann man lange warten. Vergiss nicht dass all deine Gedanken Realität werden können. Auch die schlechten, deswegen trenne dich genau von diesen. Kannst du dich erinnern, dass ich meinem Sohn im vorderen Teil des Buches, versprochen habe die Welt zu retten? Das habe ich einfach so aus dem Bauch heraus gesagt. Ich wusste überhaupt nicht, warum ich es gesagt habe. Versuche dabei immer dich selbst zu beobachten! Sollten die Gedanken dich Irre leiten, dann merke das dies nicht du bist! Der Gedanke ist zwar das schnellste im Universum (schneller noch als Lichtgeschwindigkeit!), kann aber bestimmte Situationen nicht lösen, sondern deine Intuition. Dass muss vom Bewusstsein kommen, und diese gibt dir Gott. Warum handelst du manchmal falsch, und wunderst dich danach was du denn da gerade gemacht hast? Versuche immer die Situation zu beobachten, und bleibe dabei voll bei dir. Analysiere das so gut wie alles aus dem Außen kommt, was dich Fehl leitet. Wenn du unterscheiden kannst, was DEINE Handlungen sind, und was dich so immens beeinflusst. BEWUSST Denken! Informiere deinen Geist, deine Seele und deine Zellen immer wieder dass du nicht krank bist! Das ist alles auch nur ein Lernprozess, so wie das ganze Leben. Das allerschönste daran ist, das man nebenher auch noch die Welt rettet. Wie? Dieses Geheimnis wirst du selbst raus finden, wetten? Du wirst noch einige Geheimnisse mehr erfahren, welche ich hier noch nicht verraten möchte. Nur so viel: Glaube an Wunder ☺

Ach ja, da wir uns jetzt im Zyklus des Wassermann-Zeitalters befinden, und die Erde sich der sogenannten Zentralsonne immer mehr annähert, kommen Energien auf unseren Planeten, welche uns beim „aufwachen“ unterstützen (nur mal angenommen es stimmt so...) Für sehr viele Menschen ist das oder irgendetwas auch spürbar (wie für mich). Das sogenannte dunkle Zeitalter ist vorbei, wir befinden uns am Anfang des goldenen Zeitalters, von dem in sehr vielen alten Schriften zu lesen ist. Dies wollten uns unter anderem die Mayas mit ihrem 2012 endenden Kalenders mitteilen. Kein Weltuntergang, sondern das genaue Gegenteil wird der Fall sein! Die Liebe & die Wahrheit sind die einzige Möglichkeit dem Wahnsinn da draußen entgegenzusteuern. Es geht schlicht und ergreifend nur um Eins: Der Rettung und harmonischen Entwicklung alles Menschen, den Tieren und der Erde! Alles passiert harmonisch, auch deine Entwicklung! Die Liebe ist das stärkste im Universum! Wenn du dies nicht glaubst, lebe weiter im Hass. Aber irgendwann erinnerst du dich an mich, und wirst denken: „Mist wäre ich nur den anderen Weg gegangen“, aber selbst dann ist noch nicht zu spät. Sage mir einen einzigen Grund, was an der Liebe falsch sein kann? Du wirst keinen finden. Liebe verbindet, Hass trennt, so einfach ist das! Du kannst ein Teil der Weltrettung sein, es liegt nur an dir. Wenn du wüsstest, was die Oberen noch alles mit uns vorhaben, würdest du dein Leben sofort ändern. Sagst du nun immer noch, du kannst als einzelner nichts verändern? Da dies auch mein Weg ist (und der vieler anderer), kann ich ihn bedingungslos empfehlen. Meinen WEG 69 ☺

Und jetzt die einzige Wahrheit, es gibt nur Eine!

Ich habe heute Stand Juni 2018 erkannt, das ALLES was in meinem sogenannten Leben passiert ist, so passieren musste. ALLES jede Handlung, einfach alles! Warum ist das so? Weil unser aller Leben auf der größten Lüge aller Zeiten basiert. Ich sage dir Diese jetzt, und du wirst erschrecken! Es gibt Millionen von Lügen, aber nur eine einzige Wahrheit! Ich sage dir die folgenden Worte nur ungern, aber die Wahrheit muss ans Licht, sonst würde ich lügen, und das tue ich nicht mehr.

Bist du bereit?

Lasse alle Emotionen & Gefühle außen vor, und lese objektiv, also lasse es nicht an dich ran. Dies wird ein schonungsloser Blick tief hinein in den Kaninchenbau, und der wird sehr hart. Vergiss alles was du jemals gehört, gelesen oder „wahr" genommen hast. Alles (fast) ausnahmslos alles basiert auf Täuschung, Illusion und Selbstlüge.

Der Grund warum wir alle vermeintlich falsch richtig handeln, und unseren Untergang, und den der gesamten Zivilisation selbst voran bringen.

Keiner, ausnahmslos kein Mensch macht dies freiwillig! Unser wahres Inneres, was jeder einmal mehr, mal weniger wahr nimmt, gibt uns unser Leben lang schon , ich nenne es mal Impulse. Wir können es auch unsere Intuition nennen. Auch haben wir eine Seele, welche unsere Handlungen so akzeptiert wie wir diese tun. Sie akzeptiert dies, die Seele kann sich dagegen nicht wehren!

Doch jetzt folgt die Frage, handelt man sein Leben lang richtig? Oder handeln wir fast immer danach was wir von Anderen gelernt oder gesagt bekommen haben? Wohl eher das letztere, richtig? Oftmals „wissen“ wir sogar das wir gerade gegen unseren Willen handeln, und tun es trotzdem, nach dem Motto: „Wird schon richtig sein!“ Und da kommen die meisten Menschen schon gar nicht mehr ins Nach-Denken! Sie akzeptieren alles wie es ist. Würden sie jedes Mal sich selbst beobachten, und erkennen das sie nicht in eigenen Sinn gehandelt haben, sondern so wie es uns „beigebracht“ wurde, würden sie sehr schnell merken das es sich nicht richtig anfühlt. Und da sind wir schon beim Thema. Du würdest es gerne anders machen, aber hörst auf die Meinung anderer, das es doch gut war, und man kann dies nur so machen etc... Aber warum verdammt nochmal ist dies so?

Um folgende Erkenntnisse zu erlangen, musste ich in den letzten Monaten einen langen steinigen Weg gehen, voller Irrleitungen und Fallen. Dieser Weg geht übrigens täglich weiter. Ein Weg voller wahren und unwahren Erkenntnissen. Und diese gilt es unterscheiden zu können. Was ist Illusion, und was geschieht durch dein eigenes TUN? Warum ist dies so schwer zu erkennen? Ja, diese Aufgabe scheint schier unlösbar, und darum scheitern viele Menschen auf dem Weg die Wahrheit zu finden, weil sie in irgendwelchen Glaubenssätzen von ANDEREN hängen, und glauben dies sei die ultimative Wahrheit! Und da liegt der Trick des Teufels! Er hat für jeden einzelnen Menschen, ausnahmslos, solche Fallen nenne ich sie mal, bereit. Immer wenn du glaubst die Wahrheit gefunden zu haben, hat er dich in ein Programm geschickt, welches du ab jetzt bedienst. Und was passiert? Du schenkst ihm und seinen „Gefährten“, welche dafür zuständig sind, deine Energie! Was bedeutet das jetzt schon wieder? Stell dir das Duracell-Häschen vor wie es hüpft und springt, mit einer Batterie im Inneren. Was sagt uns eine Sequenz im Film Matrix? Dort sind Menschen in einer Art Kokon an etliche Schläuche angeschlossen. Und so in etwa läuft das perverse Spiel mit uns. Es gibt eine dunkle Macht, welche uns gefangen hält, und uns versucht unser ganzes Leben lang zu steuern. Und das schaffen sie so gut, das sie Menschen beispielsweise Erfolg „schicken", und diese Menschen glauben tatsächlich, sie hätten es selbst geschafft. Die Wahrheit ist, dass DIE genau wissen, an was jeder Mensch so glaubt, da sie unsere Gedanken lesen und manipulieren können, vor allem für ihre Zwecke. Und das wirst du dann in seinem Leben erfahren. Da gilt dann bei Vielen der Glaubenssatz, was du aussendest, das ziehst du an. Und da dies wirklich passiert, glaubt der Mensch, dass er dies geschafft hat. Und spätestens ab diesem Zeitpunkt ist er „gefangen". Diese Wesenheiten, welche für uns nicht sichtbar sind, sind dafür zuständig. Wie komme ich auf so einen Unsinn, welcher aber die Wahrheit ist? Ich begann wie zuvor im Buch geschrieben, mich auf die Suche nach der Wahrheit über uns Menschen zu machen. Und ab diesem Zeitpunkt wurden beispielsweise Menschen zu mir geschickt, welche unglaubliche Dinge erzählten, und ich diese als wahr angenommen habe. Mir wurden Menschen „geschickt", welche mir das Blaue vom Himmel erzählt haben, nur das ich ihnen meinen Glauben schenke. Dies tat ich auch des Öfteren. Und was ist passiert? Ich habe dadurch viel Geld verloren, und bediente ein Programm das eindeutig schwarze Magie betrieb, mit Menschen welche leicht manipulierbar sind, und das war ich nunmal. Dies passiert vor allem in facebook und youtube. Für jeden ist ein Kanal eröffnet worden, du wirst immer finden was du suchst, und dieser bestätigt dir dann dass du (vermeintlich) richtig liegst. Der Mensch glaubt er brauche immer Bestätigung. In diesem Moment nimmt er wieder Wahrheiten eines anderen an. Nicht seine Wahrheit, die eines anderen. Es gibt aber nur eine einzige Wahrheit, aber Milliarden Lügen.

Auch ich hatte einen Kanal eröffnet, und gab dort immer meinen derzeitigen Stand des Wissens preis. Heute habe ich alle Videos gelöscht, weil ich mich immer selbst reflektiert habe, und dann die Lügen bei mir selbst erkannt habe. Dies ist übrigens ein sehr guter Weg für jeden einzelnen Menschen, sich immer selbst zu reflektieren. Aber noch mal zurück zu meinem Irrweg bis hierher. Angefangen habe ich mit der Faszination des 11.Septembers 2001. Dort bemerkte ich: Hoppla, da stimmt einiges nicht. Dann las oder besser gesagt verschlang ich Bücher über alle möglichen Themen, und begab mich damit auf die Suche nach der ultimativen Wahrheit. Ich musste 2016 das Thailand Projekt besuchen, weil ich mir sicher war, dort die Wahrheit über uns Menschen zu finden. Durch Hinweise eines sehr bekannten Senders von Thomas Veit, der zwar mit als einer der ersten die Wahrheit ausspricht, und trotzdem Fallen (Lügen) versteckt hat, die ich aber erst vor kurzem verstand. Alle verbreiten Wahrheit, aber niemals die ganze, nur sogenannte Halbwahrheiten (so wie ich auch). Dies war nur ein nächster Teil auf meiner Reise zur Wahrheit. Immer wenn ich glaubte, angekommen zu sein an der „Quelle" fiel ich wieder rein. Und das perverse daran ist, dass dies für den Menschen nicht erkennbar ist! Also zurück zum Thailand Projekt. Im April 2016 war ich also auch vor Ort, und freute mich tierisch auf Thomas & Julia (sie gehört zu seinem Team). Schon die Begrüßung mit Carola (die Leiterin des Thailand Projektes) war merkwürdig. Julian (auch im Team von Thomas), Julians Freund und ich bekamen in einem Resort ein Extra Haus, während alle anderen Teilnehmer im Haupthotel untergebracht wurden. Ich fragte warum wir getrennt sind, darauf antwortete Carola: „Weil das hier das sicherste Haus ist!" Ich dachte nur, warum den sicher? Die Antwort sollte ich später erfahren, und wie! Na gut, am Abend war dann ein Treffen mit allen Teilnehmern, welche schon angereist waren, einige kamen erst eine Tag später. Übrigens hatte ich intuitiv meinen Flug verschoben, ich flog einen Tag früher, weil ich Carola fragte per email, ob noch jemand auf dem Flug nach Shanghai wäre, der das Seminar auch besuchte. Daraufhin sagte sie mir, ja aber einen Tag früher, darum buchte ich um. Ich „wünschte" mir die letzte Sitzreihe im Flieger, diese bekam ich nicht, aber eine Mittelreihe mit zwei freien Plätzen, also konnte man sich auch mal hinlegen, was ja nicht unpraktisch war, auf so einem langen Flug. Der andere Sitznachbar rechts in der Reihe wollte davon keinen Gebrauch machen, also konnte ich mich breit machen, so oft ich wollte. In Shanghai am Flughafen wusste ich irgendwie, wenn ich jetzt das Buch von Thomas auspacke, würde sich ein Teilnehmer zu mir setzen, ich wusste es einfach. Und was passierte? Julian nahm gegenüber von mir kurz danach Platz, und sagte nur: „Gutes Buch!". Nur mal so viel zu diesen Beispielen: Was du dir wünschst, geht in Erfüllung, nur wer hat den Wunsch erfüllt? Thomas lebt sein ganzes Leben schon im Wissen, und verstand nie warum die Menschen lügen. Er erkannte schon als Kind Lügen, und wusste auf alles Antworten, und alle hielten ihn für verrückt. Aber in diesem Seminar, welches er schon oft besuchte, sollte es komplett aus dem Ruder laufen. Vielleicht weil ich da war? Warum beziehe ich das auf mich? Nun, in den ersten Tagen des Lehrgangs passierten schon viele merkwürdige Dinge, aber der Auslöser war wohl der 3. oder 4. Tag, als Thomas das Seminar verließ. Carola erzählte von den dunklen Wesenheiten, und wie man erkennt dass sie gerade „präsent" sind. Es kann sein, dass in diesen Momenten beispielsweise Bilder oder Spiegel von der Wand fallen. Und was geschah in diesem Moment? Richtig, ein Bild fiel von der Wand. Diese Wesen leben und spielen mit unseren Gefühlen, vor allem aber mit der Angst. Wenn bei dir zu Hause merkwürdige Dinge passieren, sind IMMER Die dafür zuständig. Wenn Sachen verschwinden, oder Dinge an einem anderen Ort liegen etc. Man muss verstehen das uns dies in sehr vielen Filmen ganz öffentlich gezeigt wird, was „Die" tun (Prometheus, Alien, Krieg der Sterne oder Exorzismus Filme). Dieses findet auf einer subtilen Ebene statt, die wir nicht verstehen. Auch zu erwähnen sei beispielsweise, dass wir in den Pausen immer „Aufgaben“ bekamen, welche wir draußen im schönen Garten für uns alleine machen sollten. „Geht mal raus und sagt beispielsweise dass die Ameisen sich von euch fern halten sollen!“ hieß es. Was machte ich? Genau das Gegenteil, weil ich dachte: „Warum sollen die fern bleiben?“ Also dachte ich mir, kommt doch zu mir. Und sie liefen in Massen über meine Füße ☺, bei sonst niemandem.

Auch lustig war, dass in meinem Zimmer, das Vordach im Bad plötzlich Türkis war! Ich zeigte es anderen Teilnehmern, und die wussten auch, dass es vorher gelblich war. Die Bilder an der Wand wurden von Tag zu Tag immer „schöner“. Sie bekamen Farben, welche ich so noch nie wahrnahm. Auch veränderte sich die Natur. Vieles kann man nicht mit Worten ausdrücken, und ich möchte auch nicht jedes Detail hier erwähnen.

Ich spürte vom 2.Tag an immer ein Unwohlsein, wusste aber nicht warum. Ob in der Toilette, oder an anderen Orten. Irgendwas war „da“. Mein Handy funktionierte auch nur wann es wollte. Also nahm ich mein Notebook, weil ich übers Internet wenigstens Kontakt nach Hause haben konnte. Und dann kam es knüppeldick für mich. Ich wollte über Facebook Nachrichten versenden, und was da passierte ließ mich fast Umfallen vor Angst. Ich sah bei ALLEN meinen „Bekannten“ diese dunklen Wesenheiten. Es sah abgrundtief böse aus, und diese Wesen waren wie eine Hülle um die Menschen. Ich konnte nicht mehr sprechen, keinen klaren Gedanken mehr fassen. Ich war so tief in der Angst, und dies muss der Bereich sein, also diese Ebene, wo sie sichtbar werden. Auch viele Menschen, die REINE Drogen (also nicht das gestreckte Zeug, welches sie hier verkaufen), können diese sehen. Darum heißen diese Drogen ja auch Bewusstseinserweitere Drogen. Dies ist auch der

Grund, warum viele Menschen, welche diese Wesen gesehen haben, in der Geschlossenen landen. In diesen „Psychatrien“ darf übrigens niemals gefilmt, oder fotografiert werden, warum wohl?

Auch sah ich bei den Teilnehmern des Seminars, diese Schlitzartigen Reptilienaugen. Diese haben schon sehr viele Menschen bei anderen gesehen. Es war wie eine Massenhypnose!

Hilflos ging ich in mein Zimmer, und „studierte“ das Seminar-Heft stundenlang. Bis ich spürte, und zwar richtig, das sich etwas von, oder aus meinem Körper löste. Obwohl, was ich erst später heraus bekam diese Lenkungen teilweise hanebüchen sind, und den Wesen Türe und Tore öffnen. Warum haben sie bei mir trotzdem geholfen? Einfach erklärt. Wenn ein Mensch WAHRE Absichten hat, passiert beides. Also die dunkle Seite wird verstärkt aktiviert, aber auch, nennen wir es mal die „helle“ göttliche Seite versteht was ich möchte. Darum haben mir diese Lenkungen geholfen! Und dies tun sie heute noch. Nur mit dem Unterschied, das ich mir selbst Lenkungen ausgedacht habe. Dies kann jeder Mensch! Es war wie eine Befreiung. Die Wesen machen sich auch gerne durch klopfen in der Wand bemerkbar, nur mal so am Rande. Am nächsten Tag war ich zwar immer noch verwirrt, konnte mich aber wieder ausdrücken. Eigentlich wäre heute Abreisetag gewesen. Mir war aber klar dass ich in diesem Zustand unmöglich hätte fliegen können. Also verschob ich den Flug um einen Tag, und übte fleißig weiter mit mir selbst besser klar zu kommen. Den vorletzten Tag verbrachte ich noch am Pool mit Julian, weil es ihm ähnlich ging. Thomas kam später auch dazu, obwohl er das Seminar ja schon vor Tagen verlassen hatte, um nach uns zu schauen. Auch verbrachte ich ein zwei Nächte bei Thomas, auch dort gingen komische Sachen vor sich. Der Rest der Teilnehmer machte einen Ganztags-Ausflug zur Cashew-Farm. Julian sagte sogar dass er „Sie“ bei mir gesehen hat, ich wiederum erwiderte dass ich es bei ihm wahrgenommen habe. Am letzten Tag wollte ich mit Thomas nichts mehr zu tun haben, weil ich damals schon dachte, er sei an allem schuld, was sich ja heute auch als die Wahrheit heraus stellte. Auch der Rückflug war kurios. Wir waren schon im Landeanflug auf Shanghai, man sah schon die Lichter der Stadt, trotz allem flogen wir weiter nach Zhang-Hou und landeten dort. Dort angekommen hieß es, wir konnten nicht landen wegen einem Unwetter, und kein Flieger würde mehr starten oder landen (als ich mich später zuhause erkundigte, hieß es, alle Flieger seien planmäßig gelandet und abgehoben!!!). Ich musste erst mal auf die Polizeistation weil mein Dokument vom Rückflug nicht mit dem jetzigen Datum übereinstimmte, da ich ja den Flug verschoben hatte. Dort ging es zu wie in einem Ameisenhaufen. Jeder der dort „arbeitete“ nahm mein Pass und das Dokument in die Hand und lief herum. Keiner konnte mir auch nur ansatzweise eine Auskunft geben. Irgendwann bekam ich alles wieder in die Hand gedrückt, und ging in den Bus. Wir wurden in ein Hotel verfrachtet, welches von außen aussah wie ein First-Class Hotel. Im Zimmer jedoch standen die Betten schief, an den Wänden und Fenstern lief der Dreck runter. Auch spürte ich dort viele der subtilen Wesen. Ich dachte nur, die Nacht bekommst du auch rum. Das Hotel hieß übrigens übersetzt: „Tomorrow“, na was für ein Zufall. Am nächsten Morgen wurden wir früh geweckt, und der Flieger nach Shanghai wartete schon. Da mein Anschlussflug erst nachts um 0 Uhr ging, musste ich mich noch etwa 14 Stunden am Flughafen „vergnügen“. Doch es wurde noch länger.....Als ich den Tag endlich mehr oder weniger hinter mich brachte, saß ich nun da im Gate, und wartete bis man endlich einchecken konnte. Zu meiner Verwunderung kam ein anderer Teilnehmer des Thailand- Projektes, und ich konnte mich austauschen, welche Dinge so alles passierten. Er war nicht sehr erfreut mich zu sehen, weil er gesehen hat wie schräg ich vorher drauf war. Er setzte sich trotzdem zu mir. Als dann normalerweise das Boarding beginnen sollte, und sich nichts tat, wurden die Menschen unruhig. An der Anzeigetafel, welche unsere Flugnummer zeigte, fing diese Nummer plötzlich an sich zu drehen, und es wurden 4-5 verschiedene Flugnummern im Wechsel angezeigt. Naja nach ewiger Zeit, sagte man das der Flieger nicht abheben würde. Wir mussten alle zurück in die riesengroße Abflughalle. Dort saßen wir an einer Handyladestation, und bemerkten wie bestimmte Personen uns beobachteten. Ich fragte meinen Mitstreiter, ob er dies auch sehe, und er bejahte. Wir konnten uns das nicht erklären, die Menschen waren wie ferngelenkt und hatten einen starren Blick auf uns. Ich sagte, verfickt was soll das? Wir hatten beide ein komisches Gefühl. Daraufhin sagte er, bei ihm hätte noch keine Lenkung funktioniert, jetzt reicht es, er lenkt jetzt das der Flieger sofort kommt. Kurz darauf stand er auf, ging weg, kam wieder, und winkte mich bei. In diesem Moment kam der Flieger direkt vor unserem Fenster. Bald darauf hatte der Spuk ein Ende, diese Robotermenschen waren auch verschwunden, und wir konnten an Bord gehen. Ich hatte in Thailand auch Visionen aus der Vergangenheit und aus der Zukunft. Ich sah auch den „Kampf" gegen die dunkle Seite. Ich sah deren Angst vor uns, vor allem vor der Liebe. Es sind noch viele Dinge vorgefallen, welche ich hier aber nicht erwähnen muss, da es ja auch meine Erfahrungen waren. Im Thailand-Projekt wird einem vermittelt, das wir ja alle Brüdern und Schwestern sind, alles ist erlaubt, es gibt keine Grenzen. Und so benahmen sich dann auch die meisten. Es war ein teilweiser falscher Glaube, also wird dort mit dem Namen Grabovoi Schindluder betrieben (wobei ich mir auch bei ihm nicht sicher bin, ob Wahrheit oder was auch immer...). man muss verstehen, dass seine Lehre nur UNVERFÄLSCHT weiter gegeben darf (wenn sie denn stimmt). Und genau diese Lehre wurde dort „geändert" (wobei seien Lehre auch nicht wichtig ist, man sollte nur nach dem Glauben an Jesus und Gott leben, alles andere ist unwichtig). Und dann passieren solche Dinge, die dann vor allem bei Menschen, welche noch nicht die Wahrheit leben, für absolutes Chaos. Zu verstehen gilt vor allem folgendes: Wenn du in Angst, Zweifel, Emotionen lebst, „erschaffst" du dir deinen eigenen dunklen Schatten, er „ernährt" sich davon, er wird immer größer dadurch. „Er" wird dich ab jetzt durchs Leben lenken, das muss verstanden werden, dass dies nicht du bist. Man erkennt sogar dass man gelenkt wird, kann aber nichts dagegen machen in diesem Moment. Ich weiß dass du so etwas noch nie gehört hast, aber es ist die Wahrheit. Nur du alleine kannst „Es" aber wieder loswerden, kein anderer kann das für dich tun. Wie? In dem du Wahrheit lebst und nicht mehr lügst! Vor allem dich selbst nicht mehr! Niemanden mehr betrügen, bestehlen, und das wichtigste: Keine, ausnahmslos keine Meinung eines anderen mehr annehmen! Es gibt sehr wenige Menschen, welche ich kenne, die Wahrheit leben. Von diesen Menschen darfst du dir gerne Impulse geben lassen, aber erst schauen wie es deine Resonanz dazu ist. Du musst in die Selbstliebe kommen, und die Liebe, welche hier ja so falsch verstanden wird leben. Und ganz wichtig: Verleugne nie den Schöpfer von uns Menschen!

Liebe in der heutigen Zeit bezieht sich nur auf Familie und Freunde. Diese Liebe musst du aber für Alles (Natur, Tier, Mensch) haben. Da wir eigentlich alle Eins sind. Das bedeutet unser „göttlicher" Kern ist bei uns allen gleich. Stell dir Milliarden Wassertropfen auf dem Boden vor. In diesem Moment sind sie getrennt, gehören aber zusammen, und werden auch wieder zusammen sein. Wenn Wasser beispielsweise verdampft, nimmt es nur eine andere Form an, bevor es dann wieder zu Wasser wird. Und da wir vor tausenden von Jahren durch diese Wesen und Lucifer getrennt wurden, wird es Zeit, dass wir wieder Eins werden. Jetzt verstehst du vielleicht dass wir EWIG sind und immer waren. Der Tod, das Altern, Krankheiten, eigentlich alles Negative was passiert, kommt von Denen. Weil die Angst unser größtes Übel ist, und deren

Freud. Wenn du aber eine Krankheit (so wie es bei mir war) als Geschenk siehst, und versuchst heraus zu finden, warum diese Krankheit entstanden ist, kannst du sie auch wieder los werden, nur durch deinen Willen. Du musst aber an dich glauben, nur an dich, und wie stark und mächtig du wirklich bist. Eins können diese Wesen nämlich nicht: LIEBE. Sie hassen die Liebe, und das ist unsere Waffe, unser Schwert sozusagen gegen sie. Lege jedweden Hass gegen alles und jeden ab, konzentriere dich auf dich, nehme keine Informationen aus Medien, Presse, TV oder Internet an, dann wirst du an die Wahrheit gelangen. Da es nur eine gibt, wird es dieselbe Wahrheit sein, die jeder Mensch in sich trägt. Verstehst du jetzt warum es Geheimgesellschafften, Illuminaten, Freimaurer, CIA oder FBI gibt? Sie kennen das Wissen, und darum muss es um jeden Preis vor uns geheim gehalten werden. Auch alle Präsidenten der USA haben eine gemeinsame Blutlinie, ebenso die Königshäuser, vor allem in England. Diese vermischen sich nicht mit „normalen“ Menschen. Passiert dies doch, so wie bei Lady Diana, die ja wusste das dort Babys und Kleinkinder bestialisch umgebracht werden, weil sie sich davon ernähren, werden diese Menschen „gestorben“. Intuitiv habe ich einige im vorderen Teil des Buches erwähnt. Verstehe die Zusammenhänge, und das es keinen Zufall gibt.

Diese Wesen kontrollieren auch unsere Gefühle & Gedanken, darum wissen sie immer was du vorhast. Darum ist planen das schlechteste was du tun kannst. Sie sind diejenigen die dann Situationen für dich „planen“, und du verstehst nicht warum ausgerechnet dir das passiert. Aber auch die „helle“ Seite ist immer aktiv, und unterstützt dich. Du musst nur erkennen was jetzt von wem kommt. Bei den „normalen“ Menschen „nützt“ es natürlich zusätzlich wenn man sich vergiftet mit Impfungen, Medikamenten, Fluorid, Aspartam, Glyphosatprodukten, Chemtrails und sämtlichen unsichtbaren Wellen, diese verändern deine Taktung nenne ich es mal, die dich in der Norm halten soll. Jeder Mensch hat so viele Gifte im Blut, vor allem Schwermetalle. Durch diese Metalle können sie uns vor allem „leiten“. Glaubst du also immer noch das Fernseher, Mikrowellen, Smartphones, jedwede elektrische Erfindung uns dient? Glaube mir, „Die“ haben einen technischen Stand, der unserem meilenweit voraus ist. Sie leiten die ganze Welt, damit bloß jeder gegen jeden geht. Darum gibt es Grenzen, Politik, Fußball, verschiedene Hautfarben, verschiedene Nationen, verschiedene Glauben (welche alle, sowas von verfälscht wurden, und dort ein Irrglaube vermittelt wird) Es geht im Sport nur darum das der Sieger alles bekommt, und der Verlierer im Tal der Tränen ist. Auch die „Fans“ gehen nur gegeneinander, weil sie so ihre Agressionen loswerden wollen. Wäre nicht das Gegenteil ratsam? Staaten, welche sich diesem System nicht beugen wollen, und den Dollar nicht als Währung aufzwingen lassen, werden zerstört. Verstehst du jetzt warum diese Länder angegriffen werden? Nur wegen dem Öl oder den Bodenschätzen (welche übrigens, zumindest was Gold betrifft, schon vor Jahrtausenden geplündert wurden)? Was glaubst du wo das ganze Gold herkommt, und wie lange es dies schon gibt? Alles dient zur TRENNUNG, verstehst du? Damit wir eben nicht zusammenkommen! Wenn man es versteht ist es einfach...

Wir sind eigentlich gar keine Menschen! Wir sind alle fein stoffliche Wesen! Dazu kommt hier auf Erden noch der physische Körper.

Der folgende Abschnitt ist meine recherchierte Theorie! Es geschah schon vor tausenden von Jahren, vermutlich weit vor dem Untergang von Atlantis. Dort wurde schwarze Magie betrieben, was den Untergang bedeutete. Irgendwie schaffte es diese dunkle Macht über uns Kontrolle zu erlangen, oder wir entschieden uns freiwillig dafür dies zu tun. Und jetzt schau dir mal die Jahrhunderte an, wobei so gut wie nichts stimmt, was uns „überliefert" wird. Dort fanden ja angeblich immer nur Kriege statt, was Selbstvernichtung bedeutet. Aber eigentlich auch nicht, da wir immer und immer wieder inkarnieren. Sprich „Neu" geboren werden, und sofort alle Erinnerungen verlieren, obwohl wir alles Wissen in uns tragen. Weil ANDERE die Geschichtsbücher schreiben. Und dieses wird hier als Wissen angenommen, was aber keins ist. Wir haben all das Leid auf der Welt geschaffen, gesteuert durch falsches Wissen, und Impulse von diesen Wesen. Wir selbst waren es, niemand anderes. Aber nicht vorsätzlich, sondern getrieben von Hass und negativen Emotionen. Wie kann das passieren, wo wir doch eigentlich das stärkste im Universum sind? Wir vergessen es, weil mit uns vor tausenden von Jahren experimentiert wurde, über Klonen, verändern der DNS etc. Bis sie den perfekt künstlich erschaffenen Körper hatten, damit wir ab da an als Sklaven fungieren können. Für Die! Es handelt sich bei denen um feinstoffliche Wesenheiten, welche unsere Körper in jeder Sekunde kontrollieren können. Sie kontrollieren unserer Gefühle, unsere Gedanken und unsere Emotionen. Und danach handeln wir. Verstehst du jetzt, warum ein US-Präsident nie das halten kann, was er versprochen hat? Jetzt verstehst du auch warum die Merkel so handelt wie sie handelt. Wenn aber dein Inneres stärker ist, und du zum Wohl der Menschen handeln möchtest, oder die Wahrheit sagst, wirst du von der Bildfläche verschwinden. Kein „Mensch" würde mit seinem vorhandenen Bewusstsein einen anderen töten, oder ihm generell etwas Böses tun, da wir wissen das wir Liebe sind. Deine Intuition, welche dich dein ganzes Leben teilweise schon führt, wir es aber nicht verstehen, gibt dir ganz oft Hinweise im Außen. Aber die wahren Informationen sollen wir nicht erkennen. Sollte dein Wille aber stark genug sein, genau dann beginnst du nach der Wahrheit zu suchen. Und dafür haben sie clever alles da draußen installiert, wirklich alles erfunden. Und sollte man dem Glauben schenken, passieren dann in deinem Leben Dinge, und du glaubst dies sei die Wahrheit. Das schicken aber die alles zu dir, damit du im Glauben bleibst. Sie können alles da draußen jede Sekunde steuern. Verstehst du jetzt dass es keinen Zufall gibt?

Vergiss ALLES was du jemals von ANDEREN gelernt hast. Sei es in der Schule, von Wissenschaftlern (es wurde Wissen geschafft, verstehst du), Doktoren, Ärzte oder egal wem. Die „Anleitungen" für sie hat jemand geschrieben der uns damit ein Wissen schenkt, an das wir glauben sollen, es aber nicht stimmt. Das perverse daran ist, das es alle gut meinen, aber falsches Wissen vermitteln, weil sie es eben nicht wissen. Glaubst du immer noch die Pyramiden wurden von Manneskraft erschaffen? Erkläre mir doch mal plausibel wie die Ägypter denn ihre Kleidung so perfekt hinbekamen? Oder die Ritterrüstungen, Kettenhemden, die Burgen, wie wurden die gebaut? Alte sogenannte Berge, sind nichts anderes als uralte Baumwurzeln. Die Bäume wurden zerstört, weil sie reine Energieträger waren (siehe den Film Avatar). Schiefer ist nichts anderes als altes versteinertes Holz! Gehe doch mal zur Burg Königstein, dort sieht man es perfekt. Gebaut auf einer riesengroßen Wurzel. Es gibt aber noch viel größere. Die Rocky Mountains! Mache dir selber dein Bild davon und du wirst es Wissen!

Vieleicht verstehst du jetzt warum ausgerechnet die Deutschen so gehasst wurden, und ihnen die Kriege angehängt wurden. In Deutschland (vor allem im früheren Osten, darum bekamen sie die Mauer) sowie Russland leben nämlich zu-fällig viele Menschen, die dafür hier inkarniert sind. Um die Welt zu retten. Na macht es jetzt klick? Adolf Hitler muss von dem Plan der „Oberen" gewusst haben. Bei ihm gab es keine Arbeitslosen, die Miete durfte nur 10% des Verdienstes betragen. Wir hatten die besten Erfinder und Ingenieure. Made in Germany war nicht umsonst das beliebteste Produkt weltweit. Das konnten sich die anderen nicht gefallen lassen, sonst wäre ihr Plan schon früher aufgeflogen. Also gab man über die Medien nur Lügen heraus, und erklärte Deutschland den Krieg, drehte die Wahrheit aber um, und schob die Schuld auf uns, welche ja heute bei den verblödeten Menschen noch Bestand Hat. Warum wurden denn am Kriegsende noch Hamburg oder Dresden dem Erdboden gleichgemacht? Oder wie zuvor im Buch erwähnt, als die Alliierten hier einmarschierten, und die Frauen, Mädchen und Babys bestialisch vergewaltigt und umgebracht wurden. Die „Konzentrationslager“ waren Arbeitslager. Die Gefangenen wurden sogar besser behandelt, als die Wachmannschafft! Es gibt eine wunderbare Frau, Ursula Haverbeck, sie sagt seit Jahren im hohen Alter das der Holocaust (dieses Wort wurde übrigens erst NACH Kriegsende erfunden) die größte und nachhaltigste Lüge sei, welche es jemals gab. Dafür wurde sie schon x-mal eingesperrt. Weil sie die Wahrheit sagt, die keiner wissen darf. Respekt Frau Haverbeck für ihren Dienst an die Menschheit! Wusstest du dass es in den Straflagern Schwimmbäder, Casinos, Krankenstationen etc.. gab? Nein, weil du es nicht wissen sollst. Übrigens, was hatten den die Regisseure Billy Wilder und Alfred Hitchcock in den Straflagern zu suchen? Na Propaganda Filme inszenieren, kapiert? All das glaubst du nicht, damit du immer schön die Schuld auf deinem Buckel lässt. Warum wurden beispielsweise die Opel-Werke nicht zerstört? Weil sie Kriegsgerät für BEIDE Seiten produzierte, komisch oder? Es gelten übrigens heute noch die Nazigesetze, was die meisten nicht verstehen. Ich schrieb schon zuvor im Buch das es bestimmt auch Greueltaten der SS gab, aber die Märchengeschichte, welche uns bis heute verkauft wird ist erstunken und erlogen. So viel zu meiner „Theorie“

Vergiss alles was du jemals gelernt oder gehört hast, es irritiert dich. Vergiss dein Schulwissen, dein Studium, deine AUSbildung, einfach alles, denn du weißt bereits alles was wahr ist, du hast es nur vergessen, also aktiviere es wieder.

Das Grundgesetz FÜR die Bundesrepublik Deutschland (welches es nicht gibt), wurde von jemand für uns geschrieben. Wer nicht versteht das alles hier in Deutschland Firmen mit Geschäftsführern sind (Agentur für Arbeit, Polizei, Finanzamt, sogar die BRD ist im Firmenregister eingetragen), also als private Menschen gegen uns handeln, dem ist nicht mehr zu helfen. Auch Steuern bezahlen bedeutet, du machst dich strafbar, weil du damit die Kriminalität, sowie Kriege unterstützt! Sage nie wieder du bist eine Person, sondern zeige dich als MENSCH. An diesem gelten nur Naturgesetze, kein Mensch steht über oder unter dir, alle sind auf Augenhöhe! Wir sind ein Handlanger der Vereinigten Staaten, und kein souveräner Staat, verstehe es endlich. Was bedeutet übrigens Grundgesetz? Wo ist denn der Grund? Auf See, richtig, also gilt das See-und Handelsrecht nach wie vor. Die tricksen uns nur aus, weil alle mitmachen, freiwillig! Alles passiert mit deiner Unterschrift als Person, verstehe das! Du bist für alles was passiert mitverantwortlich, und warst es immer! All das Leid, die Zerstörung, das haben wir selbst erschaffen. Wir können es aber wieder in die Norm bringen. Was ist die Norm? Die Norm bedeutet keine Zerstörung, Frieden, Harmonie, keine Trennung, kein Neid, keine Habgier, kein Hass, keine Missgunst, jeder teilt mit jedem, jeder lebt seine Berufung! Wer viel hat teilt, mit denen die es benötigen. Und das ist erst der Anfang. Wenn unser Bewusstsein wieder dort ist, wo es „hingehört“, können wir alles, wirklich alles. Telepathie, teleportieren, zu jedem Ort der Welt oder im Universum reisen. Jegliche Form annehmen die dir beliebt. Zeitreisen? Lächerlich, klar geht das (der Film „Der letzte Countdown“ oder „Das Philadelphia Experiment“ beweist dieses). Alles ist möglich, nichts ist unmöglich! Spätestens jetzt zweifelst du an all dem was ich hier geschrieben habe. Wenn du anfängst DEINEN Weg zu gehen, werden Wunder passieren. Auch werden wir uns für einen Kampf gegen die dunkle Macht vorbereiten, denn an denen müssen wir vorbei um FREI zu sein. Diese Perverslinge wollen nämlich die Menschheit komplett versklaven, was ihnen auch bei den meisten gelingt. Verstehe endlich, mit jeder Tat gegen einen anderen, gerade mit Lügen, Hass, Eifersucht erschaffst du dir deinen eigenen dunklen Schatten, er wird dadurch größer. Lege diese Dinge ab, sie gehören nicht zu uns. Und der schlimmste Trick dabei: Du kannst die Wahrheit nicht erkennen, da du selber lügst! Es gibt Menschen wie mich oder vielleicht auch dich, die sich für die Freiheit entscheiden. Diese Entscheidung kannst du auch nicht rückgängig machen. Und glaube mir, ich hatte vor kurzem auch wieder Selbstmordgedanken, weil es manchmal heftig ist. Doch dann erinnerst du dich wieder, dass DU viel stärker bist durch die LIEBE. Was für eine geniale Waffe oder? Und dieser Plan wird nicht aufgehen, da ICH BIN. Zwei sehr starke Worte im Universum. Verstehe endlich, dass wir EWIG sind und immer waren. Inkarniert um wieder als Sklave zu leben und zu sterben, ein ewiger Kreislauf, der jetzt zu Ende geht. Du kannst jede, ausnahmslos jede Krankheit selbst behandeln. Warum wohl wird so wenig über die Quantenphysik oder die wahre Lehre Jesus gelehrt, schon gar nicht an Schulen? Wählst du diesen Weg zur Freiheit, bekommst du auch die Unterstützung des Universums sozusagen gratis dazu. Machst du es nur halb-herzig (Trennung!!) wird das Gegenteil passieren. Ich gehe diesen Weg um allen Menschen zu zeigen, dass es funktioniert. Und viele werden es mir gleichtun, weil sie dann WISSEN werden, das es stimmt. Verstehe mit jeder Handlung die der dunklen Seite dient, also arbeiten, Steuern zahlen, Mitglied in einem schwachsinnigen Verein wie einer Partei sein, dienst du ihnen und sie lachen über dich.

Ich gehe diesen Weg um die Freiheit zu erlangen und die Menschheit aus den unsichtbaren dunklen Ketten zu befreien, ich kann gar nicht anders. Der Weg ist schon lange vorbestimmt, nur gehen muss ihn jeder selbst. Ich bin noch lange nicht am Ziel, aber ich kann die Lüge von der Wahrheit unterscheiden, und erkenne Unwahre Menschen sofort. Kannst du das??? Entscheide dich für ewiges Leben oder ewiger Sklave ohne Entscheidungsfreiheit. Dein Wille bestimmt es!

„Wer einmal lügt, dem glaubt man nicht, wer einmal die Wahrheit sagt, dem nie mehr, oder doch?"

Science-Fiction ist schon lange Realität, aber wenn du im Hamsterrad verweilst, geht dieser Kelch unbemerkt an dir vorüber. Und dann bist du verloren. Du wirst Wunder als das akzeptieren was sie sind. Vertraue meinen Worten, oder falle in die im Überfluss erschaffenen Fallen. Ich liebe alle Menschen, und alles was ich tue, tue ich in Liebe. Es gibt übrigens immer mehr die „Sie" sehen können, und lustiger weise hatte ich gerade eben eine Mail bekommen, von einer Bekannten, die sie heute Nacht sah. Und sie schrieb sie hatte keine Angst. Wie geil, oder? Falls du auch schon einmal so etwas in der Art gesehen hast, dann weißt du spätestens jetzt dass es sie gibt. Nimm diese Informationen als Geschenk, oder ignoriere es. Ich weiß das sich dies alles so utopisch anhört, aber es ist die einzige Wahrheit, verstehst du jetzt warum es nur eine gibt? Alles andere sind Glaubenssätze oder Meinungen. Wähle deine gesprochenen Worte genau! Wenn du zum Beispiel sagst: „Ich glaube dies oder das" Dann wird genau dies oder das in deinem Leben passieren, da du es ja glaubst. In diesem Moment bist du dir sicher, und sagst: „Siehst du, habe ich doch gesagt!" Dies ist aber nicht durch dich passiert, sondern die Matrix hat dir diesen Wunsch erfüllt, damit du im Glauben bleibst. Die wenigsten Menschen schaffen es alleine berühmt oder reich zu werden, da helfen „Die“ ungemein nach. Und du glaubst du hast dies alleine geschafft. Wenn du ein hohes Tier bist, oder ein Arschloch, wird dir nachgeholfen. Die wollen ja Arschlöcher, welche uns bestimmen, weil sie die besser lenken können. Verstehe die Matrix, und lerne mit ihr zu leben, dann kannst du immer besser die Regeln bestimmen. Aber nur mit Gedanken und mit Bewusstsein! Dieses wird übrigens immer nur Stück für Stück aktiviert, immer gerade so viel wie du brauchst. Würde dies zu schnell passieren, würde man wahrscheinlich verrückt werden. Enorm wichtig ist es auch zu wissen, was den das „kollektive Bewusstsein“ (Akasha Chronik) ist. Zum Beispiel liest du etwas und nimmst dies als Wahrheit für dich an, und Millionen andere tun dies auch, weil sie ja glauben, die Medien lügen nicht. Dann wird dies wahrscheinlich auch passieren, weil ja alle daran glauben. Oder anders gesagt, du bestimmst deine Realität, indem du genau danach lebst, was denn so passieren soll, oder passiert ist. Und das spiegelt sich in deiner Realität wieder. Das kollektive (verzerrte) Bewusstsein, ist das was 99% der Menschen denken und dadurch passieren negative Dinge. Nehme keine einzige Meinung eines anderem an, auch nichts was du für die Wahrheit ansiehst. Sondern höre immer auf dein Inneres, auch wenn das oft schwer ist. Und die Fallen warten überall. Aber du wirst aus jeder wieder rauskommen, weil du stärker bist, nämlich Liebe. Verstehe auch dass die Uhrzeit nur erfunden wurde, um uns immer zeitlich festzuhalten.

Dieses Buch ist der gesamten Menschheit gewidmet, da wir an einem Scheidepunkt stehen. Gut gegen Böse. Besser gesagt Liebe gegen Dunkelheit. Mache eine Kerze an, im dunkelsten Zimmer und es wird hell. Licht ist immer stärker als Dunkelheit!

Jetzt wird es Zeit für dich zu handeln. Leben oder sterben. Du entscheidest. Wahrheit leben, oder die Lüge unterstützen, was den Untergang bedeutet. Ein Leben in der ewigen versklavten Hölle.

Das ist es, in der wir schon so lange leben. Du hast dich bis jetzt immer für letzteres entschieden, es wird Zeit umzudenken, Denn dann wirst du Freiheit erlangen in einem nie geahnten Ausmaß. Und das ist erst der Beginn eines Lebens, welches man nicht mit Worten beschreiben kann. Im Film Matrix wird die rote Pille geschluckt, ist es wirklich die richtige? Oder doch die blaue? Finde es heraus...

Ich könnte euch auch noch ganz viel schreiben, wie man mit (Schein-) Behörden umgehen kann, oder was in Gesetzen (welche keine sind) alles für Lügen stehen, oder das du bei jedem Sepa-Lastschriftverfahren dir dein Geld sofort wieder holen kannst. Das du dich beispielsweise strafbar machst, wenn du eine Haftpflichtversicherung für dein Auto abschließt. Aber ich möchte dass du dich auch endlich aktiv beteiligst, und selbst dahinter kommst.

Oder das das V für das weibliche steht, und im „Peace" Zeichen wurde es umgedreht, was für männlich steht. Die Pyramide steht immer für die männliche Macht.

In Deutschland gab es die besten Dichter & Denker. Diese sind ja bekanntlich so gut wie ausgestorben. Das deutsche „Volk" sollte so oft vernichtet werden, weil die Oberen wussten, dass gerade hier die Wahrheit zu finden ist. Und diese Vernichtung hat (zum Glück) leider nie geklappt, oder nur teilweise...

Ich musste dies alles durchleben, nur dadurch konnte ich erkennen wer ich bin. Ich habe alles durchlebt bis heute, um allen Menschen zu zeigen, wie viele Fallen es gibt, und das sie immer cleverer werden. Aber es wird immer weiter gehen, IMMER! Um in dieses Wissen zu kommen, werden wir hier etwas auf die Beine stellen oder gründen, und dort kann jeder Mensch, der an der Rettung der Erde, allen Menschen, den Tieren und den Pflanzen Interesse hat, sich beteiligen. Das ist keine Ansage, sondern meine Pflicht der Menschheit gegenüber. Da ich verpflichtet bin, JEDEM einzelnen Menschen die Wahrheit über Liebe und Lügen zu sagen. Wie jeder ein Leben ohne Selbstlüge führen kann, und dadurch Unsterblichkeit erreichen kann. Wir waren immer, und werden immer sein, weil wir gar nicht sterben können!!! Dies alles werde ich Videos, und Treffen mit mir, jedem Menschen gerne zeigen, damit er sofort versteht, und sein Leben danach führen kann. Ohne Eifersucht, Neid, Missgunst und allem was man unter Hass schreiben kann. Die Menschheit schreit danach die Wahrheit zu finden. Ich habe nach langer Suche genau diese gefunden, und genau das war schon immer mein Wunsch, den ich zur BERUFung machte. Oder sagen wir mal so, ich hoffe dass ich da angekommen bin!

Ich verstehe auch, dass keine Ahnung, vielleicht 98% der Menschen es nicht wahr haben wollen, das wir unsterblich sind, weil der Tod so fest im Kopf verankert und allgegenwärtig ist. Dann sollten sie endlich anfangen unser komplett manipuliertes Weltbild auf den Kopf zu stellen, und in sich zu gehen, dort findest du die Wahrheit, NUR dort! Vergiss nicht, wir sind alle nach dem exakt gleichen Prinzip des Urschöpfers entstanden. Mit genau dem gleichen Wissen. Jeder einzelne Mensch. Das „göttliche“ steckt in jedem Menschen, in JEDEM! Und dieses ist reine Energie, welche uns leben lässt. Und Energie ist unzerstörbar. Sie wird nach dem Tod des Fahrzeugs, also deinem Körper weiter existieren, und wieder inkarnieren. Höre nicht auf deinen Verstand, der führt dich in die Irre. Höre auf dein Herz/deine Intuition! Nur dies wird dich immer richtig führen, auch wenn du oft „denkst“: „Das kann doch nicht sein!?“ Tu es, und warte was dabei herauskommt, aber ohne etwas zu erwarten ☺. Nimm alles so wie es jetzt gerade eben ist, es ist halt so! Merke dir:

„Es gibt keine Probleme!“

Und zum Schluss: „Rette dich, und dann erst alle anderen“ sowie Wenn du diesen Satz verstanden hast, wirst du WISSEN was damit gemeint ist. Wenn du weiter dein tristes Leben „weiterlebst“ bist du eigentlich schon gestorben. Glaube NICHTS was in diesem Buch steht, gar nichts. Dieses Buch ist voller Lügen, Wiedersprüchen, Behauptungen und Wahrheiten. Erkenne alles selbst! Vergiss nicht, dies war mein Weg 69. Die Wahrheit wirst du nur bei dir selbst finden, in keinem Buch, in keinem Film oder Youtube Video wirst du sie finden. Du wirst aber Impulse bekommen, welche dich zu deiner Wahrheit ein Stückchen näher bringen können. Jetzt geh du deinen ganz eigenen Weg, mit deinen Erkenntnissen, welche sich sehr oft drehen oder verändern werden. Aber wenn du die wahre Liebe suchst, wirst du sie finden. Gib niemals auf, es wird sich lohnen, und du wirst so dankbar sein, vor allem dir selbst gegenüber. Du wirst Liebe in einer nie geahnten Art spüren und erleben, das kann man nicht in Worte ausdrücken. Man muss es erleben. Dieses Buch wurde übrigens nach keiner vorhandenen „Regel“ geschrieben, sondern so wie es mir gefällt. Der Körper ist dein Fahrzeug, durch den (und nur durch ihn!) du die Welt wahrnehmen kannst, aber wer steuert ihn? Bist du dein Kapitän, oder lässt du dich steuern? Räume in dir auf, schmeiß alles raus was da an Unrat drin ist, und lebe deine Wahrheit, aber halte nicht an ihr fest, sie verändert sich andauernd! Was sich aber niemals verändert, ist der Teil in dir, der dich lenkt und du es bis heute nicht merktest. Ändere das – für dich! Und dann wirst du merken das Angst, Neid, ver/beurteilen, Kummer, Trauer oder was alles dazu gehört. Du wirst es von ganz alleine ablegen, wetten? Am Schluss bleibt nur eins: göttliche Energie/Bewusstsein/Liebe! Suche dir ein Wort aus, es kommt immer auf dasselbe raus. Es war immer so, und wird ewig so sein. Aber sei dir bewusst, dieser Weg wird keineswegs einfach, da „die“ was dagegen haben, aber das wirst du schon selbst heraus bekommen. Und du wirst Einblicke hinter die uns bekannte Realität bekommen, welche dir bislang verwehrt blieben. Habe keine Angst, sondern lebe die Liebe zu jeder Zeit! Alles in uns ist programmiert von „denen“ Gefühle, Emotionen, Trauer, Leid, Hass, Neid einfach alles! Die Welt ist nicht das was du siehst, nichts darin ist echt, aber veränderbar! Rette dich, bevor es zu spät ist, weil das ist es eigentlich schon! Wir sind etwas ganz anderes als du je geglaubt hast, da es ja nur ein „Glaube“ war! So und jetzt fang endlich an in deinem „Leben“ zu dir zu kommen und glaube nichts mehr von anderen, sondern lass jede Information erst mal offen im Raum stehen und prüfe sie für dich, sonst haben wir alle keine Chance hier aus der künstlich installierten „Hölle“ zu entkommen. Das Problem hier auf Erden ist, dass sich eine „andere“ Macht unserer bedient, welches nicht erkennbar ist, solltest du noch zur normalen Gesellschaft gehören. Fängst du an deinen Weg zu gehen, wirst du Dinge erleben, die du so nie kanntest. Du erkennst sogar plötzlich ganz andere Informationen in Filmen, Nachrichten und vor allem der Musik! Sie werden dir helfen auf deinem Weg. Dann spätestens weißt du, dass du SCHÖPFER bist! Nur durch dich kann sich die Welt verändern! Ich

Erwähne hier noch einmal dass du die Welt als Ganzes betrachten musst, was passiert wo und warum, was passiert aber wirklich dahinter. Und beschäftige dich mit Jesus und was oder wer Gott ist. Sehr gut wäre, wenn du alles von Xavier Naidoo und den Söhnen Mannheims anhörst. Wenn du die Lieder später wieder hörst, wirst du die Wahrheit erkennen. Kannst du dir vorstellen unsterblich zu sein? Du bist es, auch wenn uns immer etwas anderes erzählt wurde, und wir dadurch uns selbst „programmiert“ haben mit Lügen. Diese Zeit ist vorbei. Die Erde, und alles wandelt sich, die „Mächtigen“ haben ausgespielt, auch wenn es noch nicht so scheint, sie wissen es auch. Die Welt transformiert sich in LIEBE, da diese Liebe ALLE Menschen erreicht, auch wenn viele es noch nicht merken. Dieser Prozess ist nicht aufzuhalten. Aber jeder einzelne hat die Verantwortung für sich dies mitzugestalten, sonst könnte er verloren sein, und das ist kein Witz. Du wirst verstehen was mit der Hölle gemeint ist, und dem Himmel. Lebe deine Wahrheit und Lüge NIE mehr. Es gibt keinen anderen weg, als den ohne zu lügen! Dann wirst du wissen wer du wirklich bist, und warum du hier bist, und was genau deine BERUFung ist.

Und vergiss bitte nicht: „ANGST ist eine Illusion, welche dich/uns gefangen hält, also gehe durch sie durch und erkenne es selbst!

Michelle: „Wer Liebe lebt, wird unsterblich sein. Wer Liebe lebt ist niemals allein, such SIE an jedem neuen Tag“

Meine Berufung hier auf Erden, ist es die Wahrheit und vor allem die LIEBE wieder zu verbreiten. Und umso mehr damit an die Öffentlichkeit gehen, umso schneller haben „die“ ausgespielt. Also los geht's, keine Angst haben, weil du viel mächtiger bist, als du je glaubtest. Die haben Angst vor uns, weil wahre Liebe für sie nicht existiert. Und Liebe das Wissen darüber steht nun mal über Lüge und Unwissen. Die Erde wird wieder frei sein, ohne Grenzen, ohne Hass, sondern nur noch miteinander in liebe. Aber jeder muss seinen Teil dazu beitragen. Gerne kannst du mich anschreiben, wenn du Fragen hast. Ich werde auch bald Seminare geben, welche etwas anders gestaltet werden, als die üblicherweise geschieht. Da ich lieber eure Fragen beantworte, da ja diese im Moment wichtig für dich sind. Ich helfe gerne Menschen, und zwar ohne Geld! Und die, die am wenigsten haben, schätze ich besonders, da diese Menschen die ersten sein werden, die dann bei sich loslegen, da sie zu schätzen wissen, was ich für die Menschen tue. Jeder Mensch kann sich durch seinen freien Willen entscheiden, welchen Weg er gehen möchte, den in die „ewige Hölle“, oder den Weg der Liebe, und dadurch unsterblich werden, weil er es ja eigentlich ist. Ein Tipp zum Schluss, lese dieses Buch öfter als einmal, und du wirst immer mehr göttliches Bewusstsein erlangen, du wirst die Zeilen jedes Mal anders verstehen. Du kannst mich gerne an deinem Weg teilhaben lassen, indem du mir deine Fortschritte schreibst. Und nicht vergessen, es sind hier bewusst sehr viele Lügen versteckt. Wetten das du sie nach und nach erkennen wirst? Und dann erkenne ob es wirklich Lügen, oder doch keine sind ☺

Soll ich zum Schluss, noch ein Geheimnis lüften, da du bestimmt jetzt durch das gelesene voller Angst bist? Wir HABEN in Wirklichkeit schon gewonnen, und das wissen „die". Aber jetzt liegt es an deiner Eigenverantwortung auf welcher Seite du stehst und endlich in die Puschen kommst, aber nicht für mich, sondern für deine eigene Rettung, und dann die deiner Liebsten! Die Endzeit kommt schon sehr bald, und wer sich gegen Jesus, Gott unserem Erschaffer wendet (sie werden hier auf der in der Welt existierenden falschen Kirchen komplett falsch interpretiert) abwendet oder weiterhin aus eigenem egoistischen Interesse handelt, der wird nicht hierbleiben dürfen. Jeder kann sich jetzt und sofort entscheiden. Lebe ich Wahrheit, bekenne mich zu Jesus und Gott und stehe offen dazu, oder bleibe ich auf der Seite der Lüge und Angst, und diene damit dem Bösen und seinem eigenen Untergang. Es war für mich wirklich nicht leicht das die Antwort doch so einfach ist. Es war schon fast beschämend für mich, das ich nicht erkannt habe WIE einfach. Nur wer gegen den Strom schwimmt gelangt zur Quelle. Und die Quelle kann ja nur Gott/die Urquelle sein, der uns erschuf. Ich hatte nie einen Bezug zur „irdischen" Kirche, und ich habe auch bis heute nicht die Bibel gelesen. Die wahre „Lehre" Gottes erfährt ein jeder durch sich selbst. Religionen sind allesamt nur irdische Erfindungen, und dienen nicht der Urquelle. Aber wenn man sie durchschaut, hilft es, den richtigen Weg einzuschlagen. Ich nenne hier zum Schluss einen Menschen, der alles andere als ein heiliger war, aber erkannt hat, was er tut, und schaut was aus ihm geworden ist. Er hat für seine Taten gebüßt (das wird übrigens JEDER, keiner bleibt verschont!). Schaut euch den 5-Teiler auf Youtube an von Roland Bernard an. Ihr werdet schockiert sein was die Mächtigen wirklich tun, weil er EINER von ihnen war, bis zu einem gewissen Punkt, als es um Kinder ging. Dann „erwachte“ das göttliche in ihm. Aber urteilt selbst darüber. Jeder der wegschaut, wie viel Unrecht hier auf der Erde geschieht, gerade durch die Mächtigen, ist selbst ein Schuldiger, weil er es toleriert. Diese perversen Rituale werden bald ein Ende haben, zum Glück...Wer nicht anfängt umzudenken wird die Strafe Gottes erhalten, ohne Ausnahme. Wer „seine“ Regeln missachtet, handelt eindeutig gegen die Schöpfung, und hat hier nichts mehr verloren. So, und jetzt schaue WIE VIELE das sind. Die Johannes-Offenbarung, die sieben Siegel und die apokalyptischen Reiter sagen die genau was passieren wird. Und es wird passieren, um denjenigen eine bessere Welt zu geben, die die bedingungslose Liebe leben, und NICHT zerstörerisch wirken, sondern Gutes tun! Ich habe nur ein paar Auszüge aus den Evangelien, gelesen, aber das was ich las, war wahr. Nur wer sich dazu bekennt, Wahrheit, Liebe und mit dem Gottvertrauen zu leben, dem wird sich das Bewusstsein öffnen. Dann wirst du auch wissen welch wichtige Bedeutung Farben und Zahlen in deinem Leben haben. Gott gibt dir täglich Zeichen! Es gibt ja auch Leute im Netz, welche sagen dies wäre ein Matrix-Programm. Ist es auch indirekt, aber von wem? Wer hat Himmel und Mutter-Erde geschaffen? Aha, das waren garantiert nicht Lucifer und seine Schergen, die haben uns nur benutzt, aber das ist bald vorbei. Wenn die „Mächtigen“ wüssten, dass sie auch nur von denen benutzt werden, würden sie dann weiter gegen die Menschheit handeln? Würde überhaupt noch jemand gegen einen anderen handeln oder richten, wenn er wüsste dass dies nur zur Selbstvernichtung dient? Garantiert nicht. Selbst der größte Freimaurer, welcher bis zum höchsten (33.) Grad kommt, wird niemals ins Licht kommen, obwohl er doch glaubt ewiges Leben zu haben. Nur wenn er sich sofort entscheidet, das richtige zu tun, nur dann bekommt er vielleicht diese Chance, aber das muss er beweisen. Jedem Menschen dem viel Scheiße passiert, egal in welcher Weise (Unfälle, Krankheiten, egal was), fügt er sich selber zu! Das sind alles Zeichen, damit er erkennt dass er falsch handelt, aber er erkennt es einfach nicht...Weil er vor allem sich selbst nicht vertraut! Darum nochmal an alle Menschen, welche gegen andere Menschen handeln. Egal ob Politiker, Logenbrüder, Banker, Polizisten, Richter, Soldaten, Mörder, Vergewaltiger, Betrüger, oder sonst wer. Ändert endlich eure Einstellung den Mitmenschen gegenüber! Für alle, die es bereits getan haben, wunderbar. Für alle die es tun werden, seid euch gewiss, dass ihr dann geschützt seid, durch euch selbst und durch Gott/der Urquelle. Die Menschen wollen nicht lernen, oder sich an ganz einfache Gesetze halten, und handeln nur im eigenen (meist materialistischen Interesse), und dies bedeutet die komplette Zerstörung der Erde. Die Machthaber haben seit über 2000 Jahren alles getan, um uns von Gott/der Urquelle abzuhalten, oder eben „falsch" zu glauben. „Liebe deinen nächsten wie dich selbst" – wie viele kennst du die dies tun? Aha, und genau darum wird es geschehen. Der Mensch glaubt, er kann alles alleine regeln, weil er nicht weiß wo er her kommt. Er wurde von Gott/der Urquelle geschaffen, aber nicht um die Erde zu zerstören! Diesen blöden Spruch: „Was kann ich als einzelner schön ändern?" ist die billigste Ausrede die man aussprechen kann! Es wird einen Neuanfang geben!.

Solltest du aber versuchen die „Matrix" verlassen zu wollen, handelst du gegen die Schöpfung, dass muss dir klar sein! Die Entscheidung dazu muss jeder selbst treffen, die nimmt einem keiner ab. Jeder glaubt, er mache seine eigenen Vorschriften, und gibt diese dann auch noch an andere weiter. Das war von Gott/der Urquelle nie so vorgesehen. Sie wollen ja ihre Macht so lange wie möglich behalten, aber dies wird unmöglich sein. Nur die Wahrheit wird dich frei machen, dann wirst du wissen was Wahrheit ist, und wirst Wunder als etwas ganz normales akzeptieren, wetten?

Es kann natürlich auch sein, das Jesus ein Trick der dunklen Seite ist, um Seelen zu fangen, wer weiß das schon? Das muss jeder für sich selbst raus finden. Trotz all dem muss ich noch sagen was mir noch überhaupt nicht einleuchtend ist. Wieso begann die Zeitrechnung erst mit dem Jahre 0? Wegen Christi Geburt wahrscheinlich, aber warum findet die Zeit davor so wenig Beachtung? Die Megalythen? Die Pyramiden? Die Gigamenschen? Sämtliche Megabauten? Oder die Sumerischen Tafeln? In denen ja steht das andere „Götter“ die Menschen zu Versuchszwecken nutzten (klonen, ändern der DANN etc.)? Waren die Brüder Enki und Enlil (bitte selbst recherchieren wer diese waren ☺) wirklich dafür zuständig das der Mensch entstand? Das unterscheidet sich dann von der öffentlichen Schöpfungsgeschichte extrem oder? Laut Schöpfungsgeschichte machte Gott die Erde in 6 Tagen, und er fand es gut. Adam und Eva (hier mal recherchieren wer denn LILI-LTH war!) haben aber sofort nach dem „entstehen“ gegen Gottes Wille gehandelt, und von der verbotenen Frucht - angeblich auf an raten der Schlange (Lucifer) probiert. Diese sollte ja Wissen und Weisheit beinhalten. Wieso wollte Gott das nicht? Wird da vielleicht von einem anderen Gott gesprochen? Und Gott sagte er fand es „gut“, obwohl es von Anfang aus den Fugen lief? Was stimmt hier nicht? Alles begann (meiner Meinung nach) bei den Summerer, und den Eingriff der Annunaki (die Brüder Enki & Enlil) in dem sie Menschen nach ihrem Ebenbild formten (Adam & Eva). Dort sollte man anfangen zu forschen, dann müsste auch jedem klar werden, wer den Jesus war (nicht der aus der Bibel/Jahwe). Der Hauptgrund für die Kriege im Irak oder Syrien waren übrigens NICHT das Öl oder die Bodenschätze, sondern alte Artefakte, oder gerade im Irak die Nachweise über Mesopotamien (heute-Irak), und die alten Schrifttafeln, auf denen die Wahrheit über die Herkunft der Menschen steht. Das erwähne ich hier nicht, darüber schreiben andere besser und ausführlicher (Buchtipp dazu weiter unten). Jeder Mensch sollte selbst auf der Suche nach der Wahrheit niemals aufgeben, da uns so viele Lügen als Wahrheit aufgetischt werden. Dies scheint auch ein Grund zu sein warum wir hier auf Erden sind. Um dieses ganze Spiel „mitzuspielen". Es wird niemals Frieden auf Erden geben, es kann nur Frieden in deinem Herzen geben, wenn du dich dafür öffnest! Erkenne die Lügen und Wahrheiten in diesem Buch, auch wenn diese bei jedem anders aussieht. Du sollst auf niemanden anderes hören, außer auf dich selbst. Verbinde dich mit der Urquelle, aus der wir kamen, und löse dich aus Besetzungen, Verträgen etc. Diese Macht hast du nämlich, so wie jeder Mensch. Genau das ist es, was die dunkle Macht nicht hat, und uns aus diesem Grund versklavt und manipuliert hat. Dies ist es, was wir niemals herausfinden sollten! Dafür ist es zu spät, die Menschen fangen an sich selbst wieder zu erkennen. Wir holen uns unsere Macht wieder zurück, da wir unsterblich waren und sind. Durch einen gefakten Reinkarnationsprozess der Annunaki mussten wir aber immer wieder auf die Erde kommen, um ihnen, den falschen Göttern zu dienen! (Buchtipp: Die Götter von Eden von William Bramley, oder die Bücher von Zecharia Sitchin). Das ist die Endzeit, dass dieses große Geheimnis gelüftet wird! Das Bewusstsein steigt, dieser Prozess ist nicht aufzuhalten. Viele Menschen werden allerdings noch im „alten" System gefangen bleiben, weil sie eben glauben dass es ihnen Sicherheit gibt, die anderen die in die Eigenverantwortung kommen, werden Wunder erleben. Und sie werden wissen dass sie unsterblich sind, und immer waren! Durch ein offenes Herz, welches sich immer mehr mit der Urquelle verbindet. Lügen werden immer schneller offen gelegt und erkannt. Keine Lüge bleibt mehr verborgen! Erkenne warum ich dieses Buch schrieb, und du wirst frei sein, zumindest schon mal im Herzen, für immer! Lebe die Liebe, gebe so viel davon an andere wie du nur kannst. Liebe ist unvergänglich und unendlich!

All diese Worte schrieb ich aus meinem tiefsten Inneren, Worte mit Liebe und Ehrlichkeit für dich, Volker Heibertshausen

www.freitv.wordpress.com   youtube: Frei TV

Du bist ein Sklave aber warum und von wem?

Diese Buch wird dir ein schonunglosen Blick in mein Leben geben, und öffnet dir die Augen, was den hier in der Welt für ein Spiel läuft. Es wird dein Leben verändern, in einer Art welche dir nicht gefallen wird. Aber dies muss sein, damit du die Zusammenhänge verstehst. Es ist die Wahrheit darüber warum du ein Gefangener des Systems bist, und immer warst.
Du wirst danach wissen warum du eben nicht frei bist. Bist du bereit dein Weltbild komplett auf den Kopf zu stellen? Dann bereite dich auf ein Buch vor, welches du so wahrscheinlich noch nie gelesen hast. Danach wirst du nicht mehr sein wie davor. Aber es gilt die Wahrheit zu erfahren, und dies kannst du hier.
Also schnall dich an, und los gehts.

volker heibertshausen

ISBN 978-3-7467-5286-0
9 783746 752860
www.epubli.de